CHAMBRE NOIRE

DU MÊME AUTEUR

L'Homme de Blaye, Flammarion, 1984.
Voie non classée, Flammarion, 1985.
L'Insomniaque, Flammarion, 1987 ; Babel n° 440.
Le Monarque égaré, Flammarion, 1989 ; Seuil, 1996.
Chambre noire, Flammarion, 1990.
Aden, Seuil, 1992 ; Points, 2007.
Photos de familles, Seuil, 1994.
Merle, Seuil, 1996.
Dans la pente du toit, Seuil, 1998.
L'Amour de loin, Actes Sud, 1998.
István arrive par le train du soir, Seuil, 1999.
Les Mal Famées, Actes Sud, 2000 ; Babel n° 557.
Nous nous connaissons déjà, Actes Sud, 2003 ; Babel n° 741.
La Rotonde, Actes Sud, 2004.
Une faim de loup. Lecture du "Petit Chaperon rouge", Actes Sud, 2004.
Dans la main du diable, Actes Sud, 2006 ; Babel n° 840.
L'Enfant des ténèbres, Actes Sud, 2008.

ISBN 978-2-7427-7434-0

Le paysage de son silence
Et ne voit rien de plus
Ni jugé, ni combattu
Le cercle de lumière
Le paysage vert
La guerre
La réserve d'obscurité
Il n'ira pas plus loin
L'histoire mieux que vous
Rien, dit Milena
Son dessin de fleur noire
Cette douleur sans ressemblance
Un paysage trop grand pour lui
Une nature morte
Avant l'obscurité

LE PAYSAGE DE SON SILENCE

Blois, 1885.

Constance a rencontré le juge un dimanche de juin, dans le parc de Mme Seuvert. Elle a quinze ans à peine et remplit sans effort apparent, avec l'indolence charmante, un peu fade, avec la complaisance appliquée des jeunes filles d'alors, son rôle de figurante dans les visites de voisinage. Non seulement décorative, car elle a un joli port de tête, une grâce naturelle, un peu gauche, et Mme Camouin veille autant à la toilette des cadettes qu'à celle de l'aînée, Irène, à qui elles servent d'écrin enfantin, bruissant autour d'elle de jupes à guipures, de dentelles amidonnées longuement comparées et choisies avec la couturière, dont les mains placides arrangent si bien les chapeaux – elle a de l'or dans les mains, déclare la mère –, non seulement décorative, mais en quelque sorte garante de la prodigalité des flancs maternels, de cette rassurante capacité du sang à reproduire, à fournir en échantillons d'égale qualité de beaux enfants, en bonne santé, coulés au moule d'une éducation bourgeoise exemplaire. On décore donc Irène de ses sœurs quand sa mère la promène dans le monde. Constance et Armande.

Ou bien Joséphine : des deux petites sœurs jumelles, une seule est montrée à la fois cependant, comme si ce doublet des benjamines, témoignant d'un excès de vitalité féconde, risquait de ternir le tableau des sœurs Camouin.

Elles sont venues toutes les trois, en grappe autour de la mère, disposées dans la voiture découverte selon leur rang d'âge et, bien que le voyage sur la route poudreuse dure peu – la campagne de Mme Seuvert se situe non loin au nord de la ville, à l'écart de la grand-route –, il leur a fallu affronter le soleil écrasant du plein après-midi, la réverbération des champs immobiles, ballottées, cahotées sur le chemin entre les haies de ronciers et d'aubiers, assises toutes raides de corsetage, silencieuses sous les ombrelles claires dont les reflets moirent leurs visages rosis de chaleur.

A l'arrivée, l'ombre noire du parc est un soulagement. La haute futaie laisse entrevoir tout au fond la façade blanche de la demeure avec son perron, son escalier orné de dianes et ses grandes fenêtres. Elles prennent leur temps, descendent avec précaution les deux marches d'osier, tenant en gerbe sur le bras les volants des jupons qui découvrent la cheville gainée de bas blancs, et aussi elles prennent le temps de s'examiner les unes les autres, de tapoter, relisser les plis, de faire bouffer le ballon des manches et, tandis que le vieux Martin s'éloigne pour ranger la voiture avec les autres attelages, Mme Camouin achève l'inspection, se concentre sur la toilette d'Irène. Elle fronce le sourcil, pince sa bouche en cul-de-poule pour apporter on ne sait quelle touche finale, jamais finale, aux ruchers de mousseline, aux frisons près de l'oreille de son aînée, absente, transparente, avec un ravissement d'inquiétude et pour finir, car il faut en finir – de là-bas, vers la maison, arrivent à elles un brouhaha chantant, des échos de voix et de conversations enjouées comme une injonction à ne plus tarder maintenant, à rejoindre la place des opérations –, la mère, de son réticule, tire le petit flacon d'huile d'amandes douces, en tapote deux gouttes sur les lèvres d'Irène pour les faire briller.

« Allons! »

Elles vont vers la réception sous les arbres, montant l'allée au rythme de la promenade, les cadettes en demoiselles d'honneur devant la mère avec à son bras Irène, sa fille à marier, anticipant le cortège nuptial qu'elle vient composer chez Mme Seuvert, dont la maison de campagne sert dès le printemps le calcul des familles, les rencontres arrangées par le notaire. Veuve d'un officier glorieusement tombé à Bazeilles devant les Prussiens, Mme Seuvert offre le territoire neutre et convenable de sa pelouse, de son parc ombragé. Elle reçoit en ville le sénateur, le maire, et quelquefois l'évêque, mais en petit comité, avec quelques abbés et quelques veuves de son âge. Sa campagne accueille le proviseur du lycée et ses professeurs nouvellement nommés, les notaires et leurs jeunes clercs, quand ils n'ont pas de famille dans la ville, les lieutenants récemment promus de l'école militaire, tous célibataires à caser. Elle sait les choses, prend ses renseignements, souvent à la messe, ou aux concerts, à son salon, l'hiver. C'est devenu une institution, on vient la voir de loin, marieuse, pourvoyeuse d'épouses et de maris qu'elle s'entend à bien assortir. On dit qu'elle vit de peu, frugale et même rustique de mœurs dans sa vie ordinaire, plus souvent aux cuisines qu'au salon, familière de ses domestiques, informateurs avisés. Et puis maigre, très propre, toute lustrée de deuil soyeux, le front encore jeune perdu sous sa mantille de dentelle noire, armée par coquetterie de la canne à pommeau de feu Seuvert ; la figure fraîche, rose de joue, l'œil comme un grain de café et l'oreille très fine, affectant un air de complaisance détachée, d'indulgente ignorance pour les liens et les plans qui se trament chez elle. On lui prête de la fortune, pourtant, des biens placés chez les missionnaires de Chine, d'autres, peut-être, dans les charbons. Nul n'avouerait ce qui se chiffre chez elle dans le secret, ni le prix des mariages qu'elle arrange, son pourcentage sur les fiançailles et les contrats passés.

Constance a quinze ans, beaucoup d'innocence, elle croit ce qu'on lui dit, qu'il s'agit d'un goûter de campagne. Elle sait qu'elle doit rester convenable, se garder de montrer de l'ennui ou de l'impatience, en attendant l'heure du départ. Se promener au milieu des adultes compassés, apparemment satisfaits d'être réunis autour du buffet sous les arbres, dans les fauteuils de jardin. Rester décorative, sans rêver, bader à l'étourdie les personnes, sans observer curieusement leurs galanteries, leurs regards en dessous, leurs sourires retenus au bord des verres de sirop, et leurs airs sournois de gens qui pensent à autre chose. Elle doit arborer une mine avenante, s'acquitter discrètement de menues tâches de compagnie, comme tenir la main de la petite sœur, renouer son chapeau, ramasser le mouchoir perdu, tirer un fauteuil pour une vieille dame ruminante, chancelante, qui commente ensuite sans fin le point ajouré de vos gants de fil et pose des questions sur vos études en secouant votre poignet à chaque question.

« Est-ce qu'on fait bien son point de croix ? et le point de bourdon ? Faites-vous de l'aquarelle ? Et chantez-vous de jolies chansons ? Savez-vous des poèmes ? la table de multiplication ? »

Constance excelle à ces conversations qui ne lui demandent aucun effort, sinon de penser à ployer de temps en temps poliment le genou. Quand la main de la vieille dame, ayant épuisé l'inventaire, se met à mollir sur votre poignet, quand sa tête dodeline, il suffit de faire trois pas de côté pour s'éloigner doucement, sans paraître insolente, mais suffisamment pour se mettre à l'abri d'un regain d'intérêt de la dame entre deux somnolences.

Le juge marche seul entre les groupes. S'il s'arrête un peu, c'est pour saluer des messieurs, des dames d'âge, jamais les demoiselles. Puis il reprend sa marche mécanique, de l'air de quelqu'un qui rêvasse, qui passe de long en large le temps de son ennui. Le bruit court qu'il désespère Mme Seuvert. Que depuis bientôt trois saisons on l'invite, qu'il revient assidûment, mais qu'à se promener ainsi sans voir les demoiselles il finit par gâter sa réputation, et peut-être même celle de la maison. Non qu'il ait l'air revêche, il porte beau, grand et digne, vêtu avec un soin austère, la barbe bien peignée, le nez mince, les yeux nets et droit plantés. Un peu trop sans doute, plantés fixement comme s'il traversait les êtres de sa songerie, ce qui décourage son abord par les mères, impressionne les jeunes filles d'un frisson bref. Mais le plus souvent il ne rencontre pas les regards, les fuit plutôt, emporté dans son va-et-vient de célibataire. Il est juge, d'accord, se plaint Mme Seuvert, mais ici, quand même, on n'est pas le tribunal. Elle prémédite un entretien, une explication en tête à tête, entre gens raisonnables, sans brutalité de langage toujours, afin de l'amadouer, tirer au clair ce mystère des promenades solitaires au milieu du beau monde, qui lui font du tort, à lui comme à elle.

Si bien que, lorsque l'assemblée a vu le juge s'arrêter et engager la conversation, événement unique, avec cette petite fille très sage, dont le chapeau de paille à rubans penche comiquement sur l'oreille, une enfant, probablement une petite sœur amenée pour le décor – mais c'est une petite Camouin, n'est-ce pas ? –, l'incident a fait sensation. Bizarrerie supplémentaire, et même, peut-être, ironie à l'égard des personnes, quelque chose d'insultant qui empourpre le front de Mme Seuvert sous sa mantille. Il reste peu, s'incline, il s'éloigne. Mais il revient un peu plus tard, comme machinalement ramené par ses pas à l'endroit même où Constance est restée plantée, et il s'arrête de nouveau. Alors on le voit tendre la main, redresser délicatement le chapeau, dénouer un ruban entortillé et, ce faisant, converser avec l'enfant d'un air très naturel, elle toute droite, gracieuse, relevant légèrement le menton pour s'adresser à lui, ce qui lui donne une expression de calme défi, une étrange liberté, tandis qu'elle tiraille le bout des doigts de ses gants brodés, et lui, un peu penché, un peu cassé, ayant maintenant renoncé au ruban, s'attardant, plein de charme et de gravité.

De loin, Mme Camouin a vu la scène, alarmée par le mouvement, la rumeur grondeuse qui a soudain couru d'un groupe à l'autre. Elle hésite, ne sait s'il lui faut laisser la place, abandonner Irène à l'entretien languissant qu'avec le jeune homme elle s'efforce de soutenir, relancer de ses questions et compliments maternels, bondir là-bas, intervenir. Elle ne sait s'il faut parer au plus pressé – ni ce qui est le plus pressé : affermir la relation naissante, si précaire, de son aînée, tellement empotée, ou rappeler à l'ordre la petite sotte, l'écervelée dont l'incartade fait murmurer. Elle n'a pas eu à choisir. Le juge à nouveau vient de s'éloigner, Constance aussi s'éloigne, cette fois, et dans une autre direction, d'un pas nonchalant, ignorant l'émoi qu'elle a provoqué. Mais le temps que la mère se rassure, que le petit scandale s'apaise, noyé dans le brouhaha, les chocs légers de cuillères heurtant une porcelaine, un cristal, les rires étouffés, elle ne trouve plus, se retournant, les jeunes gens à ses côtés. Ils se sont éloignés, eux aussi, elle distingue de loin leur couple se dirigeant vers les balançoires. D'émotion, elle laisse échapper un soupir.

Au retour, Irène a repris son air de lassitude végétale, elle sourit faiblement pour elle-même, les yeux perdus sur rien, paupières mi-tombées, abandonnant sa main à sa mère. Celle-ci s'en est emparée dès le départ, elle la pétrit, la tapote par brusques élans que les mouvements de sa pensée lui inspirent, l'air absent quoique le sourcil froncé, retenant avec effort de petites crispations de ses lèvres, un irrépressible sourire de triomphe. Elles se taisent ensemble, scellant dans le silence leur entente au sujet de la rencontre, de l'aparté des balançoires, et de certaine visite que, sans doute, on attend désormais. Alors, tandis que la benjamine oubliée somnole, toute rouge, tassée dans ses volants froissés, dans ce silence ravi où communient la mère et son aînée, Constance a déclaré :

« Je veux être mariée avec le juge. Le juge va m'épouser. »

La voiture traversait un champ de blé piqué de coquelicots, roulait sur une bosse du paysage qui ouvrait l'horizon jusqu'à la ville, au loin, voilée de bleu, ses toits d'ardoises étincelant au soleil, avec ses clochers et les tours de la cathédrale Saint-Louis. De cet instant sur la hauteur, avant de redescendre entre les haies, où un silence nouveau succéda à sa déclaration, où l'horizon tremblait sous le vaste ciel poudré par la blondeur des blés, Constance garde le souvenir d'un suspens exquis, comme une inspiration miraculeuse lui révélant une part ignorée du monde, sans partage ni frontière, où s'exercerait désormais sa force, sa loi, sa volonté. Dans l'instant quelque chose a changé, irréversiblement. Elle en voit l'effet sur le visage de sa mère, sur sa figure soudain chiffonnée d'effarement, sa lèvre décrochée, bouche béante. Ses traits d'ordinaire impassibles, inexpressifs à force de sérénité composée et rectitude de maintien, manifestent maintenant une gamme incroyable d'émotions visibles, contradictoires et pénibles, et, tandis qu'elle s'écrie, bégayant, éperdue, la face blanche : « Veux-tu te taire ! Tais-toi ! Tais-toi ! » Constance ferme les yeux, répète :

« Le juge va venir et il m'épousera.

– Vilaine! Malheureuse! Mon Dieu, faites-la taire! Irène, fais-la taire, je t'en prie. »

Irène n'intervient pas, trop interdite par l'incongruité, surprise au milieu de ses béatitudes personnelles, ou bien muselée par la crédulité de sa mère pour les divagations de cette cadette maigrichonne sans hanches ni seins, pointue d'épaule et de genou sous les dentelles. Et puisque Constance s'abstient de toute récidive, le silence obtenu, la mère se tait aussi jusqu'à la maison, ayant reconquis la maîtrise digne de son courroux.

Cependant, le soir même convoquée, Constance doit comparaître après le dîner dans le bureau du père pour une explication que la mère tient à mener debout, tandis que le père, lui-même convoqué sans doute, reste tassé dans son fauteuil, plus accablé que renfrogné, abrité derrière la grande table désertique baptisée son bureau, que meublent seuls une monumentale lampe à pétrole, un encrier de bronze ouvragé et trois livres anciens, improbables accessoires de son travail. En réalité, les dossiers, les archives, les livres de comptes et les classeurs noirs sont rangés dans la petite salle derrière l'étude : maître Camouin se retire dans son bureau uniquement pour y fumer et y dormir en paix. Sommée de répéter ce que le juge sous les arbres a bien pu lui dire pour lui inspirer de si folles pensées, Constance, plantée devant la table en face de son père assis, de sa mère debout, garde le silence. Des pensées qu'une jeune fille ne conçoit qu'en rêve, et encore – et tu n'es qu'une enfant ! – qu'elle nourrit longtemps, patiemment – certes, il est normal, naturel de rêver à l'époux qui viendra, qui se présentera, mais ces pensées n'ont pour but que d'entretenir la résolution virginale, la persévérance à poursuivre dans la voie toute tracée par la nature et l'éducation des filles, et de donner, pour ainsi dire, la *direction*. La direction, martèle la mère sur l'épaule du père qui contemple l'encrier d'un air profondément pensif. La direction, et seulement cela. Sinon, c'est une maladie, une maladie honteuse que de promener avec soi de telles pensées, on les lit sur votre visage, vous êtes laide. « J'espère que tu n'as répété à personne, personne... » Constance fait non, vaguement, de la tête. Dire quoi, à qui ? Perdue dans ce déballage de théories incompréhensibles, elle fait non. De quoi se compromettre, se voir moquée, peut-être mise au ban. Et rester vieille fille.

« De telles horreurs, une petite fille, es-tu folle ? Devant ta sœur !

– Laquelle ? » dit Constance, dans un effort de bonne volonté, mais elle sent vaciller sa raison, étourdie aussitôt par le regain de colère de sa mère que l'insolence rare de la question exaspère, et, hypnotisée par la bouche qui déverse son flot de paroles vengeresses, elle ne trouve plus rien à répondre, à demander, s'attachant à sauver sa pauvre idée fixe, à la mettre hors d'atteinte, s'y cramponnant déjà avec la même obstination désespérée, la même désolation obtuse qu'elle mettait, soixante-dix ans plus tard, à répéter la litanie de ses deux ou trois refrains obsessifs de vieillarde, morte vivante tassée dans le grand fauteuil sur la terrasse – « le juge va venir, le juge va venir » –, dans un balbutiement de folle très douce, très entêtée, elle répète déjà, pour ne pas se laisser naufrager, anéantir par les mots de colère : « Le juge va venir, et il m'épousera. » Le juge va venir, mille fois, contre l'avalanche des mots, jusqu'à les réduire à un bourdonnement, un grouillement de boue, assourdis dans un lointain qui la laisse tranquille avec elle-même, sauve, enfin clôturée en elle-même, repliée autour de ce noyau profond, d'inexprimable certitude, sa découverte intime, sertie au centre, que cet homme était à elle destiné, et elle à lui, et que rien au monde ne changerait cette destination.

Elle a pleuré beaucoup avant de s'endormir. Elle pleure parce que son corps est douloureux tout entier, brisé d'une fatigue, d'une tristesse inconnues, et que c'est bon de pleurer sur cet épuisement. Elle pleure de se sentir seule, comme jamais avant, seule et très forte avec devant elle, dans la fente des volets entrouverts, une colonne de nuit étoilée pour seul repère de permanence, pour seule promesse d'avenir, nuit de juin clémente, tiède, la même qu'au fond des âges. Elle pleure de pleurer enfin, comme les enfants, et s'endort de ses larmes.

Elle a les yeux rouges, le lendemain, meurtris de pleurs et de sommeil, aussi évite-t-elle ses sœurs. Elle rôde à l'écart dans le jardin, convalescente, souffreteuse, mais c'est seulement une part superficielle qui souffre, épidermique. Au-dedans, elle ne s'est jamais sentie en si bonne santé, robuste, toute neuve. Elle voit son père sortir de la maison, passer sous le magnolia, se dirigeant vers l'étude en enfilant sa veste. Au même instant il l'aperçoit, de loin, à travers les rosiers, ce qui est une chose rare en raison de sa distraction ordinaire. Plus rare encore, il dévie son chemin, traverse le jardin pour venir vers elle en jetant des coups d'œil prudents vers la façade de la maison. A deux pas de Constance, il s'arrête dans l'élan, gauche tout d'un coup, et la considérant :

« Eh bien, petite, as-tu dormi, au moins ? »

Son père ne lui adresse pas la parole deux fois l'an, muet aux repas, opinant aux commentaires de la mère, sur consultation, sinon s'abstenant. Ou bien il parle de ses filles à la troisième personne, le plus souvent au pluriel. Constance fait oui, immobile, au milieu de l'allée, bras ballants. Elle ne sait s'il est frappé par ses spectaculaires cernes de la nuit, ou si un remords de la scène d'hier soir lui inspire ce mouvement, mais il approche encore et dit, très bas, avec une voix rude et douce à la fois qu'elle ne lui connaît pas :

« Tu l'aimes donc bien, ce juge ? »

Aimer ? *Aimer le juge ?* Elle arrondit les yeux, papillote, et lui, plus effrayé qu'elle, comme s'il redoutait soudain qu'elle ne se remette à pleurer, ou qu'elle réponde quoi que ce soit, bat en retraite, fait un signe vague de la main, le dos déjà tourné, disparaît.

Aimer le juge. Constance tombe des nues, éblouie par le soleil du matin. Elle n'a rien lu dans les livres qui la trouble, ses lectures sont ou pieuses ou studieuses ; n'a recueilli de l'aînée aucune confidence, subi des petites aucune curiosité, ni surpris de conversation, confinée dans son éducation très stricte de fille. Le champ clos de sa vie se limite à la maison bourgeoise de ses parents, en pleine ville derrière les murs, où viennent l'institutrice, les fournisseurs, la couturière ; au jardin pour des loisirs, des flâneries inoffensives : elle y saute à la corde, fait de la balançoire sans émoi, coupe les roses au sécateur sans affliction. Constance n'est pas poète, elle n'a ni révolte ni curiosité. Sans projet que l'accomplissement des devoirs, des consignes, et sans distraction mondaine que la messe du dimanche, les vêpres quelquefois, les repas de famille et les visites de voisinage. Des quatre filles Camouin, elle est la plus raisonnable, la plus pratique, celle qui met le moins de fantaisie aux devinettes, aux petites farces. Constance n'a aucune imagination, estime l'institutrice devant ses aquarelles. Mais dans ce grand vide il vient d'advenir quelque chose, la première rencontre de sa vie. Pour la première fois un être humain est venu vers elle et l'a regardée. Non pas une personne comme celles de sa famille, comme les gens de l'entourage. Ceux-là existent bien, lui parlent quelquefois, cependant ils restent transparents, immatériels, d'une légèreté irréelle, sans danger ni relief, ils n'affectent en rien sa propre absence. Ils sont comme elle des coquilles d'œuf vides. Peut-être l'aurait-elle voulu, elle n'aurait su répéter précisément les mots que le célibataire arpenteur lui a adressés en se penchant sur elle ; pas plus que les siens, ce qu'elle a bien pu lui répondre. Ni badin, ni moqueur, c'est d'un ton pondéré qu'il lui parle, sincère, empreint de politesse et de sérieux, ce sont des mots très simples puisqu'elle les comprend tous, et qui désignent des choses vraies. Elle se souvient du timbre, de l'inflexion un peu triste et non des mots. Seulement que ces mots sont comme une langue étrangère, délicieuse, ignorée de quiconque, qu'elle comprend sans jamais l'avoir apprise. Mais comment rendre cette illumination grave qui n'a rien à voir avec un trouble, un émoi des sens, dont elle s'est sentie littéralement baignée, irradiée. Parce que quelqu'un s'adresse à elle comme à une vraie personne. Cette infinie extravagance d'être révélée à soi en plein jour. Elle s'est sentie, en quelque sorte, *saisie* par elle-même, soudain une, entière. Enfin faite elle-même, incarnée dans son existence. Il l'a laissée ainsi une première fois, dans cet état ébloui de grand calme ou de grande folie, au bord de l'allée, au bord de sa découverte. Et il est revenu. Elle n'attendait rien, rien de plus, mais il fallait cela encore qu'il revînt, que le ramenât le balancier de sa promenade, une fois encore vers elle confirmer, achever. Ensuite, cela a pris du temps. La fête s'enfiévrait, tirant à sa fin, dans l'apparent désordre des mouvements, l'apparent déplacement des corps, des bruits. Il a fallu du temps encore pour que l'instant sous les arbres lui révèle combien tout n'était qu'apparence, combien l'ordre parfait, impeccable commandait jusqu'au plus menu remuement d'herbe, jusqu'au dernier frisson de l'air.

Constance n'est pas amoureuse. Elle n'aime pas le juge, ne se demande même pas si elle l'aime. Elle ne pose pas la question de l'amour parce qu'elle n'a aucune idée de l'amour, ni besoin d'amour. Cet instant n'entre pas dans la catégorie d'aimer. Il ne peut se résoudre que dans celle du *mariage*, dans sa consécration. Encore que *mariage* ne signifie rien de concret, ne suscite aucune image. Il l'a trouvée, elle s'est sentie trouvée par lui, cela ne comble aucune attente et ne souffre aucun retard. Ne peut se résoudre que dans l'abstraction parfaite, absolue de l'idée à laquelle elle donne le nom de mariage. Aimer le juge ! De son visage, de la réalité physique de cet homme, elle n'a aucun souvenir, pas même de ses yeux. Seulement son regard, et sa stature haute, et noire. Elle ne sut non plus son nom, jamais.

Car le juge ne vient pas. Il disparaît même de la ville dans l'hiver, appelé à un autre poste. Peut-être par ambition de carrière, ou bien suite aux recommandations et pressions en haut lieu de Mme Seuvert. Constance attend, et ne sait rien de l'attente. Ce que creuse en elle chaque jour, elle l'ignore. En l'absence de signe, de marque tangible pour donner corps à la rencontre sous les arbres, elle attend. Et son attente, loin de s'user à l'épreuve du temps, se fortifie, au contraire, durant les semaines, les mois qui passèrent ensuite, sécrète en elle sa folie douce d'enfance. Le juge va venir. Elle en reste là, à cet instant indépassable, où, présent devant elle et offert à sa vue, l'homme de sa vie est apparu. Que le voyant elle le perde de vue – littéralement perdu de vue dans l'instant même – importe peu, importa de moins en moins au fur et à mesure que les années passèrent. En elle s'installe la sauvagerie sereine des convertis primitifs. D'un coup elle a renoncé au Dieu fade trônant à l'église, avec qui le commerce des prières, des promesses de privations et contritions contre petites grâces privées rend la vie vivable, paraît-il. Elle a entrevu l'autre, au ventre pelliculé d'or sur des viscères rouges, d'ironie carnassière, qui confisque et dévore. Alors ni pitié ni rachat. Pas de quartier. Constance apprend sa loi. Elle ne souffre pas. Elle en reste à l'instant sous les arbres, juste avant, ne le dépasse plus. Peu à peu il s'embrume, voilé de buée livide. Elle est au bord d'une allée, dans son souvenir nébuleux le juge va venir. Dégagée du décor végétal, désertée de l'accompagnement sonore de la fête, sans amarres temporelles, la scène flotte dans son nuage, Elle et le Juge se désincarnent en matière poudreuse dans le rayonnement silencieux de sa vision.

Sans doute la mère a-t-elle pensé alors avoir fait un sort définitif à la petite phrase insensée de Constance, ce soir de juin. Avoir désarticulé la petite phrase déclarative, diluée à tout jamais dans le grand flot purificateur de sa colère, comme si l'emportement verbal, avec son pouvoir chimique de dissolvant, toute trace décapée, avait pu aussi en dissoudre jusqu'à l'idée. On n'y pense plus, on n'en parle plus, donc cela n'existe plus.

Constance assiste, impassible, aux préparatifs des fiançailles d'Irène. La maison présente alors une effervescence inaccoutumée, de petites fièvres courent de la cuisine aux chambres, où se complotent des listes, se consultent des magazines de mode commandés à Paris. La couturière vient souvent, ouvre des livres d'échantillons, prend des mesures. Constance se prête aux séances, d'une douceur exemplaire. Elle figure aux visites du fiancé, promis à la députation, à qui est assigné chaque fois, sous le portrait de l'empereur, le même fauteuil de salon, à la droite du sofa, à la droite de la mère qui y siège, en face d'Irène, très sage sur son propre fauteuil. Constance occupe la petite chaise. Pour l'empereur, on s'excuse auprès du jeune républicain qu'il soit encore à l'honneur mais le père de Mme Camouin a commandé le portrait – une copie de photographie officielle, librement interprétée – à un peintre local, qui eut sa gloire. Le jeune homme opine, bénévolent, respectueux des Arts. Il s'en moque, Irène sera dotée, par le grand-père bonapartiste justement, et on ne contrarie pas les vieillards. Constance sourit. Elle sourit aussi dans le jardin où elle doit chaperonner sa sœur aînée, suivant à deux pas les fiancés dans leur promenade en rond, s'arrêtant quand ils s'arrêtent sous le magnolia, repartant avec eux.

A la fin des repas, conclus dès que le père a quitté la table familiale pour son bureau, elle entend les commandements maternels concernant la vie de la future maîtresse de maison, leçons et conseils destinés à Irène mais bien bons à prendre pour les petites, par la même occasion.

Constance a eu cet hiver-là une sorte de langueur, quelques absences d'esprit pour lesquelles la mère scrupuleuse a consulté discrètement. Elle rapporte une potion stimulante de la pharmacie Marechal, et le conseil d'exercices hygiéniques, comme la marche à pied et les promenades à cheval qui fortifient le sang. Constance marche donc avec l'institutrice, fait le tour des boulevards le dimanche, et même lorsqu'il pleut, encapuchonnée, bottée, les mains dans le manchon de renard, elle marche. Elle apprend à monter au printemps, grâce à l'aimable arrangement proposé par les Marechal qui ont à la campagne une bonne écurie, et besoin d'obtenir certains terrains pour construire dans le faubourg, ce dont maître Camouin se charge volontiers. Ils prêteront deux fois par semaine un vieux cheval débonnaire, pour commencer, nommé Saturne.

Ils ont aussi un fils de trente ans, jeune chimiste entreprenant qui, outre la pharmacie florissante dont il hérite, semble doué pour les affaires, inspiré par une démangeaison d'ambition. Il vient de mettre au point un baume contre les varices, les ulcères et les inflammations de peau, invention faramineuse qu'il s'occupe de faire connaître et dont la renommée publique commence à passer les limites du département. Il veut construire dans le faubourg une fabrique et le futur laboratoire, dont il dessine les plans. Il a des idées de réclames pour les journaux, les almanachs, il a lui-même conçu le projet de la peinture murale qui associe le nom des Marechal et les vertus de la pommade sur une façade aveugle de la place du Marché. A cause de ses occupations il a négligé de fréquenter le salon et les goûters champêtres de Mme Seuvert, et oublié de trouver une femme. Ce dont s'avise Mme Camouin. Saturne a fait l'affaire.

Tous les jeudis et samedis, Mme Camouin conduit Constance à la maison de campagne des Marechal pour y prendre sa leçon de cheval. Passé les dernières maisons, on longe le futur chantier de la fabrique, on suit cinq kilomètres de routin avant d'atteindre la demeure, sorte de grand manoir à l'anglaise, avec ses murs en pierre à ornements de brique autour des fenêtres, sa double porte d'entrée à petits carreaux sur un perron bas et ses tourelles à clochetons, ses cheminées roses sur l'ardoise, le tout envahi, dévoré par le chèvrefeuille fou et perdu dans une végétation à moitié sauvage. Les Marechal ne viennent plus guère là, quelquefois le dimanche et seulement l'été, depuis que le deuil de leur aîné, mort à Sedan, les tient cloîtrés dans leur appartement en ville, au-dessus de la pharmacie. Il reste là, pour l'entretien, Marcellin, le garde-chasse qui surveille les bois, jardine un peu, palefrenier aussi puisqu'il y a trois chevaux que monte Gustave Marechal de temps en temps. Et Bretonne, une servante bègue, d'âge indécidable, qui garde la maison en l'absence des maîtres, seize pièces abandonnées, humides et glacées, hiver comme été. Bretonne se cantonne dans la cuisine qui donne sur le jardin, derrière. Elle y a son lit, dans une alcôve attenante. A la vitre, elle guette l'arrivée de Mme Camouin, elle gratte furieusement de l'ongle noir des verrues sur le dos de sa main, elle embue la vitre de son souffle.

Il fait encore froid, ce jeudi d'avril que la bruine brouille de gris. De la fenêtre de la cuisine, on voit à gauche la terrasse de la maison, haute de trois marches, dominant le jardin, en face les dépendances, la grande serre aux vitres aveuglées de poussière, où personne ne fait plus rien pousser depuis longtemps, et le bâtiment de l'écurie, la sellerie qui sert aujourd'hui de remise, et puis le fouillis mouillé du jardin, la tonnelle de rosiers. Au fond, la garenne, le petit pré, l'étang, on ne les voit pas, ni la forêt qui commence, noyée de fougères.

La chose est arrêtée : quand Mme Camouin arrive, avec sa demoiselle, Marcellin a déjà sellé Saturne qui attend, attaché à l'anneau. Il fait monter la petite et l'emmène pour la leçon dans le bois.

Il l'accompagne à pied, il lui donne des conseils, mais ils ne vont pas bien loin. Mme Camouin les regarde partir, puis elle traverse le jardin, elle vient vers la cuisine. Tandis qu'elle avance, Bretonne recule derrière sa vitre. Quand l'autre entre, elle est déjà rendue au fond près de la cheminée.

« Bonjour ma fille, dit Mme Camouin en se frottant les mains frileusement.

– Bonjour madame. C'est prêt dans le petit salon. »

Bretonne a la consigne d'allumer du feu dans le petit salon pour épargner à Mme Camouin sa compagnie dans la cuisine en attendant le retour de Constance. Mais, en dépit des flammes et des dimensions raisonnables de la pièce, la plus petite de la maison, il fait insupportablement humide et froid. Le feu ne suffit pas, Mme Camouin gèle sur place. Les rideaux, les tapis dégagent une odeur de moisi exaltée par la timide chaleur. Elle a essayé deux fois de rester là, attisant le feu, grillant devant, glacée derrière. Maintenant, elle se tient dans la cuisine avec Bretonne, en dépit des façons. Au moins là il fait bon, malgré les senteurs confinées, un peu rances que la fille promène dans ses jupes.

Or ce matin, Gustave Marechal se trouve avec Marcellin dans l'écurie, en grande discussion. Il est question de vendre des bois, des terres, pour financer le début du chantier. Il faudra faire venir l'arpenteur, le forestier, et Marcellin doit savoir leur montrer. Du coup Saturne n'est pas sellé. Bretonne, l'œil écarquillé derrière sa vitre, a oublié d'allumer le feu dans le petit salon. Alors arrivent Mme Camouin avec Constance, emmitouflées toutes deux sous la bâche. D'une poigne solide la mère a retenu son cheval, surpris par la présence d'un autre attelage. Elle saute aussitôt, empoigne le mors et appelle Marcellin à l'aide. Il sort de l'écurie, Gustave sur ses talons. Mme Camouin en a un éblouissement.

« Quelle bonne surprise! dit-elle, et sa voix clame d'exaltation, un ton trop haut. Cher ami, quelle belle occasion! »

Gustave Marechal s'incline, un peu raide, il ne sait en quoi consiste l'occasion ni qui est cette dame un peu forte entortillée dans son châle des îles.

« Bien cher ami, quelle aimable attention! Combien nous vous devons d'amitié, Constance vous a tant de reconnaissance. Constance! » appelle-t-elle d'un ton sans réplique.

Constance descend de la voiture.

« Remercie donc M. Marechal! »

Constance dit merci. Il bruine doucement sur les arbres, le jardin, sur les vitres grises de la serre. Il bruine sur les visages, sur la vie voilée de gris, un peu floue, un peu vague. Constance dans le vague dit merci, au cheval, au monsieur, elle lève les yeux vers le ciel nébuleux, insondable, miroitant de milliards, milliards d'atomes lumineux en suspension, d'une infinitude de points gris frémissants, elle baisse le regard et ne voit rien de plus.

ET NE VOIT RIEN DE PLUS

Blois, avril 1986.

L'excès de netteté est devenu insupportable aux yeux. Trop de réalité, insupportable. Douloureuse, effarante, la précision extrême. Que n'épuise pas la loupe. Le verre de la loupe grossit sans donner plus de flou, de vague. L'instrument arme l'œil sans désarmer l'image. Insupportable à voir toutes les feuilles du chêne, une à une les aiguilles du cèdre; les écailles, les cratères de son écorce; toutes les ardoises du toit, et peut-être l'interstice des pierres, le grain poreux des briques dans la façade, et dans ce grenu de la pierre, s'apparentant à une chair de poule minérale, en érection les ébauches de mousses, les poils du pollen hérissé, et sous le brindillon ciselé de la mousse l'insecte, de l'insecte la patte, de l'insecte l'œil. Trop d'exactitude et sans fin plus minuscule, à en tuer les yeux.

Milena repose devant elle la photographie ancienne, une épreuve sur papier albuminé. Elle s'accoude au secrétaire, ferme les yeux, les presse dans sa main et les écrase longuement de la paume. Mais cela ne la soulage pas d'avoir vu ce que les yeux ne voient pas. Heureusement, ils ne voient pas tout cela, cette profusion inouïe de détails, leur prolifération menaçante, heureusement ils balaient en vitesse, en vrac. Ils se contentent de l'à-peu-près, d'une vue d'ensemble, cela leur suffit pour s'assurer, reconnaître. Quelle maladie, quelle outrecuidance de malade d'aller ainsi fouiller de l'œil télescopique jusque dans la matière secrète des choses! Est-ce que ça nous regarde? Est-ce que jamais le jardin, la maison... Qui a jamais regardé de cette façon le cèdre, la façade? J'ai trente-cinq ans, et pas une fois je ne suis allée voir d'aussi près ce qu'a enregistré cette photographie. Ni les gens de cette maison, assurément, jamais ils n'ont scruté – aucun ne saurait nommer, décrire avec cette précision, n'a vu jamais dans le détail aussi insolemment, diaboliquement détaillé, et ainsi mis à plat, écrasé dans la surface lisse, l'albumine est si parfaite – ce coin de la maison, avec le chêne, et le cèdre, le toit et ce filet de ciel. Rien ne bouge, évidemment. C'est solide, compact, tout est gelé. Pelliculaire et glacé, infiniment saisi. Pas un frisson, une hésitation de ligne. Diabolique invention, machinerie du diable, ce pacte de physique et de chimie de la photographie avec la lumière irradiante, absolue présence d'immatérialité qui rend tout matériel au même titre, le gravier des allées, le bois de la brouette et la frange du ciel, le plein et le vide. Je me suis bien laissé avoir, jusqu'à prendre la loupe. Milena rit, aveugle. Elle achève de se frotter les paupières, rouvre les yeux et, sous la visière de sa main, renoue le contact avec le charme du petit coin de chambre ensoleillée, cette pièce de la maison qu'on appelle la chambre Romain.

Elle voit alors, depuis ses pieds jusqu'à la plinthe du mur sous la fenêtre, le sol, les lames du parquet ciré, satinées d'usure, reflétant le glacis éblouissant du contre-jour. Et, à ses pieds encore, le coin du tapis de Perse, bleu pétrole et jaune coquille d'œuf, mais vieux pétrole et vieil œuf, en décor floral, des œillets, des roses, avec la grue en médaillon aux ailes vieux carmin, vieille prune, un bout du tapis de laine et ses pieds eux-mêmes, ses dix doigts de pieds alignés au bord d'une fente du plancher finement ébréchée, là où meurt une veine de bois, où se détache une écharde bleutée. Le bleu proche du tapis déteint contamine en douceur l'ombre de sa frange, ses doigts de pieds nus aux ongles laqués de rouge.

Ce sont des pieds de jeune femme au dessin nerveux, peau neuve dorée de soleil. Elle étend ses jambes dans le rectangle de lumière printanière que découpe la fenêtre. Elle atteint le tapis et presse de ses pieds nus la laine courte, un peu rêche, lève enfin les yeux vers le jardin, découvre l'encadrement parfait de ce bout de jardin par la fenêtre grande ouverte où se composent les figures brouillées du naturel, et laisse se perdre sa vue dans le foisonnant fouillis rustique bruissant de tous les verts pâles de fin avril, les taches et les scintillements de verts à venir, dans le papillotement du brouillard vert sans cesse agité, les changeantes valeurs, intermittentes au gré du vent de brise, au gré du balancement plus haut des branches inclinées, soulevées et bercées du cèdre, invisible d'ici, trop sur la droite, qui filtre et dispense la lumière, ombre tantôt et tantôt nimbe les lilas bleus, exalte le clair petit acacia de buée blonde.

La photographie est maintenant posée sur la table du secrétaire. A nouveau banale, désamorcée de sa puissance de feu après avoir frôlé le seuil d'incandescence ; elle est désormais inoffensive, objet rectangulaire plat, inerte parmi d'autres objets inertes, la loupe cerclée de métal au manche de Bakélite, l'encrier de porcelaine, un jeune berger alangui appuyé du genou au tronc coupé d'un arbre – le réservoir d'encre. C'est une image en noir et blanc. Elle représente une vue de la maison Marechal, la façade arrière, on dirait prise depuis la serre ou l'écurie puisque le cèdre y apparaît tout entier. Elle date du début du siècle, comme toutes celles que contient le portefeuille de cuir brûlé aux pliures, ouvert sur le secrétaire. Une vingtaine en tout. Mais il y en a beaucoup d'autres dans des portefeuilles semblables, rangés dans les tiroirs de la maison, de la même manière méticuleuse, presque maniaque. Elles sont toutes collées sur un carton gris de format constant, encadrées d'un trait scolaire à l'encre noire, classées en liasses avec une feuille de soie pour intercalaire. Ce sont des épreuves sur papier tirées d'après des clichés sur verre, faits par Romain Marechal dans sa jeunesse. Ce sont toutes des photographies de jeunesse : il est mort à la guerre, dès le commencement, en octobre 1914, à l'âge de vingt ans. De Romain, il reste ces photographies, vues du jardin, de la maison, sans jamais personne pour occuper le paysage. Et la chambre qui porte son nom, qui fut le sanctuaire de ses images. Longtemps après leur mariage, et parce que Milena lui posait la question du nom curieux de cette chambre, Jorge lui a parlé vaguement de Romain, ce grand-oncle photographe, dont il ne sait presque rien. Dont il ne reste aucun portrait. « C'est étrange », dit Milena. « C'est vrai », dit Jorge. Peut-être. Dans l'album de la famille Marechal, on peut voir Constance, la mère, posant près d'une colonne, dans un atelier drapé de tentures, ou sur la terrasse, parmi des invités, photographies d'amateur. Aussi Gustave, devant sa fabrique, avec le docteur Venuti, et des notables, un jour anniversaire de l'inauguration, et puis les sœurs de Romain, Émeline et Madeleine, assises sur une marche de la terrasse, petites filles raides de sagesse, profondément sérieuses. Mais de Romain, nulle image. Seule Madeleine, qui vit encore aujourd'hui, seule la très vieille dame se souvient peut-être des images absentes, du jeune homme photographe mort à vingt ans.

Moi, assise au soleil dans sa chambre, à l'étage de sa maison natale, je suis Milena. Je viens de loin. De Pologne, à l'âge de cinq ans. C'est-à-dire je ne sais pas d'où dans la neige, le long d'une ligne de chemin de fer, une marche de nuit. En réalité, pas seulement de Pologne, de plus loin encore, dans le temps. D'Estonie, ils disaient de l'île Sarema. Ils disaient : des paysans pauvres, des pêcheurs, des marins de l'île Sarema, des maisons dans les champs de lin ou de betteraves, avec la mer autour, mais moi, longtemps à pied, la nuit, je marche, je trébuche. Dans beaucoup de rêves, et même les rêves éveillés en pleine lumière, je viens de la neige, le monde commence là sans que ce soit vraiment quelque part, mes souvenirs commencent où je trébuche, où je m'entrave dans une nuit qui n'est pas noire, qui est du noir criblé de blanc, est-ce possible un noir tellement blanc, dans lequel nous marchons. Il y a déjà papa et maman, déjà très vieux, très pâles d'une grande fatigue nocturne, quand vient un train nous dévalons le ballast, nous nous cachons la tête dans le noir de la neige et nous avons passé une frontière en deçà de laquelle je n'ai pas de souvenir. Pas de photographie non plus à la place du souvenir, souvenir d'aucune image. C'est pourquoi peut-être je suis devenue photographe, d'une certaine manière pour effacer des images que je n'ai jamais vues.

Mes premières photographies, je les prends chez nous, dans les années soixante, avec le vieux Voitgländer de mes parents, un appareil à soufflet de cuir dont le boîtier souffreteux nécessite toutes sortes de précautions pour le manipuler. Au collège où il y a un labo, j'ai appris à développer. Nous habitons porte de Montreuil, au fond d'une cour pavée avec des maisons de guingois, pauvres, des palissades. Nous sommes les seuls à vivre dans une maison de bois, les deux pièces d'un baraquement d'avant-guerre, une chambre, une cuisine. Peut-être sommes-nous les plus pauvres de tous les réfugiés de la cour. Mon père travaille chez un réparateur de vélos, ma mère débite des carrés de suédine dans un atelier de découpage ; à la main, avec de gros ciseaux crantés. Les machines à découper sont venues plus tard, trop tard pour elle. Elle n'a pas admis d'avoir à vivre là. Elle a continué à parler sa langue maternelle, un patois de tourbe dont je n'ai pas retenu un mot. Mon père s'adresse à moi en un français lent, parfait, il lit tout ce qui lui tombe entre les mains, il lit mes livres de classe, ceux que j'emprunte à la bibliothèque, il les lit avant moi. A elle, il répond dans sa langue, par monosyllabes, quelquefois il affecte de ne plus la comprendre. Elle pleure. Souvent elle parle toute seule sa langue, à voix haute, dans la pièce d'à côté. Mon père et moi, dans la cuisine où je fais mes devoirs, nous entendons, nous n'écoutons pas. J'ai obtenu le B.E.P.C. Il est fou d'orgueil, je suis la seule des enfants de la cour, il a fait encadrer mon diplôme. J'ai le droit de porter des bas pour aller au lycée, et de me servir du Voitgländer.

Le geste photographique est lié pour moi aux premiers bas. A l'inconfort troublant du porte-jarretelles barbare dont les élastiques raides font se tendre et relâcher les bas sur mes cuisses quand je me baisse et me relève, qui ceinture mes reins, tiraille sur mes hanches. Cachant mon visage, l'appareil m'autorise à faire jouer cette sensation clandestine où se signale mon corps à moi, c'est-à-dire mon ventre, mes cuisses, pris dans l'attirail bizarre, et ce lieu curieux où je m'éveille et m'émeus à l'instant photographique. Je cadre serré, le plus près possible des choses. J'ai mis longtemps à m'éloigner de mes sujets. Je photographie de trop près les petits voisins, un pot de résédas, un chat, ma poupée. Ni la cour, ni la maison de bois. Elles me semblent imphotographiables dans l'ensemble. Je ne sais où je pourrais me mettre, comment faire pour avoir des images de la cour, de la maison, c'est trop laid, et cette laideur je l'aime. J'y suis avec moi-même emprise. Je n'ose pas en faire des images qui en désigneraient la laideur, la donneraient à voir, documentaire, et moi nue tout entière. Je ne vois pas de poésie aux vieux murs, aux rigoles, aux planches rafistolées de tôle, à la terre battue où les pavés se déchaussent, je ne sais pas faire des images d'amour. Mes parents non plus, je n'ose pas. Cela se passerait devant la maison, sur le seuil, on verrait la fenêtre aux vilains volets, aux vilains rideaux. Je vomis mon amour de ces rideaux, leur souvenir.

Une fois, j'ai voulu photographier mes parents, mais dedans. Je sais que c'est difficile, presque impossible, je n'ai pas de flash. La lumière de l'intérieur est trop faible pour la pellicule et c'est pourtant le seul endroit où je puisse les prendre en photo comme je l'entends. Ils se laissent faire, me laissent décider. Je décide ce que je crois qu'ils souhaitent, la plus belle place de la maison, leur chambre, où il y a de vrais meubles. Ma mère s'assoit à la tête du lit, de cette façon on verra en décor la table de chevet en marqueterie de bois plaqué, la lampe à jupon froncé par un galon et le vase d'opaline. Juste avant, dans la cuisine, elle s'est recoiffée furtivement, elle a tiré ses cheveux avec des peignes, sans miroir, du plat de la main, derrière les oreilles. Cette coiffure dégage son visage rond aux joues massives, son front bombé. Elle a lissé ses sourcils avec de la salive, du bout du doigt. La salive est son seul maquillage. Elle en plaque ses cheveux aux tempes, redresse ses cils, en enduit ses paupières, ses lèvres pour les faire briller. Elle nettoie les petites taches avec sa salive, lustre son alliance; les chaussures, elle crache dessus et frotte. Elle mouille son doigt pour enlever les miettes de son tablier, la poussière, attraper un cheveu sur ma veste, pour cirer le fil à coudre, cicatriser mes bobos, mes égratignures. Ma mère sécrète sur sa langue étrangère un produit domestique universel.

Elle s'est assise, elle pose ses mains bosselées par les gros ciseaux, mi-ouvertes sur ses cuisses, ne bouge plus. Mon père tire une chaise pour être assis près d'elle, pas trop afin de laisser visibles entre eux la lampe et le vase. Je suis debout, à l'extrémité de leur lit. J'attends. Eux aussi attendent, ils regardent leur fille qui est à contre-jour, le visage caché par l'appareil, en face d'eux. Elle a quinze ans, elle a le pouvoir, elle juge de l'instant. Ils savent que c'est maintenant, l'exécution. Alors le père, d'un élan, a tendu le bras vers la mère, il jette son bras comme un pont par-dessus l'espace vide qui les sépare et il prend la main de la mère. Étant donné l'éloignement, le geste désarticule l'épaule, déboîte le buste, il a cassé les lignes dans le cadre. Malgré la contorsion, mon père adopte la pose, et s'y tient. Sans détourner la tête ni les yeux vers elle. Elle en a souri. Ce sourire me déchire le cœur; il ne dure pas. Quand je déclenche, ils regardent tous les deux l'appareil d'un air étonné, presque fâchés, comme si rien ne convenait plus, comme si tout allait trop vite. Ou bien ils ont senti ma peur, la colère qui m'envahit d'avoir à faire maintenant cette image d'eux que je ne connais pas, qui m'apparaît comme une catastrophique mise en scène. Je ne prends pas de second cliché. C'est une manière de photographier qui m'est restée. Une seule photographie. Et l'image latente enfermée dans l'appareil, longtemps, le temps passe. Enfermée dans le rouleau noir, dans la gélatine, je sais la chimie des grains argentiques, l'image attend. Peut-être est-elle plus vraie d'avoir dormi. Je suis économe, avare de photographies. Ce temps différé, en souffrance d'images, me fait un peu mal, toujours peur, mais j'ai besoin encore de les garder en deçà du révèlement, de leur laisser le temps de se faire en moi. En moi, aujourd'hui, je les développe, lentement, elles se fixent en une forme qui jamais ne pâlit, à l'abri des détériorations, des défaites. En moi, dans ma chambre noire, j'ai une collection de photographies à moi seule, à laquelle nul regard jamais n'accédera.

Au développement, la photographie de mes parents dépasse mon attente. L'éclairage hideux du plafonnier, une coupe de pendeloques de verre, rabat la lumière électrique, elle tombe sur eux, les écrase, plombe les ombres. J'ai beaucoup ouvert le diaphragme, longtemps. Tout est noir. On ne distingue rien en profondeur du décor, de la tête de lit, ni la lampe ni le vase. Seules leurs mains jointes sont nettes, les visages sont flous, défigurés d'un grain épais, livides dans tout ce noir, mon père est suspendu dans sa posture invraisemblable. Je déteste cette photographie, l'avoir faite, l'avoir si mal voulue. Si peu voulue qu'avant de déclencher je la savais perdue. Je pense que c'est à cause du repentir de mon père, ce geste maladroit qui corrige, au dernier instant, la pose, élan de tendresse rude, de solidarité tardive, qu'il a eu à cause de la photographie. A cause de moi, contre moi. Je les ai démasqués. J'allais les *prendre*, et il m'a donné quelque chose que je ne voulais pas. Je pense qu'ils ne parlent plus la même langue, mais c'est seulement en ma présence. Ils feignent la séparation des langues, mais ils ont entre eux gardé un autre lien d'histoire primitive, d'avant ma naissance, lien secret de leurs chairs qui à l'instant photographique se révèle, scelle leurs mains séparées.

Que cette photographie existe, je ne m'y résigne pas, et je ne peux faire qu'elle n'existe pas. Je pourrais jeter le négatif, le détruire. L'idée ne m'en vient même pas. Le détruire n'annulerait rien de l'acte photographique. Au contraire, ce négatif est devenu une planche de salut possible, le seul recours. Dont j'espère, enfant, la consolation. Jamais je ne me suis autant acharnée sur le tirage d'une épreuve. Des années plus tard, encore, pour tenter d'en obtenir quelque chose de *bon*. J'ai usé de toutes les tricheries du développement, des caches, des temps d'exposition variés, pour obtenir ce qui serait bon. Sans comprendre que ce qui serait bon serait de ne l'avoir jamais prise. C'est la plus malheureuse photographie de ma vie, c'est la plus belle. Je le pense aujourd'hui. La seule que j'ai faite de mes parents. Ce n'est pas ce qui la rend belle. Elle est à ce point manquée que c'en est devenu parfait, irrémédiable.

Milena est arrivée hier soir de Paris, avec la BMW de Jorge. Elle roule vite, elle met une heure et demie pour atteindre Blois, mais il fait déjà nuit quand, ayant traversé la ville, elle découvre dans ses phares les ruines de l'ancienne fabrique Marechal, la petite route de campagne qui mène à la maison familiale. Elle passe le portail, éteint ses feux, se range sur le bord de l'allée et coupe le moteur. Il fait encore plus noir sous les sapins. Milena ferme la portière en douceur, toutes ces précautions pour éviter que grand-mère Madeleine, si elle s'est déjà retirée dans son appartement, n'entende le bruit, ne s'alarme de quelqu'un qui vient si tard. Pourtant Milena a fait le déplacement pour elle, tout exprès. Pour compenser par sa visite l'absence imprévue de Jorge et fêter quand même avec elle son anniversaire aujourd'hui. Milena arrive trop tard. Toute la journée s'est trouvée décalée, rien n'a eu lieu en son temps. Ce dérangement, d'habitude, lui convient. Le retard est son mode de vie. Mais aujourd'hui on dirait que quelque chose tremble, se défait, un trouble d'ensemble, plus profond, qui affecte elle ne sait quel ordre dans le désordre ordinaire. Peut-être ce printemps précoce qu'on ne sent pas venir en ville, qui vous suffoque à l'échappée d'un jardin, le long de l'autoroute ensuite. Comme si dans un endroit lointain se préparait un malentendu, un désaccord majeur dont la buée jaune, trop acide, flottant dans le gribouillis des branches serait le signe annonciateur, ce petit nuage d'hésitation verte qui lui donne une tristesse légère, indécise. Elle respire un grand coup. Il fait frais dans l'allée, un peu humide, elle frissonne. Elle dit, à mi-voix : « Alors, Milena ? »

La façade est plongée dans l'obscurité. Seules, peut-être, filtrent de vagues lueurs à travers les rideaux du grand salon. Milena fait le tour de la bâtisse. Elle prend le soin de marcher sur l'herbe, elle frôle les hortensias, le long du mur. Derrière la maison, la lanterne restée allumée éclaire la terrasse, le jardin. Il y a quelqu'un dans la cuisine.

C'est Laurette. Elle regarde la télévision en fumant une cigarette, devant une tasse de café. Elle se lève d'un bond à l'entrée de Milena. Toute rouge, elle dit, très vite, comme pour s'excuser de son désœuvrement :

« J'ai fini le linge. J'attends que Gilbert rentre pour fermer.

– Bonsoir, dit Milena. J'arrive bien tard. »

Elle cligne des yeux, éblouie par tant de lumière, toutes les lampes sont allumées.

« J'aime pas le noir, dit Laurette, voyant sa mimique. Vous m'avez fait peur de sortir du noir comme ça. Comme un diable.

– Désolée. C'est rien. C'est seulement moi. »

A son tour, elle se sent prise en faute, de surgir ainsi, de n'avoir pas même frappé au carreau.

« Je pensais faire une surprise à grand-mère, mais je me suis retardée. »

Tout le repassage est dressé au bout de la table, en piles bien alignées. Laurette assure l'intendance, le ménage. Elle veille sur grand-mère, lui tient compagnie. Elle fait presque partie de la famille, depuis le temps qu'elle est entrée à son service. Milena pose son sac, enlève son blouson. Elle est en jean et chemise, une chemise de Jorge, trop grande.

« Je me suis garée dans l'allée, explique-t-elle, pour ne pas la réveiller.

– Elle ne dort pas. Elle est dans le salon avec la télé. Oh! la la! Ces bagarres, toujours pareil! »

Laurette désigne du menton le poste de télévision. Des hommes se battent, roulent dans la boue. La musique devient stridente.

« C'est son anniversaire, aujourd'hui, dit Milena.

– Ah ! dit Laurette, vous y avez pensé, vous. »

Radoucie, elle éteint sa cigarette.

« Bon, je vais vous préparer la chambre Romain, alors, comme d'habitude. Vous voulez que je monte votre sac ?

– Merci. Laissez. Je vais aller voir grand-mère d'abord. »

Le hall d'entrée à traverser, obscur. Dallé de noir et blanc, avec des plantes vertes galopantes, jusqu'au plafond, des reflets de cuivres, de porcelaines. Le grand salon est dans la pénombre également, seule la télévision éclaire la pièce de bleu et la lampe avec grand-mère dessous, installée dans son fauteuil Voltaire, toute droite, toute seule.

Grand-mère, c'est Madeleine Marechal. Elle a toute sa vie été la sœur aînée d'un frère Romain mort à vingt ans, d'une sœur Émeline morte à quinze. Elle en a quatre-vingt-dix-sept. Aujourd'hui. Le 23 avril est son anniversaire. Dimanche prochain, toute la famille Marechal réunie fêtera cette date remarquable. Jorge devait rentrer de Lisbonne cet après-midi, et venir avec Milena à Blois pour cette occasion. Madeleine a élevé son petit-fils, elle a pour lui une adoration sans borne. Mais Jorge est retenu à Lisbonne, il n'a pas pu rentrer à temps. Sur le répondeur, il dit qu'il arrivera demain, sans faute. Alors Milena est venue seule. La colonne de camions militaires progresse dans le désert avec difficulté. Des moudjahidin, assis en rond dans les rochers, expliquent le maniement d'une mitrailleuse au cameraman. Ils rient. Les miroirs du salon multiplient leurs rires dans les postes de télévision, il y a autant de lampes à abat-jour vert, autant de grands-mères se redressant, se retournant, qui baissent le front, la main en visière pour scruter l'ombre où s'avance Milena.

« Qui est là ?

– C'est juste moi, dit Milena, ne vous dérangez pas.

– Mélanie ! » s'écrie grand-mère.

Elle lève les bras dans un geste de ravissement excessif. Depuis dix ans, elle confond Milena, Mélanie, sans qu'on sache si c'est défaut de mémoire ou mauvaise volonté. Quand Jorge rectifie, elle dit que c'est la même chose, une manière de prononcer. « Mais oui, dit Milena, c'est pareil. C'est mon nom. »

« Tu ne me déranges pas. Je passe le temps avec les nouvelles. »

Elle brandit la télécommande devant elle, coupe le son du téléviseur, se redresse, fébrile.

« Jorge est là ?

– Il viendra demain. Il rentre demain. Comment allez-vous, grand-mère ?

– Qu'est-ce que tu fais sur les routes à cette heure-ci ? Je vais très mal, normalement. Je suis comme le Pont-Neuf. Assieds-toi. Viens là. Pourquoi Jorge n'est-il pas avec toi ? »

Milena s'est assise dans le petit fauteuil crapaud. Elle n'a jamais compris cette histoire de Pont-Neuf.

« Il est retenu à Lisbonne par ses affaires, il a dû repousser son retour. Alors je suis venue, en attendant dimanche.

– C'est très ennuyeux, les affaires. Les avions aussi, je n'aime pas le savoir dans les avions par les temps qui courent. »

Milena fait un petit sourire qu'elle n'a que lorsqu'elle est seule, pour elle-même, quand elle lit un livre, quand elle écoute de la musique. C'est un sourire pâle et sérieux, venu de l'intérieur. Ses yeux se perdent dans le grand miroir au-dessus de la cheminée, dans lequel le plafond, les tentures obscures et quelques reflets de meubles lointains, de verreries semblent la clôture d'un monde caverneux. Elle voudrait que tout s'éteigne, que grand-mère s'éteigne, et dormir.

« Je ne pensais pas arriver si tard. Une fois partie, j'ai roulé en me disant tout le temps que je ferais mieux de rebrousser chemin, mais je voulais vous souhaiter un bon anniversaire. Jorge vous embrasse aussi. Je n'ai pas pu venir plus tôt. »

Milena sort le cadeau de son sac. L'emballage est fripé, le ruban frisotté aplati. Elle a un sentiment de gêne, de ridicule à extraire ce paquet si laid, pour lequel elle a roulé, tous ces kilomètres, la nuit tombe à l'horizon rose, elle sera en retard, c'est inutile. Depuis le petit matin, une interminable journée de retards additionnés. Il faisait nuit encore, ce matin, porte de la Chapelle, quand elle a abandonné Nils au bord du trottoir. Elle le voit, dans le rétroviseur, avec son écharpe de cachemire froissée, salie, lui pendant au cou, lamentable. Le directeur d'une des plus prestigieuses galeries parisiennes. Photographie d'art, collections internationales. Sa belle veste de vrai tweed pleine de la poussière ignoble des gravats, toute la saleté du squat. Elle l'a planté là. Elle a gardé les pellicules des photographies au fond de son sac, en vrac, avec le cadeau de grand-mère, son foulard en boule, les calepins, la trousse de maquillage et tout ce désordre familier qu'elle promène avec elle. Tout est en désordre, la vie entière est froissée. Ensuite elle a roulé, trop tard pour faire demi-tour, aucun remords. Nils aura pris un taxi, retrouvé son confort et le luxe feutré de sa galerie, il aura bu un whisky, à jeun, pour mieux savourer sa peur de la nuit. La nuque de Milena ploie. Ses pensées changent de cours, elle ne s'est pas non plus arrêtée chez son père, en quittant Paris, trop en retard. Le jardin de son père, Montrouge, est fleuri de jonquilles, de primevères, elle le voit, le chemin étroit, dallé de ciment sous les arcades de fer rouillé, jusqu'à la maison. Il se plaint du mal que lui donnent ce jardin et l'entretien du minuscule pavillon de banlieue à auvent vitré, l'appentis pour les outils, tout cela lui donne du souci. Il aura attendu derrière la fenêtre. Les soldats mitraillent en silence un convoi dans un nuage d'incendie, des fumées noires de camions en feu. La fumée envahit l'écran muet de la télévision.

« Que c'est joli ! »

Du papier de soie, grand-mère extrait son cadeau d'anniversaire, une grosse boule en cristal ancien. Elle la tourne, ses mains tremblent, ses doigts crochus et secs glissent, palpent la sphère lumineuse.

« Ah ! ça, je suis très contente, voilà un cadeau inutile. Tu comprends, je suis accablée d'objets utiles, à mon âge, de gadgets. On ne pense qu'à me rendre service, c'est lassant. Je suis très contente. C'est une idée de Jorge, au moins ? Installe-la là-bas. »

Milena ne dément pas. Elle installe la boule sur

le guéridon. Dans le miroir, elle voit sa tête blonde qu'éclaire la lampe. Elle pose sa joue dans sa main, son coude sur le genou. Elle voudrait guérir de l'encombrement qu'elle est à elle-même, poser sa joue sur la peau de quelqu'un, s'endormir. La nuit dernière était une nuit blanche, une nuit noire, sans sommeil.

« Alors tu es venue juste pour me souhaiter mon anniversaire. Tu fais bien, c'est le dernier. Je dis ça tous les ans, remarque. Je finirai par avoir raison. Tu as dîné ? »

Sans attendre de réponse, elle appelle, la tête renversée, de la voix suraiguë des vieilles personnes qui n'ont plus de souffle :

« Lau-rette !

– Je n'ai pas faim. Vraiment pas du tout », proteste Milena, en vain.

Laurette vient sur le seuil, elle attend les ordres dans l'obscurité.

« Prépare-nous un plateau de tartines et du café pour Mélanie. »

Laurette disparaît vers la cuisine tandis qu'un ministre traverse le musée au pas de charge avec sa suite, il serre des mains. Il y a une avenue chinoise remplie de vélos et la caméra s'élève, s'envole vers un building où flotte un drapeau occidental. Ensuite, on voit des Chinoises travailler à des machines rouges.

« On va faire une dînette, décrète grand-mère. Mélanie, donne-moi des nouvelles. »

Des nouvelles ? Des nouvelles de quoi ? Ce mot la glace soudain. Impossible de raconter en quoi la vie est nouvelle, celle qu'ils mènent, Jorge et Milena. Il y a une manière, sans doute, d'inventer un récit pour la vieille dame, une sorte de version arrangée des petits faits divers à composer pour elle, conforme à sa représentation, son attente du même conte où Jorge et Milena sont heureux, mais modérément, rien d'excessif, rien d'effrayant. Ils ont de tout petits soucis, le projet d'un achat, un rhume, des ennuis de travail, ils attendent des vacances, un voyage. Elle est folle, pense Milena, comme les fous elle vit entre ses murs une histoire à dormir debout, sans fin ressassée, accommodée à de maniaques obsessions, avec des rituels peureux qui conjurent les accidents d'avions, les malfaçons d'enfants, les maladies. Elle ne sait rien d'aucune réalité. A cause de sa vieillesse, elle a oublié, ou jamais su. La vie n'est pas nouvelle. La vie est malade, tout le temps, depuis le fond de la nuit, dans la neige. Milena est folle sans aucun mur autour, que du noir. Elle n'a pas eu le temps de s'inventer une caverne avec tentures, miroirs et télévision. Elle achète des habits, des robes très excentriques, très chères, qu'elle ne porte jamais. Elle entasse dans les tiroirs, la penderie. Hier, une paire de bottes en chevreau, un châle de cachemire. Elle ne va qu'en jeans et pulls, chemises empruntées. A Jorge. A Nils. Elle emprunte. Elle n'est nulle part chez elle, nomade. Elle a besoin de partir. Elle a besoin de laideur, de plus en plus souvent, de mal faire, mal dire, et de trouver plus mal encore dans une obscurité grandissante. Elle donne l'argent à son père, à des gens. Nils a peur dans le noir du squat, dans les gravats, les matelas défoncés, jetés à même le sol. Les types les ont vus passer, surtout lui avec son écharpe et sa veste de tweed. Ils vont venir. Ils sont restés dans la rue, mais d'un moment à l'autre ils vont monter. Attends, dit Milena. Les filles veulent bien parler, maintenant, mais pas de photos, elles se méfient. Fais pas de photos, dit Nils. Ta gueule. Les filles, des Blacks, parlent à peine français, incompréhensibles, lisses, sales. Elles sont nues. Le squat pue, une odeur de charnier chaud, d'urine, vomi, sueur. Secteur d'abattage, en pleine zone condamnée à la démolition, derrière le périphérique. Tirons-nous. Il a peur, il crève de peur. Il n'avait qu'à pas venir. Milena donne de l'argent aux filles, à chacune dans la main, sans un mot. Il y en a une très jeune, une petite fille hébétée, sans dents, comme un bébé idiot. Elle masse ses seins, qu'elle n'a pas, elle se frotte la poitrine d'un geste ample, du poignet au coude, sans arrêt. Elle cache sa figure derrière une feuille de journal, on voit juste ses yeux, blancs, ronds, elle glousse. Milena déclenche, appareil au ventre, sans cadrer, sans viser. Au jugé, elle pivote, elle déclenche en silence. Sans flash. Elle est froide, mécanique, à la lumière tremblotante des bougies, dans l'éclair violent des phares de voitures qui passent sur l'autoroute. Trois, cinq photographies. Comme dans le parking, l'autre nuit. La fille, cuisses ouvertes, renversée, la tête sur les coudes relevés, garde les yeux fermés. Quand ils ont entendu les types monter, ils se sont enfuis plus haut, dans les étages abandonnés. Ils font vite, furtifs, précis. Ils ont fini la nuit assis par terre sous une lucarne défoncée. Elles parleront pas, dit Milena. Qu'est-ce que tu en sais. Je sais. Ils attendent en silence, longtemps, tendus par l'écoute. Milena connaît une sortie, comment passer dans l'autre immeuble et filer par une rue, derrière. Mais elle attend, pour punir Nils, pour qu'il ne veuille plus jamais venir avec elle. On n'entend rien, le périphérique seulement, très loin, en bas, l'eau écrasée sous les pneus dans un déchirement d'étoffe continu. Merde, dit Nils, tu es complètement cinglée. C'est rien, dit Milena. T'as rien vu. Elle a froid, elle a mal au ventre, là où sont entrées les photographies, comme d'une déchirure froide. Elle a mal des images qui se fixent, lentement, dans sa chambre noire.

Laurette est partie coucher grand-mère. Dans le hall d'entrée, il y a un poste téléphonique. Milena pourrait appeler dans le salon, mais elle ne veut pas se voir dans les miroirs. Elle fait le numéro de son père, sans allumer. La sonnerie retentit plusieurs fois, à l'autre bout, avant qu'il ne décroche. Il dit allô d'un ton effrayé, il craint le téléphone, les ennuis administratifs. Il ne reçoit d'appels que des administrations, et de Milena. L'heure est passée pour les gens de bureau, il pourrait y penser.

« Milena, dit Milena doucement.

– Tu as vu l'heure qu'il est ? Pourquoi appelles-tu si tard ? Je t'ai attendue toute la journée.

– Je t'avais dit en fin d'après-midi, et seulement peut-être.

– Oui, mais j'ai quand même attendu toute la journée.

– Je n'ai pas pu venir. Excuse-moi.

– Tu aurais pu téléphoner avant.

– Non, c'était impossible, je t'assure.

– Je t'avais préparé des œufs, à emporter.

– Désolée pour les œufs, papa, mange-les, il vaut mieux.

– Quand viendras-tu, à présent ?

– Bientôt. C'est compliqué, en ce moment. Ne t'inquiète pas.

– Oui, mais j'ai mal au dos, encore. »

Il raconte qu'il a soulevé une caisse d'outils, ce matin, en s'y prenant mal. Il est resté bloqué, plié en deux dans la remise, sans aide, pendant plus d'une heure, à se demander comment il parviendrait à rentrer dans la maison. Pendant plus d'une heure, il exagère, il en rajoute pour se faire plaindre, pour qu'elle se sente coupable. De plus en plus souvent il geint, il exprime des doléances diverses. Fais venir le médecin, dit-elle avec un peu d'agacement. Mais il prétend qu'il n'a pas besoin du médecin pour apprendre ce qu'il sait déjà, ce sont ses disques qui se déplacent, et il a pris des cachets, du Profenid, du Glifanan, il en a une réserve pour se soigner tout seul. Elle entend, en arrière-fond, une musique douce en sourdine, une sorte de valse. Est-ce que tu t'en tires vraiment, tout seul ? Comment peut-elle lui refuser son secours quand il est si seul dans sa maison de banlieue, l'escalier est trop raide pour ses reins, le jardin si petit mais encore trop grand à entretenir. Comment avec cela sortir de ses gonds, laisser aller la colère ? Je m'en tire comme je peux. Ça va passer, dit-elle. Couche-toi, maintenant. Essaie de dormir. Je dors mal, dit le père. Ah, si ta mère était là. La mère est morte il y a bientôt vingt ans. D'un coup de ciseaux. En quelque sorte ce sont les ciseaux crantés qui l'ont tuée. Une vilaine entaille, mal soignée, qui ne guérit pas, une septicémie foudroyante, juste avant l'installation des machines à découper.

« Écoute, dit Milena, j'essaierai de venir bientôt.

– Où es-tu ? demande-t-il.

– Chez Jorge, à Blois. Ne t'inquiète pas.

– Je ne m'inquiète pas. C'est mon dos.

– Oui, dit Milena, c'est seulement ton dos. Tu as reçu l'argent, le virement ?

– Je n'y comprends rien, se plaint-il, ils ne m'envoient plus de relevés.

– Mais si... », dit-elle.

Alors Gilbert surgit dans la pénombre.

« Il y a quelqu'un ?

– C'est moi, dit Milena, une main sur l'écouteur.

– Je ne vous voyais pas dans le noir.

– Moi non plus. »

Il fait la lumière. C'est le mari de Laurette, il est employé à la mairie de Blois. Il est encore en bleu de travail, avec un gros pull marin et ses bottes en caoutchouc. Milena cligne des yeux, éblouie.

« Je te rappellerai demain, dit-elle. Bonne nuit. » Elle raccroche.

« Mille excuses, dit Gilbert, en se dandinant d'un pied sur l'autre. Je ne savais pas que vous étiez là.

– C'est rien, dit Milena. C'est pas plus mal. »

Elle repasse dans le salon désert, se verse une dernière tasse de café. L'écran de télévision éteint luit faiblement, grisaille. Elle boit à petites gorgées, debout. Du coin de l'œil se surveille dans les miroirs, les images d'elle qu'ils renvoient, de profil, de face, silhouette mince coiffée de blond, coiffure Louise Brooks très sage, encadrant son visage rond aux yeux effilés, à la bouche rouge.

Elle soutient son propre regard, s'étonne qu'il lui résiste dans tous les miroirs à la fois. Elle ne reconnaît pas la menace triste de ses yeux attentifs. Et puis, dans le décor luxueux, feutré de reflets sourds, elle s'effare d'apparaître si grande, solitaire.

Sous la lampe, la boule de verre luit, d'une limpidité sereine, sans le trouble d'une impureté, d'une bulle d'air. D'emblée, Milena l'a distinguée parmi les autres presse-papiers dans la vitrine de l'antiquaire pour sa sobriété, elle ne contient pas de sulfure, pas de couleurs bigarrées. Vraiment une rareté, explique le marchand, elle vient de Hongrie, elle appartenait à la collection d'une comtesse, c'est ce qui justifie le prix, comprenez-vous ? Milena comprend, elle paie. D'une eau parfaite, la boule enferme dans sa masse une aura flottante, un voile laiteux à en bleuir, nuée étrange en expansion à partir du centre très compact, d'un insondable noyau blanc d'où elle sourd, se déploie merveilleusement, s'allégeant subtilement jusqu'à la transparence absolue aux confins de la sphère, sous la pellicule miroitante du verre. Mais non. Milena le voit maintenant sous l'éclairage de la lampe, c'est l'effet inverse, le nuage se retire, se rétracte et se noue, se précipite en un point d'opaque blancheur, sans fond, sans fin, nébuleuse en voie d'implosion sur son atome central. Longtemps Milena contemple ce spectacle immobile d'anéantissement, terrifiée de douceur.

« Je peux éteindre ? » demande brusquement Laurette, à l'autre bout du monde.

Lorsqu'elle vient seule en visite à Blois, ce qui arrive de temps à autre, Milena dort dans la chambre Romain. Cette chambre a été baptisée ainsi par Jorge en un raccourci enfantin que toute la famille a fini par adopter. En 1945, à la fin de la guerre, Jorge, en quelque sorte orphelin, est recueilli par ses grands-parents, Madeleine et Henri Bertier-Marechal. Ils l'élèvent ensuite comme leur enfant. Dès son arrivée, cet été-là, grand-mère décide que le petit garçon doit choisir sa chambre, une vraie pièce à lui. Jusque-là, quand il venait en vacances, il couchait avec ses cousins dans l'autre aile. Cette fois, il ne repartira plus. Madeleine souhaite le convaincre qu'il a sa place ici, désormais, aussi lui propose-t-elle de visiter les chambres de l'étage avec elle. Il prend le jeu au sérieux, écoute ses commentaires, examine les lieux. Devant la porte fermée, il demande : et là ? C'est la chambre de mon frère Romain, dit Madeleine. Elle accepte d'ouvrir pour lui la porte condamnée depuis bientôt trente ans par la volonté de sa mère. Elle ouvre. Il dit : je veux celle-là.

Nul doute qu'elle sache, en tournant la clef dans la serrure, qu'il voudra celle-là. Peut-être le voulait-elle aussi, contre la volonté de Constance qui s'exerce depuis la mort du fils bien-aimé, l'enfant préféré, adoré. L'enfant unique qui a effacé les autres, aboli l'existence des sœurs. A cette volonté funèbre de la mère, respectée de tous, et surtout par elle, sa fille, elle met fin, au nom de Jorge. Elle installe donc son petit-fils dans la chambre de Romain, après avoir déménagé quelques caisses de négatifs sur plaques de verre, minutieusement classés, quelques livres, des cahiers de notes, jaunis, et tout le bric-à-brac photographique de son frère, déposé là comme dans une chapelle. Nul doute qu'elle a pesé sa décision, car il est temps d'en finir, même si sa mère vit encore. Constance est toujours dans sa maison, mais elle est cantonnée au rez-de-chaussée. Depuis sa fracture du fémur, elle ne monte plus jamais à l'étage, et puis elle a tout à fait perdu la tête. Quelquefois, elle cherche encore dans le jardin. Avec sa canne, elle tapote la terre, du bout ferré, elle pique, chamboule une motte, mais on dirait que c'est sans conviction, par habitude. Madeleine seule sait ce qu'elle cherche, elle n'en dit rien à personne. A quoi bon. Constance ne crie plus, ne pleure plus. Elle ne parle plus de la chambre de Romain, ni de la guerre. Madeleine a fait disparaître les photographies, elle a recommandé à Jorge de ne pas prononcer le nom de Romain devant sa grand-mère, la très vieille femme de l'autre siècle qui erre à petits pas dans les allées à la rencontre de quelqu'un, le long de la serre, de l'écurie, qui cherche entre les mottes. Quelquefois, elle annonce qu'un juge va venir, le petit garçon regarde où elle regarde et ne voit rien venir.

De toutes les pièces de la grande demeure, Milena préfère la chambre Romain. Donnant à l'ouest sur un coin du jardin un peu sauvage, elle domine le toit de l'écurie, ouvre le paysage avec au loin l'étang, l'orée du bois. C'est la pièce la plus ensoleillée, trop à l'angle pour pâtir de l'ombre du cèdre immense. Un lambris de chêne clair monte jusqu'à mi-mur, on a laissé la tapisserie ancienne aux ramages fanés. Les meubles gardent une allure enfantine un peu vieillotte : le petit secrétaire à tiroirs, la bibliothèque vitrée, l'armoire à chapeau de gendarme. Le lit est haut sur pieds, couvert d'une courtepointe de coton blanc, il y a aussi une bergère et deux chaises cannées. Le tapis persan a été rapporté par le pharmacien Gustave Marechal de ses voyages scientifiques et pédagogiques. Milena apprivoise les objets, peu à peu. Elle a appris leur histoire. L'encrier de porcelaine, ce jeune berger niaisement bucolique, vient de la famille Camouin. Le plumier en laque chinoise a été offert par son grand-père à Jorge, l'étiquette le rappelle, collée à l'intérieur, d'une écriture bleue, à l'encre passée : « Henri Bertier à Jorge, pour ses dix ans. » Y sont rangés un porte-plume à loupe dans laquelle on voit la villa d'Este, des crayons de couleur. Un petit pot d'argent sur lequel est gravé : *Urbino, 1887*, un G et un C enlacés. Gustave et Constance. Il y a aussi les photographies de Romain dans des portefeuilles de cuir, des vues de la maison, du jardin, des paysages sans personne, rangés dans les tiroirs du secrétaire.

Quand Milena vient avec Jorge à Blois, ils couchent dans la chambre de maître, ici c'est trop petit pour deux, le lit n'a qu'une place, celle de Romain, puis de Jorge.

L'autre chambre, immense, solennelle, occupe le centre de la demeure, ouvre en façade sur un balcon de bois ouvragé, d'où l'on voit les sapins, un bout de la route qui va à Blois. Avec le petit boudoir, l'antichambre, le cabinet de toilette et sa trop grande baignoire de faïence, l'ensemble constitue une suite incommode, inhospitalière que Madeleine croit bon de leur attribuer à chaque visite. Constance l'a habitée longtemps, seule pendant les voyages de Gustave, et seule longtemps ensuite, veuve. Tout est resté comme autrefois, son mobilier, ses cadres anciens et ses bibelots. Laurette a beau aérer, chauffer, battre les rideaux, les tapis, ces pièces sentent le moisi, la naphtaline. Jorge et Milena héritent de cette chambre quand ils viennent à Blois, ils y dorment. Ils n'y ont jamais fait l'amour. Ni ailleurs, dans aucune autre chambre. Du moins comme l'entendent les gens. L'odeur d'embaumement enveloppe leurs corps étroitement enlacés dans le grand désert du lit conjugal.

Milena préfère venir seule à Blois et dormir dans la chambre Romain. Porte close, chambre noire, seule, elle garde grands ouverts les yeux, la douleur passe au loin. C'est une chambre qu'on dirait gardienne, reposoir. Elle n'a pas été troublée d'étreintes, c'est une chambre d'enfance, célibataire d'ignorance. Une chambre vierge pour les corps solitaires, intacts. Cela se sent à la peau, la caresse de son air, au charme des choses inchangées, d'usage aboli. Ici, Milena n'a pas peur, elle n'est pas obligée d'être une femme, d'avoir des souvenirs, un ventre. Ici, ce sont les souvenirs des autres, sans leur corps. Romain. Et Jorge.

Milena n'a jamais eu une chambre comme celle-là, évidemment. A Montreuil, elle couchait dans la cuisine sur un lit de camp plié tous les matins. Ensuite, elle a eu toutes sortes de lits, dans des endroits variés, mais nulle part elle ne reste, nulle part elle n'est chez elle. Ici non plus, elle n'est pas chez elle, mais elle est chez quelqu'un. Jorge y a vécu, jeune garçon. De cette époque, elle sait peu de chose. Jorge ne raconte pas. Et de lui, mis à part le plumier, le porte-plume, nulle trace. Il s'est glissé dans la chambre Romain sans marquer son passage, s'y est installé en locataire discret. Qu'il l'ait choisie semble à Milena l'interstice inattendu par lequel on entre quelquefois à l'intérieur secret des gens, par lequel on peut voir un peu de leur clarté mystérieuse, pas vraiment l'âme, mais une forme de leur vérité. C'est quelquefois un geste, quelquefois un objet, un silence, une absence de réponse. Quand Jorge entre ici, pousse la porte pour la première fois, il a six ans. Il trouve ce qu'il lui faut, dans l'abandon, la solitude, la mère et le père définitivement perdus. Une place déjà faite pour pouvoir survivre sans danger. Dans l'anonymat, emprunter la place d'un autre. Entrer dans la chambre Romain, c'est ne plus rien revendiquer, ne plus rien signaler. Occuper cette place pour se garder intact, ne pas s'oublier. Milena ignore ce que Jorge garde intact au point de n'inscrire rien de lui dans la petite chambre d'accueil, et de faire un si grand silence sur cette part d'enfance qui s'est comme absentée. Ou bien semblable à une image latente gardée en sommeil jusqu'au révèlement. Milena a la même réserve de patience pour certaines images, pour leur besoin d'obscurité et de temps, avant de leur infliger la lumière. Aussi reconnaît-elle en Jorge cette zone aveugle, qui enclôt le secret, sa terrible faculté de silence et d'attente. Dès leur rencontre, dans le désert de Somalie, il a renoncé à obtenir d'elle ce qu'elle ne peut concéder sans une répugnance indicible, l'accès à son corps, à son ventre. Il a inventé avec elle, solidaire, d'autres désirs, d'autres étreintes, avec la maladresse et l'obstination des infirmes, ils ont appris ensemble à attendre. Jorge a admis en elle l'existence d'une peur qui la dépasse, peut-être parce qu'elle est à proportion de la sienne. Il ne la nomme pas. Comme s'il avait appris que vouloir à la place d'un autre, et nommer ce qui doit être tu, vous condamne, vous perd. Milena ignore en quelle circonstance Jorge a appris à aimer de cette façon, effrayée de se reconnaître en lui, affamée d'amour, aveugle aussi bien que lui au centre de leur chambre noire.

Dans cette chambre se trouve sans doute la vérité de Jorge, et celle de Romain. Étendue dans son obscurité, Milena y sent leur présence subtile en suspens, une sorte de nébuleuse fraternelle qui confond leurs fantômes d'enfants. Celui de l'orphelin silencieux. Et celui, pâle, d'un jeune homme vierge, d'un enfant-roi qui faisait de la photographie au début du siècle, ne fréquenta jamais l'école, ni l'université. Juge à vingt ans. Mort à vingt ans. Sans avoir jamais ni jugé ni combattu.

NI JUGÉ, NI COMBATTU

Lisbonne, 1986.

A sept heures du soir, ce mercredi pluvieux, fin avril, Jorge se trouve pris en plein embouteillage sur une hauteur de Lisbonne. Il serait bien en peine de mieux définir sa position. Elle est haute, assurément, puisque devant lui, pour ce qu'il en voit à travers le pare-brise ruisselant, au-delà de la zone éclairée par les phares de voitures, ne s'ouvrent que d'étroites rues en pente, trois ou quatre rues en faisceau, plongeant brusquement dans des directions opposées autant qu'obscures. Elles sont pour l'instant hors d'atteinte, de l'autre côté d'une sorte de carrefour bloqué par l'embouteillage. Impossible de distinguer un repère dans la nuit et la pluie, la moindre plaque, un nom de rue, de place. Est-ce vraiment une place ? De toute façon, s'en assurer ne l'avancerait guère. Il est à Lisbonne depuis trois jours, mais il ne comprend toujours rien à cette ville et le plan dont il dispose – il doit être dans le vide-poches ou dans son imperméable – ne lui servira à rien. C'est un de ces plans sommaires qu'on vous offre à l'hôtel, résumant les lieux au plus séduisant schéma pour persuader l'étranger qu'il sautera allégrement du musée national à la poste, de la cathédrale à la place centrale. Il n'y a pas de place centrale à Lisbonne. Pas de centre du tout. Dès le premier jour, il a découvert la singularité étonnante de cette ville où l'on est tout le temps au centre sans savoir de quoi, d'un quartier, d'une colline, d'un vallon. Et la carte fait évidemment abstraction de cette réalité redoutable des dénivellations imprévisibles, vertigineuses, qui vous précipitent d'un *barrio* à l'autre, comme du nombre de *ruas* et *traversas*, indignes sans doute d'y figurer, à commencer par ce carrefour où il se trouve complètement bloqué maintenant. Il ne comprend pas comment il a pu oublier à l'hôtel son plan de la ville, celui qu'avec Carvalho il a annoté et coché de repères le premier jour. Précipitation idiote du départ, habitude prise, aussi, de se laisser, ces derniers jours, conduire par les taxis.

En fait, il est perdu. Peut-être dans Graça. Simple probabilité, car, à la suite d'une série de dérives, de sens interdits en contrevoies obligatoires, il s'est déporté de son itinéraire d'origine vers ce carrefour. Quoiqu'il ait chaque fois choisi, aux premiers signes d'encombrement en vue, la rue providentielle qui semble ouvrir la voie, ses évitements successifs ont eu pour seul effet de l'égarer davantage, ou plutôt de le conduire là où il n'aurait jamais dû se trouver ce soir. Avec une satisfaction amère, il constate qu'il a enfin réussi à atteindre l'endroit le plus embouteillé de la ville. Il regrette aussi pour la deuxième fois de la journée d'avoir accepté la proposition de Carvalho de lui prêter sa voiture, sous prétexte qu'il aurait sa liberté de mouvement dans une banlieue éloignée où il avait deux rendez-vous. Il s'est présenté avec une demi-heure de retard chez ce producteur de cinéma dont les bureaux se situent hors de la ville, au nord. Et, malgré son plan annoté, il s'est perdu dix fois. Ce n'est pas seulement le retard d'une demi-heure, mais la contrariété des obstacles, des empêchements, l'irritation de ces pièges dont regorge la ville; vous longez une avenue de demeures somptueuses aux belles façades classiques, vous tournez à angle droit dans une rue de villas postmanuélines, puis c'est un dédale de ruelles pentues et vous débouchez en impasse sur une placette plantée d'un mimosa où picore une poule. Milena qui se moque tant de mon sens de l'orientation! Tu es effrayant, dit-elle, tu n'es pas fichu de perdre le nord. Carvalho rit, lui aussi, c'est le « charme ironique » de Lisbonne, prétend-il, que de déjouer ainsi rendez-vous et repères. Et voilà que ce soir, cela recommence. Il ne sera pas en retard, cette fois, il lui reste suffisamment de temps pour s'égarer davantage, retrouver son chemin et arriver quand même à l'heure à l'invitation de Carvalho chez lui, dans une des vieilles parties de la ville, près de Barrio Chiado. Mais Jorge pensait faire un grand tour d'abord, longer les quais jusqu'au pont du 25-Avril, jusqu'à la Torre de Belém, avant de se rendre à cette soirée.

Il défait sa ceinture de sécurité et s'installe dans l'attente. Apparemment bloquée, la situation évolue cependant. Certes à une lenteur décourageante, mais de centimètre en centimètre les carrosseries, les pare-chocs se frôlent, se déplacent les uns par rapport aux autres, sans qu'on puisse comprendre vers quoi. Aggravation ou dénouement favorable ? En attendant les feux continuent d'alterner sans désemparer, donnant et retirant le passage impossible. Les essuie-glace battent leur pulsation propre, mimant la théorique alternative des directions à prendre, droite, gauche ? Peu à peu, Jorge se sent dans la pente, sans savoir laquelle, ni où elle l'entraîne. Dans un accès de fatalisme, il coupe le moteur, résigné à se rendre où la force d'inertie du véhicule, retenu au frein, et le mouvement d'ensemble le conduiront. Même à cette vitesse dérisoire, un flux impérieux l'emporte quelque part. Il ne choisira pas sa pente.

Il allume une cigarette, entrevoit brièvement à la lueur du briquet une image de lui dans le rétroviseur, son front dégarni, les quelques cheveux blancs, déjà, et l'éclair du regard entre les paupières plissées. Il y voit quelque chose de désagréable, un soupçon, bref décalage de réalité qu'il oublie aussitôt. La journée s'est plutôt bien passée, efficace, plus de contacts que prévu et tous les rendez-vous pris, grâce à Carvalho, un journaliste à l'*Expresso*, le meilleur informateur, le meilleur carnet de téléphones. Quand on arrive dans une ville inconnue, des gens comme lui sont la providence. Jorge complète ses dossiers pour une série d'articles sur la vie culturelle des grandes villes d'Europe. La semaine dernière, il était à Barcelone, celle d'avant à Rome. Des villes qu'il connaît, pour lesquelles il n'a plus besoin de plan. Il n'est jamais venu à Lisbonne, il s'est laissé désemparer par cette ville étrange, ou bien maintenant ces voyages lui pèsent. Il voudrait rester, s'installer. Prendre le temps de traîner, et vivre là, laisser venir les choses au lieu de leur courir après, respirer l'air des gens. Devenir lent, obtus, peser sur place le poids et le prix. A quarante-sept ans, après vingt-cinq ans de métier, il sait les ficelles, il a ses réseaux, ses techniques. Il est toujours allé trop vite, de plus en plus vite, pour entendre, comprendre. Il rédige rapidement, n'importe où, des synthèses brillantes, sa signature est répandue. Une lassitude lui vient de boucler ses dossiers, ses papiers avec l'aisance du meilleur élève, plume alerte, roublarde, juste la dose d'acide nécessaire. Rien ne résiste, les portes s'ouvrent, les gens parlent. Il accède sans effort aux analyses, aux rapports confidentiels. Il sait qu'il y a là quelque chose de suspect, il ne prend pas le temps d'y penser, mais cette vague amertume, ce soir, un peu de fatigue... La journée a passé si vite. Et maintenant cet embouteillage imbécile, c'est risible. Le « charme ironique », dit Carvalho. Va pour l'ironie.

La patience des automobilistes lui paraît soudain insolite. Pas un klaxon depuis tout à l'heure, pas un olibrius excité pour bondir entre les voitures et prétendre accélérer les opérations, s'en prendre à l'un ou l'autre. Il pleut trop, sans doute, il fait froid et nuit. L'allure des piétons, courbés sous les parapluies, suffit à décourager toute sortie. A moins que les fantômes résignés, rivés à leur volant derrière les vitres embuées, n'en sachent bien long sur cette ville et son encombrement nocturne, en particulier sur ce carrefour, peut-être le seul passage possible pour toute destination. En quelque sorte, ce carrefour, en dépit des apparences, est un moindre mal, ou un mal nécessaire, relativise-t-il en contemplant la combustion de sa cigarette, et toutes sortes de métaphores lénifiantes viennent à son esprit concernant l'embouteillage, l'exaspérante immobilité et le balayage moqueur des essuie-glace. Il pense à ce piège urbain dans lequel il s'est, quoique prévenu dès le matin, lentement précipité, de même que dans ces traquenards de l'existence, inévitables. Et puis cette lenteur, à laquelle j'aspire, eh bien, me voilà servi. Comme, plus généralement, il évoque avec paresse les ruses du destin qui vous mène où il veut vous mener, surgit d'une automobile – la Mercedes noire contre laquelle il lutte sournoisement depuis un moment, pour se donner, dans le désœuvrement, l'impression, quand même, de faire son chemin –, surgit un grand individu en manteau, coiffé d'un feutre, qui contourne en claudiquant la voiture de Jorge, faisant le dos rond sous la pluie battante, et vient cogner à sa vitre embuée. Il a vraiment insisté, il se prépare à l'algarade, or, à la seconde même où, dans le mouvement qui baisse sa vitre, il libère une image nette de l'homme, il reconnaît Terence Becker.

Jorge en a une commotion intense; une seconde de suffocation totale, il reste ahuri devant ce visage cadré par la portière, surgi contre le sien de la pluie, de la nuit, aussi effrayant et troublant qu'une apparition.

« C'est bien ce qui me semblait! Jorge, c'est toi! »

Jorge voit les yeux papillotants derrière les lunettes rondes cerclées d'or, toujours les mêmes, le dessin de la bouche belle, sensuelle, et la peau claire, inoubliable, tout cela si vivant, si proche que le souffle, la voix sont sur sa propre bouche, et une chaleur monte à sa poitrine, enflamme son visage. Dans un élan qui lui semble infiniment tardif, il entreprend de s'extraire de son siège, de se glisser dehors, mais un instant plus tard il se trouve séparé de Terence par la portière qui ne peut que s'entrouvrir, par-dessus laquelle il cherche à atteindre, saisir, passionnément, les mains glacées, un bout de manche mouillée.

« Terence! Terence! Par quel miracle?... »

Sous le chapeau ce sont bien ses lèvres, alors, son nez délicat aux ailes pincées comme si toujours l'air lui manquait, et son regard clair, un peu fixe; et l'étreinte Jorge la veut, immédiate, il la veut à en pleurer, mais encombré, empêtré il ne peut l'atteindre, et un concert exaspéré de klaxons s'élève soudain. Par une sorte de retournement fatal, une voie vient de s'ouvrir, une brèche dans l'embarras général, et d'autres automobilistes réclament le passage. Terence cherche à tâtons, très vite, dans son veston, dans une poche du pardessus, une carte, la tend par-dessus la portière. Déjà, il s'éloigne, criant :

« Appelle-moi, Jorge. Appelle-moi! »

Il s'éloigne entre les voitures, sa masse sombre boite dans la pluie, flotte, trop haute, cassée soudain, et avant de réintégrer sa place au volant, se redressant une dernière fois, avec ce ton pressant d'autrefois, reconnaissable entre tous, ce ton d'autorité et de prière :

« Jure-le-moi! »

Jorge crie dans la pluie, en un éclat de rire qui est une secousse nerveuse de tout son corps :

« Juré! »

La Mercedes noire glisse devant lui, aussitôt perdue dans la pente, avalée par la nuit. Un flot de voitures se précipite à sa suite. Et comme il reste debout, encore saisi, aveuglé par la pluie, la carte de Terence entre les doigts brandie en un geste d'adieu, Jorge ne comprend qu'avec retard que le concert d'avertisseurs s'adresse à lui maintenant, dont la voiture bloque la file. Il n'a que le temps de se jeter au volant, de remettre le moteur en marche et le feu passe au rouge.

« Terence, Terence », balbutie-t-il, cramponné au volant, le cœur battant jusque dans sa gorge, assommé de surprise, brisé de fulgurant bonheur. Ensuite il ne se souvient pas très bien, il a dû s'engouffrer dans la première direction offerte, plonger vers où il ne sait.

« Jure-le-moi ! Jure-le-moi ! » répète Jorge avec une douloureuse excitation, frémissant de ces mots retrouvés, cherchant à reproduire l'accent unique que prend l'impératif dans la voix de Terence, comme si le monde était suspendu au point d'exclamation, cherchant à prolonger pour mieux l'identifier l'effroi ancien qu'ils ont fait renaître en lui. Cette voix ne demande pas, elle exige, revendique. Il ne peut en imiter l'intonation arrogante sans trembler d'enfantine détresse. Mais quel incroyable hasard, quelle fatalité place ainsi Terence Becker sur sa route, à des années d'intervalle, fait ressurgir soudain ce terrible serment ? Qu'il oublie entre-temps, qu'il oublie chaque fois. Mais non, il n'oublie pas. C'était il y a dix ans, onze ans. Et déjà, de la même manière, Jorge le perd de vue, perdu corps et biens, dans l'instant même de la rencontre. A la fin d'une conférence qu'il donnait à New York, il se souvient dans la foule, à la sortie, ils se sont heurtés du front. A peine le temps ébloui de reconnaître cet homme venu vers lui, aussitôt il disparaît, fuit vers le métro. C'était il y a dix ans, juste avant de partir en Somalie, avec Milena. Juste avant son amour pour Milena. Avec Milena, oui, il oublie Terence, il le croit. Il n'oublie pas. Pas plus que la fois précédente. Ils avaient quinze ans et déjà Terence disparaît villa d'Este, en plein soleil d'avril. Introuvable dans les allées du jardin, absent au rendez-vous en dépit du serment de loyauté, en dépit des promesses de tout se dire, *tout!* Juré! Terence Becker. Quel mal empoisonne ma vie? Mon ombre. A me rendre malade, fou d'oubli chaque fois pour cette ombre. Mais cela commence avant encore. Est-ce que cela commence vraiment, Terence, dans la cave enfouie au plus noir de mémoire, une nuit de neige et de guerre? C'était la Butte-aux-Cailles, un endroit d'attente avec son dessin de fleur noire au balcon, ta mère aux cheveux tressés, ma mère qui veille sans sommeil et nos jeux à qui perd gagne, notre damier d'enfance noir et blanc. Sur quel damier je te perds, je la perds aussi? Et c'est à cause de toi qu'encore je redoute de perdre Milena sur le même damier, de ne pas savoir l'aimer, ne pas oser. Tu vas me rendre compte, Terence Becker, des serments et des ordres. Dans cette ville, je vais te retrouver, tu as trop à me dire. Parce que enfin, songe-t-il, ce hasard est vraiment très étrange, et la pluie, et la nuit. Et cette fois, nous ne sommes plus des enfants!

Emporté dans la pente, exalté de colère et

d'effroi, il en a oublié la circulation, il conduit au jugé. Il traverse un quartier, ou plutôt le sillonne, s'engage dans une rue, puis une autre, désormais presque seul à rouler, librement lâché, ivre de parcourir le dédale de voies offertes, longées, avec l'impression obsédante de se retrouver toujours au même endroit, toujours la même rue follement dévalée, cahotant sur les pavés luisants, à cheval sur les rails de tramways, toujours la même, coudée, biscornue, étroite entre les hautes façades noires éclaboussées de blanc par les phares, sous les balcons de fer forgé enguirlandés de plantes, de linge, une rue noire et blanche qu'il reprend sans cesse à son commencement, et le visage de Terence inchangé, jeune, réapparaissant dans sa neuve confusion, pâle et doux sous l'ombre du chapeau, comme un commencement. Un feu rouge providentiel met fin à son tournoiement urbain.

« J'ai rêvé, dit Jorge, à l'arrêt, tout d'un coup dégrisé. C'était un rêve. »

Et puis :

« Quelle heure est-il ? »

Huit heures moins le quart. Il entrevoit droit devant lui, dans l'enfilade, à quelques rues de là, une ouverture violemment éclairée d'or. On dirait une place ancienne, de hautes demeures aux arcades classiques campent, derrière les ondulations de la pluie, un décor en trompe-l'œil, théâtre d'une scène anachronique, dessinée dans l'encadrement des murs ombreux, où il ne serait pas surpris de voir déambuler, pastellisés par la distance, de nonchalants marquis vêtus de soie. Car il rêve, cette vision s'ajoute au sentiment dont il est le jouet, la réalité somnambule truque les apparences, et son rêve s'accorde non à l'hostilité de la ville nocturne, mais à sa dérision hautaine, antique et grave, son penchant pour le songe, dont le trouble contagieux l'a gagné.

L'instant d'après, il débouche sur la vaste place entrevue, illuminée jusqu'à l'aveuglement blanc, fermée par trois côtés d'arcades autour d'un arc de triomphe, et, longeant lentement l'esplanade, entré dans le décor, il découvre les eaux noires du Tage léchant les escaliers de marbre, ourlant de vaguelettes deux colonnes blanches solitaires. Balayés par la pluie, plus loin dans l'obscurité de l'estuaire piqueté de lumières, il voit de vieux bateaux amarrés, l'embarcadère où se presse une foule griffonnée de voyageurs. Il vient de reconnaître Praça Commercio. Il peut enfin reconstituer schématiquement les lieux, resituer est et ouest, l'échelonnement de la ville en collines capricieuses, plongeant de toutes parts vers le fleuve. A partir de là tout est simple, et réel, conclut-il. Puisque Carvalho lui a dessiné tout exprès un itinéraire allant de cette place, qu'il devait trouver revenant de Belém, jusqu'à sa maison de Barrio Chiado. Désormais, tout est simple. Mais l'apaisement ne vient pas tant qu'il n'a pas mis fin au rêve. Alors il tâtonne dans le vide-poches, sursaute d'y rencontrer sous ses doigts le contact glacé du petit bristol. Il se souvient de l'avoir peut-être jeté là, dans la précipitation, pressé par les avertisseurs. Alors je n'ai pas rêvé, s'assure-t-il en glissant le carton dans sa poche. Terence Becker, je t'ai bien retrouvé.

C'est une petite rue noire, à la limite de Barrio Chiado. Une femme de service a ouvert au premier coup de sonnette. Noire de cheveu, d'œil, vêtue de noir. Seul son col empesé perce la pénombre, la décapite d'un trait blanc. Elle éclaire l'entrée, apparaît telle la duègne d'un drame hugolien, si sévère que sous son regard on se sent le devoir d'être beau, d'être unique, et de ne pas être en retard. Sans un mot, elle prend l'imperméable, l'écharpe. Il entrevoit une antichambre dans laquelle s'entassent manteaux, pelisses et foulards. Il est en retard.

Une vingtaine de personnes, en effet, bavardent sous la lumière tamisée des lampes, dans un long salon lambrissé aux murs tapissés de tableaux anciens, fermé dans le fond de rideaux jaunes. Un bref silence marque l'entrée de Jorge, et Carvalho se précipite vers lui, affable, par jeu s'empare de ses mains, les trouve glacées.

« Tu t'es perdu ?

– Complètement. Ton plan était parfait.

– Ma voiture connaît Lisbonne par cœur.

– Et les meilleurs embouteillages. Désolé d'arriver si tard.

– C'est très familial, tu verras. »

Carvalho l'entraîne, en une minute lui présente au passage trois journalistes, le directeur du cinéma Quartetto – ils doivent dîner ensemble demain soir – et un sociologue. Puis il le dirige vers le fond de la pièce.

« Voilà. Ma mère, Luisa. Jorge Bertier. »

Elle tend sa main, se renversant dans le canapé, obligeant Jorge à ployer encore plus bas. Peut-on être aussi maigre ? La robe de velours noir moule son corps osseux comme celui d'une longue poupée plate, cassée aux hanches, aux genoux. Son teint extraordinairement jaune, les cernes mélancoliques de son regard charbonné, sa bouche fardée de violet lui confèrent un charme singulier. Sa main est celle d'un insecte, sèche, fuselée, si légère et cependant brûlante quand elle prend, ou plutôt agrippe celle de Jorge et, du même geste l'attirant, le fait asseoir près d'elle, d'autorité.

« Alors, pleut-il bien ?

– Luisa est mon premier informateur, confie Carvalho. Tu veux un verre de vin, champagne ?

– Nous préférons du malvasia », tranche Luisa, et, comme son fils s'éloigne :

« C'est le meilleur vin de mon île : Madère. C'est le vin des vignes de mon père. » Elle parle un français surprenant, à fort accent méridional.

« J'arrive de Funchal, dit-elle. Je retrouve la pluie. C'est bête. La pluie à Lisbonne, c'est l'humeur lacrymale d'une vieille fille qui pleure sur des chagrins qu'elle n'a pas eus. Ma sœur Lidia, qui est géographe, vous racontera des fadaises sur les vents atlantiques. Quelle comédie ! Méfiez-vous, monsieur Bertier, des faux airs de pleureuse. »

Elle a dû boire un peu, elle lance sa tirade comme une vieille comédienne du Français, elle ferme ses paupières fardées, longuement.

« Ainsi vous œuvrez dans la culture ? Vous allez délayer Pessoa, la *saudade* et la morue pendue aux fenêtres ? Cuisine classique.

– Je n'ai pas le temps des états d'âme, dit Jorge. Est-ce que je peux téléphoner ? »

Carvalho revient avec deux verres de vin mordoré. Luisa se redresse.

« Maintenant, attention, goûtez. Qu'en pensez-vous ? »

Jorge cherche un secours, mais Carvalho, lâchement, a disparu, appelé ailleurs. Impensable qu'il l'ait jeté dans les filets de cette femme extravagante sans préméditation. Jorge s'exécute, prêt à composer quelques minutes encore, boit une gorgée. Cela ressemble à quelque chose de très triste, aux temps enfuis des jeunes communiantes dans leurs voiles, des abbés, des pastels de cartes pieuses glissées dans les missels.

« Curieux. Étrange, dit-il prudemment.

– Ah ! ponctue-t-elle, sans qu'il puisse démêler dans l'intonation si sa réponse l'a satisfaite ou déçue.

– Mais, s'excuse-t-il, rien de comparable, vraiment.

– Apprenez au moins que ce vin rend très vite ivre, et très malheureux. »

D'un geste, elle balaie le sujet, vide son verre d'un trait.

« Allons, si Augusto vous a confié à moi, c'est qu'il espère bien que je vous aide un peu. La grande, moins maigre que moi, et moins jaune : ma sœur Lidia. Elle enseigne la géographie à Coimbra. Pas très utile pour vous, quoique spécialiste des portulans. Curiosité. Les jeunes gens, avec elle : mon neveu, Eduardo Salter. Il officie au ministère de la Culture : mission photographique. Très bon pour vous. Et sa petite amie, à côté, sa fiancée, si vous voulez, elle est artiste. Elle expose dans des entrepôts, Doca de Alcantara, de la vraie peinture figurative, trans-avant-garde, ou post-moderne, demandez-lui. Le monsieur d'un certain âge, à moustache, est un écrivain. Je l'aime beaucoup. Très beaux romans, romans très malades. Il a trop connu Pessoa, avant la mode, avant tout le monde. Il ne s'en remettra jamais. Vous savez, monsieur Bertier, cela arrive. Un jour, vous rencontrez la perfection. Juste ce qui ressemble à vos espoirs, à votre rêve. Vous ne le saviez pas, cela n'avait pas encore de forme pour vous, vous pensiez que vous deviez chercher dans la brume, l'inconnu; et l'inventer. Et cela vient à votre rencontre, parfait, achevé. Alors vous comprenez que vous n'avez plus qu'à mourir.

– Non, dit Jorge, c'est à cause du malvasia. »

Elle le dévisage pour la première fois avec une attention intense.

« Vous voulez toujours téléphoner ?

– Je veux téléphoner à un ami que j'ai rencontré ce soir, je ne sais pas où dans la ville. Dans le centre.

– Vous avez trouvé un centre, ce soir ?

– Quelqu'un que j'avais perdu de vue, quelqu'un de très cher. »

Il a honte de son emphase, il pense que ce vin, peut-être, rend très vite ivre.

« Vous voyez, dit-elle, juste ce que je vous disais. »

Il rit.

« Mais non. Rien à voir avec votre histoire, la perfection. Et le monsieur, là-bas, dans le fauteuil ?

– Rien, dit Luisa, un oncle. Il est dans le liège. Nous sommes le premier producteur mondial. L'or du Portugal, aujourd'hui, c'est le liège. Finies les caravelles. Le couple qui bavarde avec

Augusto, lui est attaché de presse au Gulbenkian, sa femme a un magasin de mode dans Baïcha. Ce sont les parents du jeune homme à lunettes qui fume trop. Il nous empeste. Il sait tout sur les groupes underground, musique genre bruit. Il vient de lancer une revue confidentielle. Tout cela est fatigant.

– Je vous remercie », dit Jorge.

Il se lève. Elle saisit sa main, le retient.

« Je suis fatiguée, mais je vous aime bien. Menez-moi voir le Tage. Ensuite, vous irez téléphoner. »

Jorge reste interdit. Du doigt, elle désigne les fenêtres fermées des lourds rideaux en drap jaune. A son bras, elle tangue un peu, se raffermit. Elle soulève un pan. Derrière, le renfoncement est large, il y a un fauteuil contre la fenêtre.

« Vous voyez ? »

Des fenêtres, on domine la ville, les toits obscurs, les terrasses confuses en étages, les jardins suspendus, et la forêt d'antennes luisantes dans une trouée de clarté nocturne, avec au loin, par-delà l'immense ondulation de la ville échelonnée sur les pentes, le Tage, d'un noir vitreux, opalescent, comme une flaque céleste étirée vers l'ouest, appelée par le large.

« Allez, dit-elle. Je vais dormir un peu sur le fleuve. »

Le bristol ne porte pas le nom de Terence Becker. Cette découverte frappe Jorge de stupeur. Il hésite, fouille dans sa poche, vérifie, mais non, c'est bien le carton, celui qu'il a pris dans le vide-poches de la voiture, avant de descendre. Celui que Terence lui a tendu sous la pluie. Jorge n'a même pas regardé, à peine jeté un coup d'œil, tellement persuadé... Un instant, sa certitude vacille. Il a bien pu, dans la journée, sur un bureau, au journal, ou chez le producteur, trouver ce carton, jouer avec, le glisser machinalement... Alors la scène sous la pluie ? Mais non, cela suffit à présent, les enfantillages. Il s'est assez complu, transporté par l'étrangeté de la rencontre, à lui conférer un supplément de magie. Le nom est portugais, l'adresse aussi. Terence est descendu chez des amis, c'est simple. Nuno Faria-Brandao. Jorge fait le numéro. Longtemps la sonnerie retentit dans le vide, une sonnerie aigrelette. Il attend, renonce. Plus tard, dans la soirée, il recommence. Mais son cœur bat, il craint de réveiller des gens, d'être importun. Il pense que quelqu'un, furieux, va décrocher. Il craint de se tromper de chiffre, recommence une dernière fois. Le carton est ancien, un peu jauni sous le glaçage, les coins sont écornés comme s'il avait séjourné longtemps au fond d'une poche, d'un portefeuille.

Jorge a rendu les clefs de sa voiture à Carvalho, il est rentré en taxi au York House. Deux heures du matin. Dans sa chambre d'hôtel, il contemple le téléphone. Il n'appellera pas, il est trop tard. Il pressent le malentendu. C'est une erreur. Dans la précipitation, Terence s'est trompé, il a trouvé dans sa poche un bristol oublié. Jorge se souvient maintenant de la scène. La portière les sépare.

Jorge se trouve coincé entre sa voiture et une autre, son veston est pris dans la poignée, alors il se jette en avant, tend les bras, les mains vers cette forme inaccessible que les phares nimbent à contre-jour. Il est aveuglé par la pluie, les klaxons protestent et dans le brouhaha il n'entend rien, la voix de Terence se perd, mais son geste, malgré la hâte, est très net. Terence porte la main droite à sa poitrine, il tâte la poche de son veston, sous le manteau, puis il se ravise, plonge sa main gauche dans la poche du manteau, tend le petit carton, s'éloigne. Il n'aurait jamais dû le laisser s'éloigner. Une fois de plus, le laisser se perdre.

« Demain, dit Jorge à voix haute, je rappellerai demain. » Il marche dans la chambre, éteint les lampes une à une, il s'étend sur le lit. Une fois de plus, le laisser se perdre. Il aurait dû retenir Terence, planter au milieu du carrefour la voiture de Carvalho et sauter dans la sienne, partir avec lui. Il aurait dû empoigner cet homme et ne plus le lâcher. Oser changer le cours des choses, plier les événements. Ne pas tolérer que se répète la scène obsédante. Par deux fois déjà Terence a surgi, s'est dérobé avec la même arrogance, le même désespoir. Jorge ne sait ce qu'ils ont à se dire ensemble, des mots d'hommes à la place des mots d'enfants. Ils étaient de si petits enfants, alors, il soumettait Terence à sa loi, lui faisait traverser le palier, le pliait à ses jeux. Une nuit de guerre, il lui a sauvé la vie. Cela donne-t-il des droits ? Sauvé la vie et cassé la jambe, dont il claudique encore. Marque tangible de ce coup de force insensé par lequel il inflige à Terence de vivre. A quoi Jorge le reconnaîtrait maintenant entre mille, et dans n'importe quelle foule, à cette infirmité criminelle que depuis lors Terence porte à sa rencontre, comme un reproche à lui seul intelligible. C'est cette forme d'épouvante tranquille qui hante Jorge et traverse sa vie, d'un trait oblique, qui l'aide à aimer Milena comme sa part blessée, à aimer en elle le si lent, douloureux apprentissage de leurs corps dans l'obscurité de leur chambre. Parce qu'en absence d'elle-même, dans ses terres d'oubli elle cherche une forme de même peur. Qui au monde entendrait cette vérité de leur amour, sinon Terence ? Lui seul doit savoir de quoi elle est faite, à quoi condamnée, à force d'attente.

Dans le noir, Jorge écoute les bruits. Terence est quelque part dans la ville. Peut-être tout près. Il respire, il dort dans cette ville. Il y est installé. Ou seulement de passage. Comme Jorge, de passage. A nouveau son cœur s'emballe, il bat de la coïncidence, du hasard qui les fait, dans le très lent mouvement de l'embouteillage, à ce carrefour converger, si lentement, depuis plus de dix ans. Jorge n'a pas sommeil. Maintenant ou jamais il doit trouver Terence. Le trouver. Comme l'autre fois, à New York, cette rencontre inattendue, si dramatique qu'il en est devenu presque fou, toute une soirée à errer pour le retrouver. Il se redresse, rallume la lampe de chevet. La carte de visite. Il y a des taxis de nuit, il suffit d'en appeler un, pour aller voir, vérifier qu'existe bien, à cette adresse, un homme nommé Terence Becker. Il examine de plus près le petit bout de carton, attend qu'il lui enseigne quelque chose de plus. Les lettres d'imprimerie sont anciennes, démodées, encore qu'il ignore ce qui se pratique ici. Nuno Faria-Brandao. Cet homme connaît Terence, d'une manière ou d'une autre. Ils ont été en relation. Si sa carte est en possession de Terence, s'il l'a conservée dans sa poche, c'est qu'elle a une fonction. Peut-être une de ces cartes périmées qu'on laisse traîner des mois, des années. Oui, mais dans un portefeuille, pas dans la poche. Dans la poche, cela signifie que c'est récent. Parce que, au pressing, les employés vérifient. Donc, au pire, cela remonte au dernier nettoyage. Je suis malade, pense Jorge, calmement. Comme chaque fois, il me rend fou. L'adresse. Le plan de la ville. Plus simple, il appelle le standard. Le veilleur de nuit parle français.

« C'est pour un renseignement, dit Jorge. Castelo de Picao ? »

L'homme est bénévolent, il cherche, on entend des pages feuilletées.

La rue est dans Alfama. La rue existe. La carte n'indique pas de numéro de maison, mais, dans cette rue, il y a un domicile, un appartement, dans lequel le téléphone sonne. Terence n'est pas perdu.

Alors Jorge appelle Paris. Le répondeur, le signal sonore. Il dit, très bas :

« Milena, il fait nuit, là ou ailleurs, si tu dors, je t'aime. Dans ta chambre noire, aime-moi. Je cherche quelqu'un, ici. Je cherche quelqu'un pour mieux t'aimer. »

Plusieurs fois, dans la nuit, il se réveille, rallume. Il constate, incrédule, que la carte de visite est toujours là, posée dans le cercle de lumière.

LE CERCLE DE LUMIÈRE

Blois, 1986.

Au soleil du matin, Milena, dans la chambre Romain, regarde à nouveau la photographie de la maison Marechal. Elle sort aussi les autres du portefeuille, une vingtaine en tout, chacune protégée de son papier de soie. Ce sont des vues diverses de la maison, du jardin, au premier abord sans grand intérêt. Elle les feuillette distraitement, les étale. Plusieurs sont prises du même endroit. On dirait des épreuves en série faites à partir du même négatif, exercice classique d'entraînement au tirage. En tout, il y a quatre séries de cinq images identiques. Le cadrage, l'angle sont bien les mêmes chaque fois, elles sont toutes tirées et virées en sépia, toutes du même format.

L'œil balaie, note, de manière presque intuitive, de subtiles variantes de l'une à l'autre dans la série. D'abord c'est une impression d'ensemble, des différences de valeurs dirait-on, à peine repérables. Il faut vraiment les examiner de près pour préciser d'où viennent ces vagues dissemblances. Elles ne sont pas dues au développement, à ces décalages inévitables d'exposition d'un tirage à l'autre, ou à l'usure du bain, par exemple. Milena se met à regarder avec plus d'attention, bizarrement alertée par la résistance des photographies, lisses, innocemment anodines. Un frémissement la prend car, soudain, oui, c'est évident, cela saute aux yeux : ces photographies ont été prises à des moments distincts de la journée. L'ensoleillement semble constant, or il change. A peine. Par exemple le triangle d'ombre a rétréci au coin de cette fenêtre. Ici la frange d'ombre est plus large sous la caisse d'oranger, là plus étroite. L'ombre du cèdre, dans cette prise, atteint la première marche de la terrasse, dans celle-ci la deuxième. Cinq négatifs différents, donc; un tirage unique de chaque. Alors, tout bêtement, c'est une séance photographique, une série de prises, de quart d'heure en quart d'heure. On doit pouvoir reconstituer la chronologie en mesurant la progression des ombres. D'ailleurs... elle retourne une épreuve, déçue de ne pas y trouver ce qu'elle attend, un numéro, par exemple.

Plus son examen se prolonge, plus Milena cherche, fiévreusement, à distinguer quelque chose de plus. Romain a installé le pied, fixé l'appareil. On ne prend des photos comme celles-là qu'au pied. Il a mis au point les réglages, la netteté, il a calculé le temps d'exposition. Est-ce qu'on mesure la lumière, à cette époque ? Quelle époque ? 1905 ? 1910 ?... Et quel appareil utilise-t-il ? Peut-être chaque prise est-elle très longue. Il déclenche une première fois, retire la plaque de verre, la range, en sort une autre, l'installe derrière la chambre noire. Cela prend du temps. Un quart d'heure, sans doute. Mais quel intérêt y a-t-il à photographier cinq fois de suite, pendant une heure, le même paysage ? La façade vide de la maison, ce coin de jardin désert, le cèdre ? Les deux caisses d'oranger, de chaque côté de la porte sur la terrasse. L'arrosoir et la brouette en travers de l'allée. Paysage. Nature morte à la brouette. Cinq fois. Répétitif, absurde. A moins qu'il ne joue, curiosité expérimentale, à suivre le déplacement du soleil, à enregistrer des quantités de lumière variables, en ce jour d'été. C'est l'été, les rosiers croulent sous les fleurs. Quelle pauvre histoire, minimale. Il aurait mieux fait d'espacer davantage les prises, le résultat de sa démonstration serait plus probant.

Mais non, cette version infirme ne convient pas. Romain est au soleil, *il a installé le pied, fixé l'appareil*. Milena sait son souffle retenu, l'attention extrême pour régler la netteté, cette netteté effrayante qui lui brûlait les yeux tout à l'heure, que l'œil exige, qui excède l'exigence de l'œil. Et à son doigt, sur la touche du déclencheur, ou la petite poire qu'on utilisait alors, elle sent la tension d'attente, la pression soudaine du doigt ferme de Romain. Comme on tire au fusil. Alors, tout d'un coup, elle voit. Cédant à son impulsion, elle s'empare de la loupe, vérifie, de l'une à l'autre. Ce n'est pas l'ombre qui donne l'indication, quelle erreur ! Ce n'est pas seulement l'ombre qui change. Ce sont les choses elles-mêmes. La branche haute du cèdre est plus longue, elle a gagné sur la fenêtre. Ici, l'oranger atteint le bas du volet, tandis que là on voyait encore un intervalle du mur. La caisse d'oranger est légèrement décalée sur la gauche, par rapport à la double porte dont le rectangle noir sert de repère. Dans cette prise, la roue de la brouette est au contact de la touffe d'herbe. Ici, la touffe d'herbe a disparu. Et l'axe des bras est modifié, à peine. Le rosier a poussé, il porte moins de roses, cette année. Cette année ? De ces menues différences venait le trouble, la vague sensation d'un désajustement dans la ressemblance. Les choses semblent tellement les mêmes, sous le même soleil. Elles mentent. Elles sont autres, infiniment autres. La vie a passé. Les plantes poussent, l'arbre grandit, une ardoise glisse du toit, il y a moins de roses, *cette année*. Ou plus tardives. Désormais, les signes se multiplient, innombrables. Une année, une année entière entre chaque prise.

Sous les yeux de Milena, prend forme une nouvelle histoire, et le fantôme de Romain approche, elle le sent peser à son épaule, sur sa nuque, d'un étrange regard, très fixe. Ainsi tous les ans, à la même date, il attend le soleil, à la même heure, au même endroit. Le jeune homme implacable prend rendez-vous. Il lui faut cette lumière, la même. Cette constante de la lumière. Identique, il le veut. Mais cela ne suffit pas. Il a un rituel maniaque d'installation, car ce n'est pas le temps qu'il photographie, le lent passage du temps sur le paysage de sa vie, sur sa maison natale, tandis qu'il y grandit, lui, l'enfant de la maison. Au contraire. Il a pris ses repères, ses marques. Il met en scène un paysage inchangé. Il y sème les indications, installe les accessoires de l'identité, savamment dispersés, propres à retenir l'attention, ou plutôt la perdre d'évidence. Leurres de permanence dont l'œil se contente, qui truquent l'apparence jusqu'à la confusion. La brouette, l'arrosoir renversé, les caisses d'oranger, minutieusement disposés, éléments innocemment naturalistes d'un paysage falsifié.

Jusqu'au vertige. Milena a un vertige, soudain, de ce qui s'ouvre devant elle, par-delà la mort. La netteté inouïe, aveuglante, de ces photographies, ciselées jusqu'à l'obsession dans leur perfection technique, lui semble révéler un gouffre obscur, se brouiller d'une nébuleuse effrayante. Le monde tourne, l'univers bascule jusqu'aux plus lointaines étoiles, le paysage se transforme cependant, il se transforme à l'échelle lente des jours, des semaines, des saisons. Métamorphose irrépressible, somptueuse irréversibilité de la vie. Qu'il ne peut supporter. A quoi il résiste. Qu'il refuse, de toute son intelligence. Alors Romain photographie le temps arrêté, signe l'arrêt de mort des choses en devenir. Les photographies seront si ressemblantes qu'elles nieront le passage du temps. Il faut à son entreprise insensée tant d'énergie, d'ingéniosité et de persévérance. Tant de calculs sont à l'œuvre dans ce dispositif caché, d'une enfantine simplicité. De quel secret, quelle idée fixe pleine d'orgueil, de désespoir, témoignent-elles dans leur apparence anodine, ces photographies anciennes, que quiconque a pu feuilleter sans rien voir, rien de ce qu'elles racontent ? A l'abri des regards, sous les yeux de tous, aveuglantes. Jusque dans l'absence de toute chronologie indiquée qui les confond entre elles.

Milena, le feu aux joues, se penche sur les autres séries, y repère aussitôt les mises en scène savantes, obéissant au même principe. Il ne photographie pas le paysage, il photographie la ressemblance, une vérité de mensonge absolu, il invente l'image impossible de sa propre existence. Cela crève les yeux, maintenant. Cinq années durant, une seule photographie, chaque fois. Et dans les autres portefeuilles, dans les caisses de négatifs sur verre, au grenier, qu'a-t-il inventé d'autre pour parler de lui sans être entendu ? Romain Marechal, Romain, quel jeune homme hante cette maison, quelle démence cachée a grandi dans ces murs ?

Maintenant, plus calme, Milena se demande comment il opère à un an de distance. Évidemment la première épreuve sert de référence pour les suivantes. Question de vigilance et de rigueur pour composer le cadre. Mais il faut plus que cela, c'est encore trop aléatoire. Il faut avec une précision extrême déterminer la hauteur de l'appareil, l'angle. L'écartement des pieds, l'axe, absolument identiques. Et malgré cela, cet effort de perfection, il y a ces minuscules variations de lumière, cette résistance du monde, une branche, une ombre. Une compassion fraternelle l'étreint, les larmes lui montent aux yeux de ce défi terrible de l'enfant dont l'échec se mesure au tremblement infime de ses images mortes. Cependant, il est là, dans ce tremblement, à la pointe de son regard. Il a arrêté une fois pour toutes son point de vue. Unique, définitif. Dans ces images où tout change, imperceptiblement, une seule constante, absolue, le point de vue. La place qu'occupe Romain, et son regard. La constante, c'est Romain.

Milena se lève, va à la fenêtre qui plonge, pardessus le toit de la serre, sur le jardin. Elle sait, c'est là-bas, au coin de l'écurie, devant le banc de pierre. Encore trop approximatif. Elle veut être où est Romain. Elle descend dans le jardin.

Ici. Mais où, précisément ? Il a dû forcément prendre des repères physiques, là où son dispositif touche au sol. Dans le gravier, des marques. Quatre-vingts ans de gravier brassé, foulé, inondé par la pluie, de gravier ratissé, remplacé. La façade ensoleillée disparaît aujourd'hui aux trois quarts derrière le cèdre, immense. Un cèdre vit cent ans, deux cents ans. Il n'a pas fini de grandir. On a repeint plusieurs fois les volets, sans doute, refait les toitures, les cheminées. L'antenne de télévision, les fils du téléphone..., pas grand-chose de changé, finalement. L'allée a le même tracé qui longe l'écurie, la serre. Le massif a le même désordre avec des lilas nouveaux, des rosiers plus jeunes, aux mêmes places. Milena revisite les lieux, cet espace soudain étranger, avec les yeux de Romain. Pourquoi, dans ce coin, quelque chose aurait-il disparu, si tout est resté tellement semblable ? Du pied, elle repousse un peu le gravier. Elle sait ce qu'elle va trouver. Armée d'un râteau, elle arrache vigoureusement la couche de cailloux, vite terreuse dessous. C'est d'abord un, puis les deux autres, logiquement, les trois socles de métal sertis dans la terre, d'énormes clous à la tête rouillée, creusée d'une dépression où peuvent venir se planter les pointes du pied photographique. Pour la hauteur, nul doute, si elle retrouve le pied de l'appareil au grenier, qu'il y aura des coches dans le bois. Ces trois socles dessinent un triangle isocèle, pointé vers la maison. Milena prend position à la base du triangle, à la place exacte de Romain et, campée, elle regarde. Elle regarde.

Alors Constance s'avance dans l'allée, penchée vers l'avant dans un mouvement plein de grâce. Elle tient dans chacune de ses mains les menottes de l'enfant dont les bras levés complètent de leur anse inversée l'anse ployée du buste de la mère. Il est vêtu d'une robe de laine à boutons de cuivre, des bottines enserrent sa cheville potelée. Il titube, instable sur le gravier, et tape du talon, visage renversé vers celui de sa mère, ébloui par ce ciel de soleil et d'amour. Derrière, à quelques pas, la bonne suit, en tablier blanc, coiffe blanche. Elle porte sur le bras le paletot, un jouet. Dans la profondeur, on voit encore Bretonne, à l'ombre, arrêtée sur le seuil de la cuisine, une main sur le ventre, une main en visière pour suivre de loin le spectacle de Romain apprenant à marcher. Assises sur la dernière marche de la terrasse, deux petites filles en chapeau de paille, côte à côte, pieds joints, mains jointes sur les genoux, regardent aussi dans cette direction.

Émeline et Madeleine ont sept et six ans. Constance les met au monde à dix mois d'intervalle, dans un emportement de maternité qui exaspère Gustave.

Dès le voyage de noces, à Florence, à Assise, la jeune épouse est enceinte. Malade de chaleur, secouée de nausées, elle tombe en syncope à tout moment. Dans la rue, à Urbino, sous les arcades, via Garibaldi, au concert, le soir. Un après-midi entier elle reste obstinément cramponnée au bord de la fontaine, piazza Romana, dans un village de Toscane, s'aspergeant le visage et les paumes d'eau fraîche, refusant de quitter le seul endroit au monde où elle puisse conjurer les spasmes. Jusqu'au soir où Gustave, excédé du scandaleux spectacle de son caprice qui attire le village, l'emporte de force, la jette dans une voiture et la ramène à l'hôtel. Il a à peine touché ce corps ingrat, rétif, qui sans un mot subit ses étreintes, lui-même surpris du peu de charme qu'il trouve dans son intimité à la jeune fiancée indolente, promesse de faciles approches, qu'il a courtisée, selon les convenances, une année entière. Il y a à Blois, à Paris quand il y va, des filles autrement agréables. Le mariage est un encombrement nécessaire dont il acquitte les obligations, mais ce penchant écœurant à la fécondité spontanée décourage ses tentatives. Sitôt enceinte, Constance, pourtant docile, refuse tout contact, trop malade pour le tolérer même dans sa chambre. Et puis elle ne met au monde que des filles, et Gustave, unique héritier, attend un fils, au moins, pour transmettre le nom des Marechal.

Les petites filles grandissent dans des chambres de l'étage. Constance ne les voit pas, ne les entend pas. Ce sont de petits animaux nerveux, apeurés pour un rien, qui lui ont fait beaucoup de mal, mais dont elle ne souffre plus. Les petites filles vont et viennent, accordent leurs tailles, effacent le peu de différence de leurs âges par des ressemblances frappantes qui les confondent davantage encore, et personne ne s'inquiète de savoir qui est l'une, qui est l'autre. Elles, elles le savent. Le temps s'emplit, se vide. Les yeux de Constance dorment, quelquefois ils se réveillent, ils poignardent la lumière insultante, la lumière épaisse qui stagne autour des choses, des gens, soudain des petites filles. Alors elle est brutale. Elle a pour elles des maladresses cruelles d'enfant. Elle arrache des mains d'Émeline une poupée, l'emporte. Soudain dans le salon la pose, l'oublie. Elle dénoue un à un les rubans de Madeleine, défait les nattes de ses cheveux. Elle entortille les rubans autour de ses doigts. Elle n'entend ni pleurer derrière elle ni parler d'elle dans son dos. Elle tourne le dos, sourde. Elle marche droit à travers la maison, droit à travers le jardin à la rencontre de quelqu'un qui viendra sous les arbres, s'arrête brusquement. Elle ordonne à Bretonne d'emmener loin les enfants, se plaint que l'air soit devenu irrespirable dans cette cuisine, que ses jupes empestent. Elle se plaint d'être réveillée par des odeurs. Un souvenir la traverse, qu'elle cherche à saisir, dans l'ignorance que peuvent affleurer des images noires, des images latentes exposées dans la chair, sans danger encore de révèlement. Au fond heureuse d'être sans souvenir, sans regret, et de traverser la maison à sa guise. Elle donne des ordres, méthodiquement, à la cuisinière, dresse la liste des provisions, tient à jour le calendrier des tâches domestiques : veiller au linge, frotter les cuivres, l'argenterie, sortir les tapis, cirer les parquets. A cela, elle excelle, maniaque d'exigence. Elle commande à Marcellin des aménagements nouveaux pour les massifs, longuement répète les consignes, debout dans la serre au milieu des pots, des boutures, puis elle soupire, renonce. A Gustave, elle s'adresse d'un ton uni et conciliant de petite fille, le consulte pour la forme au sujet de menues décisions, en fait d'interminables conversations aux repas.

Elle tue les enfants qu'elle attend. Elle pousse, se soulage, dans la douleur suraiguë, de ce poids d'organe rouge en excédent, qu'elle ne veut plus dans son ventre. Ensuite elle dort dans la chambre, ventre vide, ventre mou et liquide dont les palpitations s'apaisent.

Souvent Gustave est loin. Il voyage en Algérie, il va jusqu'en Égypte négocier la vente de ses médicaments pour les maladies de peau, les ulcères. Le baume Marechal conquiert un marché unique, encore vierge, jusqu'aux marches du désert. Gustave s'est débarrassé de la pharmacie de ses parents, trop petite officine pour ses ambitions. Il se consacre à ses affaires, leur donne une ampleur grandissante, à coups d'audaces, d'inventions. Il est dans une agitation permanente, multiplie ses voyages professionnels à Paris. Il y a rencontré son nouvel associé, un docteur italien de retour d'Amérique. C'est un bel homme au teint bistre, aux yeux noirs veloutés. Ses cheveux noirs ondulés, sa barbe noire taillée lui donnent une allure de respectabilité colorée d'exotisme. Angelo Venuti faisait fortune, là-bas, dans la médecine des plantes, mais le climat ne lui convenait pas, ou bien sa nostalgie de l'Europe a été la plus forte. Il est revenu avec toutes sortes de secrets botaniques, des herbes magiques qu'il a apprises des Indiens, et des techniques commerciales efficaces empruntées à l'Amérique moderne. Plutôt que de lui acheter ses formules, Gustave l'a associé à l'entreprise. Pas un sou de transaction, un contrat en bonne forme, passé chez le notaire : ils apportent chacun ce qu'ils ont en propriété, l'un le fonds, l'autre les secrets. Marché de dupes, estime Mme Camouin, mais on lui fait savoir que cela ne la regarde pas. Désormais le docteur Venuti règne sur le laboratoire. Il fait venir par bateau ses commandes d'ingrédients mystérieux, diversifie la gamme des produits : baumes, lotions, onguents, pommades, subtiles variantes des préparations accordées à la liste des maladies que Gustave décline dans une ivresse médicale. Il a redessiné les étiquettes, les emballages. Le vert domine, sévère de vertu curative, des ornements botaniques stylisés agrémentent sobrement les boîtes qui inondent les régions de France ; Gustave s'occupe de quadriller la distribution par une équipe de représentants. Les produits gardent le nom Marechal, Venuti, par excès de discrétion, a préféré ne pas figurer.

Il est installé à Blois. Il y mène une vie tranquille de célibataire austère, se rend à l'église, aux défilés et comices. Gustave l'a introduit dans le cercle fermé de la Société savante, dont il fréquente assidûment les séances mensuelles. Quelquefois il est invité chez les Marechal pour un déjeuner familial, le dimanche, ou une partie qui réunit la bonne société. Son association avec Venuti a libéré Gustave, qui peut enfin réaliser son ancien rêve : élargir le marché au-delà des frontières, vers le sud, où se construisent les chemins de fer, les routes pionnières de la colonisation. Il a l'intuition que son véritable terrain d'action se trouve aux confins des empires où la chaleur, l'humidité ou la sécheresse excessives favorisent les eczémas, les pellagres. S'ouvre à lui l'infinité des lèpres, des prurigos, des gales, dans ces régions où toutes sortes d'érysipèles et d'éruptions curieuses prolifèrent librement. Il voyage. Il part de longues semaines pour des destinations de plus en plus lointaines, emporte les marchés, rapporte des contrats avec des revendeurs locaux, des commandes en nombre d'un chef de caravane.

Dans sa maison de Blois, ses petites filles grandissent sans qu'il distingue laquelle est laquelle. Et Constance tue, sans désemparer, les enfants qu'il lui fait entre un retour et un départ. Elle n'a appris de personne l'usage de la règle d'ébène dont elle fouille son ventre dès que le sang s'arrête. Elle n'a appris de personne la règle, rituelle et barbare, qu'elle laisse toujours bien en vue sur la commode de la chambre, soulignant de son trait noir le pot d'argent au ventre rebondi sur lequel est gravé *Urbino, 1887*, sur lequel s'enlacent les initiales du couple Marechal, souvenir du voyage de noces en Italie.

Via Garibaldi, le photographe ambulant les a installés au milieu de la rue, sous le soleil, pour une pose académique qui doit immortaliser ce temps béni des noces. Gustave se tient droit, son chapeau à la main. Elle a son bras passé au sien. La robe peau-de-pêche ceint sa taille étroite, les drapés gonflent ses hanches, au cou la dentelle enserre son menton. Chapeautée, cadenassée, corsetée, elle ne peut que tenir debout soutenue par ses prothèses, même si ses jambes flanchent sous la jupe, même si en caverne se creuse l'endroit d'organe noir, déjà rongé par une bête cruelle. La grande jeune femme fixe, de toute sa haine concentrée, le cercle brillant de l'objectif, derrière lequel il y a la boîte vernie de l'appareil, derrière lequel officie le photographe, enfoui sous le drap noir. Il crie, de là-dessous :

« Signor, signora, na bouzé plou. Peti oiseau sortire. »

Constance ne bouge plus. Le monde ne bouge plus ; il se désagrège en millions de particules éblouissantes, épuisantes de scintillement noir. De son regard pointé, Constance tue le petit oiseau et s'évanouit dans la poussière de la rue.

Ils ont rapporté la photographie, le pot d'argent. La règle d'ébène tire un trait.

Quand un soir elle crie, elle appelle, Bretonne jette un châle sur sa chemise, elle accourt. Dans la chambre, Constance se tord dans les draps déjà rougis. La bonne enlève les petites filles de l'étage, les conduit en bas dans un lit de l'autre aile. Bretonne fait atteler, envoie chercher le docteur Venuti, parce que Madame fait encore un *accident*. Toujours la nuit, les lampes à gaz chuintent, le calorifère ronfle, ou bien c'est l'été, le rossignol chante dans le cèdre, mais c'est toujours la nuit. Constance se tord en silence, de toute sa haine elle pousse hors d'elle la bouillie de son ventre brûlant. Le docteur Venuti intervient comme il peut, désolé, encore une fois. Il n'y a pas grand-chose à faire, qu'emporter dans les linges le paquet de caillots et l'enfouir quelque part. Ordonner des tisanes, du quinquina.

A quelques jours de là, Constance, pâle, chancelle au bras de Gustave qui vient de rentrer, salue les invités. Elle fait bravement un tour du jardin au soleil, elle respire avec bonheur l'air transparent dans une extase convalescente. Elle se sent à nouveau légère, immatérielle. La jeune fille renaît en elle, se déploie comme un voile froissé, et si, un instant, le bras l'abandonne seule au bord de l'allée, il lui semble qu'elle va rencontrer quelqu'un, que quelqu'un va venir. La silhouette du juge hésite sous les arbres.

Cette fois cependant Constance est enceinte, sans le savoir parce que le sang ne tarit pas. Il coule à petits filets menus, continus. Le sang est sa sauvegarde, il indique qu'il n'y a pas d'enfant, il lui faut saigner tout le temps pour être en paix. Elle laisse donc grossir son ventre sans méfiance, elle demande à Bretonne d'élargir un peu les coutures de ses robes. Puis Gustave est rentré du Caire, il rapporte des tapis, des bijoux curieux. Il ne perd plus, entre deux voyages, le hâle de son visage, il continue de porter, pendant ses séjours à Blois, ses vestes blanches, ses bottes coloniales. Il se fait redire le nom de ses enfants, les pare, un après-midi de fête, des colliers tintinnabulants aux pièces d'argent, aux perles de turquoise, il accroche à leurs poignets et leurs chevilles des bracelets d'ambre, noue lui-même à leur taille des ceintures bayadères. Il se fait prendre en photographie avec elles devant la serre. La société applaudit, complimente les petites filles, puis les oublie. Les portes du grand salon sont ouvertes sur le jardin ensoleillé. On rentre écouter le docteur Venuti chanter des barcarolles. Constance l'accompagne au piano. Il a une belle voix d'église, une douceur d'abbé dans les graves. C'est un de ses talents qui ravit l'assistance.

On applaudit encore et des gâteaux circulent, on sert le café sur la terrasse. Pour les messieurs des alcools, des cigares d'Égypte. Alors le docteur Venuti s'approche de Constance, sourit avec un air d'aimable complicité.

« Chère amie, mes félicitations », dit-il à voix basse.

Constance est réveillée, elle voit le sourire blanc dans la barbe noire d'Angelo Venuti, elle ne comprend pas.

« Vous vous portez si bien que ce sera un garçon. »

Un petit filet de sang glisse entre ses cuisses, très doux. Elle dit :

« Mais non.

– J'en suis sûr, vous verrez. »

Dans la profondeur, le jardin, les grands arbres à l'orée du bois et le bas du ciel se sont troublés d'une tache impalpable, un halo de nuée dont un souffle immense a embué le paysage vert.

LE PAYSAGE VERT

Blois, 1901.

Je n'ai pas le temps de traîner avec toi, bougonne Marcellin en remontant son unique bretelle sur l'épaule. Elle tire trop haut la salopette bleue, élimée, culottée de crasse aux genoux, aux fesses, celle qu'il enfile pour les gros travaux. Bretonne dit qu'elle tiendrait debout toute seule. La bretelle élastique est trop courte, elle remonte l'entrejambe, découvre les chevilles et les chaussettes de laine roulées sur les godillots. Ces chevilles fascinent Romain. Alors que tout ce que laisse voir Marcellin de peau est ridé, poilu, tanné, sa face mal rasée, ses mains noueuses aux ongles de corne jaune, ses chevilles offrent un aperçu surprenant de carnation unie, sans un poil et surtout d'un blanc laiteux si délicat qu'on dirait la peau d'une femme. Ces chevilles intriguent Romain, elles le troublent vaguement, il lui semble que Marcellin est seulement une apparence de bonhomme, amical et grognon, cachant un autre Marcellin tout à fait inconnu.

Le vieil homme et l'enfant sont à l'orée du bois, au-delà de l'étang, à cinq heures du soir, ce jour de septembre. On distingue encore par une trouée entre des branches la toiture de la maison, un bout d'ardoise qui brille au soleil, mais, si on tourne le dos à cette direction, il n'y a plus que la forêt. Les chênes, les châtaigniers dont le sous-bois ombreux et touffu attire le regard vers des destinations inquiétantes et pleines de promesses. Le regard peut fouiller, obliquer, s'enfoncer encore tandis que le corps reste là, au bord, dans les fougères. Maman a interdit d'aller plus loin. La clairière est une molle cuvette d'herbes sauvages en grands bouquets arachnéens que le vent balance, au centre de laquelle l'étang vert ouvre un œil calme, bienveillant. Les nuages captifs sous les lentilles d'eau y déploient leurs dessins migrateurs. Le vent chahute haut les branches majestueuses, blondies par la fin de l'été, lourdes de bogues épineuses, orgueilleusement suspendues au-dessus de sa tête d'enfant, contre le ciel lumineux.

Marcellin s'occupe à débiter du bois, il dégage les bûches du tas, les pose sur le billot, en trois coups de hache les fait voler en éclats. Pendant un moment, Romain a joué à l'aider, il ramasse le débit, reconstitue le tas un peu plus loin. Marcellin lui a indiqué l'endroit, au bord du chemin, où il viendra demain prendre le chargement avec la charrette et le cheval. Mais bientôt l'enfant se lasse du jeu. La cadence monotone de l'homme, son silence taciturne et l'écho sourd des coups de hache, renvoyés par les arbres, renvoyés de loin en loin sous la futaie, le remplissent de tristesse, une sorte de torpeur mélancolique qui ralentit ses gestes. Cet écho fuyant perdu dans les profondeurs donne au monde une échelle plus vaste, désigne, par-delà les frontières de la clairière, des horizons invisibles, élargis en ondes concentriques, s'éloignant, s'éloignant d'ici sans fin, et il sent sa petitesse, lui dont les hautes herbes caressent le front au passage, comme une douce, inguérissable maladie.

Il s'est éloigné, flâneur plein de méfiance, longeant l'orée sur le petit chemin circulaire qui entoure l'étang, jetant des regards inquisiteurs vers le profond du bois.

Il a découvert le roncier. Un mur d'enchevêtrements épineux dont le volume dense se lance à l'assaut des troncs d'arbres avec une robustesse exubérante. Un fouillis de rameaux hérissés, courant et circulant dans l'épaisseur, noués à d'autres, tressés, déployés en bras autonomes qui ploient sous les grappes noires des mûres, pendant à portée de la main. Romain cueille des mûres, très prudemment. Il se hisse sur la pointe des pieds, creusant le ventre, picorant du bout des doigts les fruits les plus proches dont il se gave, méthodiquement gourmand : sous la langue la mûre s'écrase en confiture, ensuite il avale. De cette façon les petits pépins n'agacent pas les dents. Mais une fois épuisées les tiges les plus accessibles, il faudrait avancer davantage, pour tirer à soi les autres. Alors le roncier pique, il déchire les habits, il égratigne la peau. Romain crie :

« Marcellin ! Viens m'aider ! »

Marcellin, bonasse, a laissé sa hache. De son pas lourd, il rejoint l'enfant. C'est inouï de voir comme une grande personne simplifie les problèmes. Lui n'a pas peur de se piquer. Avec sa salopette qui tient debout toute seule, évidemment il ne craint pas les griffures, et même ses mains, on dirait du cuir. Il saisit sans précaution les hauts rameaux, secoue vigoureusement le roncier pour les en dégager, met la cueillette à portée de main de l'enfant. Romain mange des mûres. Mais la séance ne dure pas, Marcellin retourne à ses bûches.

« Encore ! réclame Romain. J'en veux.

– Pas le temps », dit Marcellin. Il s'en va, lent et lourd, sans se retourner, abandonne l'enfant face au roncier.

A nouveau seul, Romain contemple le tableau du mur végétal, la désirable provende de grappes hors de sa portée, accrochée aux plus hautes branches, énormes mûres gonflées de sucre tiède, figures de la tentation. Cependant l'enfant ne souffre pas tant de ces fruits inaccessibles que de la résistance paralysante de l'obstacle. L'anarchique composition du buisson, aussi haut qu'un arbre, irrite en lui une vindicte soudaine. Le roncier semble inerte, cependant il est mû d'une puissance de guerre souveraine qui arme les rameaux d'épines redoutables, les allonge et les déploie en tous sens, hors de toute logique, dans une ignorance insultante de son désir enfantin. Planté là, le roncier pousse. Il puise dans la terre noire sa force vitale, sa méchanceté native. Il dresse devant l'enfant le mur de sauvagerie incompréhensible, la vésanie hostile, insensée des choses qui existent. Indépendantes, naturelles. Indestructibles, insensibles, qui le rejettent à sa solitude impuissante. Apparemment anodines, mais, si on approche, offensives, hérissées de tant de dards, de pointes acérées, armées d'aiguilles, de crocs effroyables, machine végétale d'insondable bêtise. Alors, explorant des yeux la masse ennemie, il aperçoit, dissimulée au centre par l'inextricable fouillis qu'elle engendre en guise de camouflage guerrier, plus large que sa propre cuisse, veinée de gris, de rose, gonflée de joie verveuse, de venin, triomphante, la solide érection du tronc du roncier, d'où vient sa force, sa vie. Une colère désespérée le submerge, il oublie la crainte des épines, ses peurs frileuses. Blême, poings levés, il se précipite contre le mur hérissé. Il n'a pas crié. Le mur ne résiste pas, il ploie. En ployant il se convulse comme un organe, se referme, il griffe, déchire sa proie, grippe mains, visage, lacère le dos, les jambes.

Romain n'a pas crié, pas un mot. Très loin, il entend les coups de hache, réguliers et sonores dans le grand silence. Pas le silence, un remuement sourd en vagues montantes, déferlantes, la respiration paisible de la nature occupée à croître, à s'étendre, invisible poussée des sèves, des lymphes, expansion sereine de la vie aux pulsations soyeuses d'organe, battant au rythme du temps qui passe, répercutées, amplifiées jusqu'à composer cette rumeur inhumaine, de totale indifférence. Il a mis longtemps à se défaire, tout seul, de l'emprise gigantesque, à desserrer un à un les tentacules, les étreintes griffues. Il pleure sans bruit de cette lutte humiliante, l'eau coule de son nez, de ses yeux, à cause de la douleur, à cause de la honte. Libéré, enfin, il reste debout, misérable vaincu qui vient d'entrevoir la haine des choses, leur puissance de mal infinie. Il file à travers les herbes, descend en boitillant jusqu'à la mare et s'accroupit au bord de l'eau. Il lui semble qu'une enveloppe cuisante de poison colle à sa peau, une pellicule de brûlure dévore son corps et le ronge, il baigne ses mains, ses genoux dans l'eau fraîche, pour plus de commodité il s'allonge à plat ventre dans les herbes humides et, tirant son buste au-dessus de l'eau, y plonge son visage. Un instant troublée la surface s'apaise, recueille à nouveau l'image hautaine des nuages.

C'est ainsi que l'a trouvé Constance, elle l'a vu de loin, débouchant du chemin qui, traversant la garenne, va de la maison à l'étang. Son cri a déchiré le calme de la clairière, un hurlement suraigu qui couvre les coups de hache, la rumeur. C'est un cri de mère. L'ordre est rétabli. Marcellin accourt lui aussi, tirant sur sa bretelle, mais trop tard, loin derrière Constance qui empoigne déjà l'enfant, le tire dans l'herbe.

« Au secours! crie Constance. Quelle horreur! Vous ne voyez pas qu'il se noie? Il se noie!

– Se noyer? » dit Marcellin, effaré, incrédule.

Elle baise furieusement le visage de Romain, griffé de rouge, tacheté de vert par les lentilles qui restent collées à sa peau. Elle soutient le paquet ruisselant, boueux, elle rit, sanglote, le secoue, l'écarte d'elle pour le regarder avec passion.

« Il est vivant, constate-t-elle finalement, avec une intensité hagarde.

– Mais oui, dit Marcellin, il est vivant. Qu'est-ce que tu fiches là, grenouille?

– Grenouille! s'écrie Constance. Misérable! Voyez dans quel état il est. Il aurait pu mourir sans que vous vous en aperceviez, à deux pas de vous. C'est mon enfant, je vous l'ai confié, mon enfant!

– Bon, dit Marcellin, goguenard, ça va quand

même. Vous voyez pas qu'il jouait ? Il a mangé des mûres, même, il a eu soif, hein, garçon ?

– Boire cette eau !... »

L'enfant, étendu les bras en croix dans l'herbe, regarde au ciel s'affronter les dieux, sa mère belle d'amour, exaltée de terreur, de colère sacrée, le vieux Marcellin obtus par feinte, plein de ruse et de force, tandis que plus haut encore un nuage d'argent, puis d'étain se déchire lentement sur le ciel du soir pathétiquement bleu. Les dieux ne savent pas ce que l'enfant a vu dans le roncier.

Ce roncier, Romain le photographie des années plus tard. Une de ces photographies dont on se demande ce qu'elles prétendent montrer. On y voit, saturant l'image et sans profondeur aucune, seulement la masse, le fourmillement végétal, les petites feuilles rondes nervurées, dentelées, la broderie anarchique, à profusion, du feuillage confus, hérissé d'épines. C'est une image plate, sans un reflet, un éclat. Un travail superbe des valeurs de gris, déclinées en nuances subtiles, mais mates, éteintes. Une concrétion de lumière assourdie, presque minérale. Aucune direction. Où est le haut ? le bas ? L'espace indifférencié n'offre pas de repère. Le cadre n'enferme aucune composition logique. L'œil s'égare, enquête, se perd, rejoint un centre qui n'est pas central, ne rencontre que la répétition vaine du motif végétal, la ligne brisée, perdue, la courbe, escamotée, des amorces, des brisures fulgurantes, sans fin, sans raison. Rien à voir, rien à comprendre. Qu'un constat désolé d'existence sans principe. Que le désordre, absolu, général. Seule constante, la ponctuation de l'épine, dardée du noir profond, l'épine aiguë. Tout cela à une distance telle qu'on n'est plus au spectacle, mais prisonnier d'un plan si rapproché qu'il n'y a plus de fuite possible, nulle échappée. Monde clos, d'asphyxie mentale. Image monstrueuse de la mort. Le chaos. La guerre.

LA GUERRE

Blois, 1986.

Milena a rejoint grand-mère sur la terrasse. Assise dans son fauteuil, elle s'encadre dans la porte grande ouverte du salon, au soleil printanier.

« Qu'est-ce que tu faisais là-bas ? Tu ratisses le jardin, maintenant ?

– J'avais vu quelque chose, depuis la fenêtre de ma chambre, dit Milena. C'est drôle comme on s'imagine des choses qui n'existent pas, et comme on ne voit pas ce qui crève les yeux.

– C'était quoi ?

– Un triangle, dit Milena.

– Tiens ! C'est nouveau, dit grand-mère en plissant les yeux. Un triangle ? Personne ne me tient au courant, ici.

– C'est rien, dit Milena, c'est une idée à moi.

– Bon. N'attrape pas froid, au moins. Tiens, prends ça. »

Milena frissonne en chemise, jambes nues. Elle n'a pas pris le temps de s'habiller avant de descendre. Elle s'entortille dans le châle, s'assoit par terre, au coin de la porte. Le soleil d'avril est pâle, mais tellement bon, réverbéré par la façade.

« J'aimerais bien voir, dit-elle, les photographies de Romain, un de ces jours. Si vous voulez bien.

– Tu as des cuisses de souris. Tu ne manges rien, ou des cochonneries... Romain ?

– Oui, Romain. Votre frère.

– Je le sais bien, parbleu, que c'est mon frère. Qu'est-ce que tu veux faire avec ces vieilleries ?

– Ça m'intéresserait de savoir à quelle époque il faisait ses photos. »

Ce sujet dérange Madeleine. Elle grimace, cligne, elle mâchonne sa langue.

« Je ne veux pas vous contrarier, grand-mère », dit Milena, précipitamment. Que lui prend-il de demander des autorisations, d'ennuyer la vieille femme. Il n'y a qu'à attendre le retour de Jorge. A Jorge, Madeleine cède tout, aucune question venant de Jorge ne lui fait de mal. Elle a rouvert les yeux.

« Ça ne me contrarie pas, je cherche. Pourquoi veux-tu que je sois contrariée ? La belle affaire ! La photographie, c'était sa lubie. Ma mère lui passait tout. Elle lui aurait décroché la lune. Seulement, moi, j'étais en pension, je ne me souviens pas bien. Que veux-tu, ma mémoire flanche. Ça devait être en 1905, ou 1906. Je vais te dire : ma sœur est morte en 1904. Romain a soi-disant attrapé sa maladie. Ma mère lui a acheté l'appareil, le pied, tout le tremblement pour le remercier d'en avoir si bien guéri. Donc 1905. Voilà.

– Quel âge avait-il ?

– Eh bien, calcule : il est né en 1894.

– Il avait dix ou onze ans.

– C'est ça. Tu imagines un peu, ce mouflet ! Ce n'était pas comme maintenant, un appareil de photographe. Ça tenait de la place. Il y avait tout un attirail, des plaques de verre, des produits. Pour un enfant !

– Mais non, dit Milena. Il existait déjà de petits appareils, et des pellicules en rouleaux.

– Tu crois ? Je n'en sais rien, je ne me souviens pas. Ce qui est sûr, c'est que son appareil à lui était très encombrant. Il mettait ses plaques au soleil, là, sur la terrasse, pour les développer. Ma mère le laissait faire, quand ça le prenait, des journées entières à trafiquer. Il avait une passion pour ce genre de choses, les chimies, les produits. Comme il n'allait pas à l'école, il avait le temps.

– Il n'allait pas à l'école ?

– Jamais. Pas mis les pieds de sa vie. Ma mère lui a appris elle-même les rudiments, à lire, à écrire. Ensuite, il a eu des institutrices, des professeurs, s'il te plaît. Qui venaient exprès de Poitiers. Il était intelligent. A quatre ans, il savait lire. Il a eu son bachot à quinze ans. Il apprenait tout ce qu'il voulait.

– Il était malade ?

– Malade, lui ? Penses-tu ! Jamais malade. Sa méningite, c'est une invention de ma mère. Elle a eu tellement peur que ma sœur lui donne sa maladie qu'elle l'a emmené à Vichy, pendant trois mois. Elle est partie avec lui trois mois entiers. Pendant ce temps ma sœur est morte. Pauvrette, elle serait morte sans ça, évidemment. Les méningites, on ne savait pas tellement les soigner. A leur retour, elle était enterrée et il était *guéri*. »

Maintenant son visage s'anime, s'aiguise. Sous le masque de vieillesse, ainsi qu'un maquillage de théâtre, monte un visage ancien, d'énergique jeunesse, modelé de tourments. Sa bouche s'affine, son nez se pince. Milena a peur de cette transformation, que la colère n'ait réveillé des secousses anciennes dans la géologie mystérieuse de la vieille femme, et que ce tremblement de jeunesse ne lui fasse du mal.

« Il est vrai, dit-elle, pour écarter le sujet de la petite fille morte, qu'autrefois, dans les familles riches, on élevait les enfants à la maison.

– Ah! tu crois! s'écrie Madeleine. Peut-être bien que ça se faisait, mais ma sœur et moi, en attendant, nous étions chez les sœurs dès l'âge de dix ans. Au pensionnat, trousseau et tout. Retour pour les vacances. Remarque, les sœurs étaient très bien. Des femmes tranquilles, charitables. Nous avons été très heureuses, chez elles. On priait le bon Dieu. On buvait du chocolat, le dimanche. On prenait tout le temps notre température, parce que l'une d'entre elles avait été infirmière des hôpitaux. Enfin, Émeline et moi, nous avions la paix. Non, si mon frère n'est jamais allé à l'école, c'est que ma mère n'a pas voulu qu'il quitte la maison. Ce n'était pas dans son idée. Elle voulait Romain tout à elle, tous les jours, sous ses yeux. La prunelle de ses yeux. Elle choisissait les professeurs, se faisait indiquer les meilleurs. Elle est allée à Poitiers, chez le recteur, pour avoir ses conseils. Romain a eu son bachot en 1908. Quelle expédition! Elle est partie avec lui, à Poitiers, donc. A l'hôtel, pendant trois jours. Elle a attendu sur un banc, dans la cour du lycée. Elle aurait passé l'examen à sa place, si elle avait pu. Elle savait tout par cœur, tu comprends, à force, elle assistait à tous ses cours, elle étudiait avec lui. Et puis il a fait sa licence, un an, sa maîtrise en droit, un an. Toujours à la maison, ici. Là-haut, dans sa chambre. Et là, dans le bureau d'Henri, enfin, le bureau de mon père. Mon père était toujours parti pour ses voyages. La faculté envoyait les cours, les livres. Elle envoyait les devoirs, est-ce que je sais, ses études. Nouvelle expédition : à la faculté de Paris, cette fois-ci. Il est revenu juge. Il avait le titre, du moins, il aurait fallu qu'il fasse des stages, dans un tribunal, mais ça ne s'est pas fait. Moi, entre-temps, j'avais décroché le brevet supérieur, je m'étais mariée. Nous vivions à Blois avec Henri. C'était l'idée de ma mère que Romain soit juge. Une autre lubie. Mais elle aurait retourné la terre pour arriver à ses fins. Je n'ai jamais connu quelqu'un d'aussi acharné que ma mère. On l'aurait dite rêveuse, lointaine, il semblait que tout lui était indifférent. En réalité, elle avait une volonté de fer.

– Et Romain ?

– Quoi, Romain ?

– Il l'a laissée faire ? Décider pour lui ? »

Madeleine mâchonne.

« Des deux, je ne sais pas qui menait l'autre, figure-toi. Il avait l'air paisible, facile, comme ça. Mais c'était un impérieux, un sauvage. Je ne sais pas qui rêvait, voulait pour l'autre. On aurait dit qu'ils communiquaient entre eux sans parler, et que dans leur union ils étaient sans cesse en guerre, à savoir qui gagnerait, qui mangerait l'autre. Je n'ai pas beaucoup connu mon frère, en réalité, je te parle d'impressions, de loin. Cela arrive, dans les familles. On est frère, sœur. Mari et femme. On vit vingt ans, cinquante ans ensemble. L'autre, c'est un Indien, un Chinois. On voit son visage, tellement on le voit qu'on ne le voit pas. Quand on se réveille, on en est éberlué, de ces étrangers. La vie passe. Comme il est chaud, ce soleil ! »

Elle ramasse sa couverture, le temps d'un silence.

« Romain, je l'aimais. Je l'ai surtout aimé une fois mort. Ma sœur, je l'aimais vivante. C'était ma sœur jumelle, pour ainsi dire. Nous avions dix mois d'écart. Nous étions soudées comme une seule personne. Nous étions seules. Ma mère ne nous voyait pas, mon père ne savait pas que nous existions. Ça rapproche. On s'en rend compte très vite, quand on est petit. Heureusement, nous étions deux, et nous étions ensemble, chez les sœurs. Quand elle est morte, je n'ai rien compris. La sœur infirmière a pris son pouls, puis sa température ; elle avait beaucoup de fièvre. Pendant deux jours, elle a déliré, alors on nous a renvoyées chez nous, en voiture à cheval. Tu vois, Mélanie, Blois n'est pas bien loin, mais il me semble que ce voyage mène au bout de la terre. Il me semble que nous partons ensemble pour un voyage lointain, c'est tout ce que j'ai compris. Je me souviens, il faisait un temps superbe, au mois de juin. Il y avait des fleurs partout, dans les champs, les pommiers, les pruniers fleuris, de rose, de blanc. Elle grelottait dans sa couverture. A l'arrivée ma mère s'est un peu occupée d'elle, elle a commandé des bouillottes à Bretonne, une tisane. Elle a fait chercher le docteur Venuti. On aurait dit que tout d'un coup elle aimait Émeline, tellement elle avait hâte que le docteur vienne. Mais quand il a prononcé le nom de la maladie, elle est devenue folle. Elle a d'abord expédié Romain en ville chez la grand-mère Camouin. Elle m'a mise en quarantaine dans la chambre d'Émeline, et le lendemain elle était partie pour Vichy. On est restées seules. Puis avec mon père qui venait de rentrer, il faisait les cent pas, en bas, comme si cela guérissait les enfants d'arpenter les couloirs en bottes et veste blanche. Avec Bretonne qui changeait les linges, et le docteur Venuti qui cherchait dans ses livres que faire. Enfin, c'est de la vieille histoire. On meurt vite à quinze ans. J'ai mis des mois à réaliser qu'elle n'était plus là. Plus jamais. C'est drôle, je ne m'y fais pas, Mélanie, cette idée de sa mort ne me connaît pas.

– Je voulais juste voir les photographies de Romain, dit doucement Milena en contemplant ses doigts de pieds aux ongles rouges qui dépassent du châle.

– On se met à regarder les photographies, dit Madeleine, et tout le reste suit, toute la pelote.

– Souvent, murmure Milena. Ou quelquefois.

– Toujours, dit Madeleine. N'importe laquelle des photos raconte son histoire, une histoire enchaîne l'autre. Je déteste les albums de famille, à cause de ça. C'est déjà assez fatigant de se souvenir tout seul.

– Quelquefois, dit Milena, il y a des images qu'on ne comprend pas. Qui ne racontent aucune histoire, aucun souvenir. Je ne sais pas d'où elles viennent.

– Quoi ?

– Ces images noires... Juge ? demande-t-elle. Pourquoi juge ? Quelle idée ! »

Madeleine rit. Elle a du rose aux joues, de trop de soleil.

« Ah ça! Mystère... D'autant plus qu'il n'a jamais jugé personne, ni une poule, ni un chat. Mais ma mère était ravie, comblée. Je crois que ces deux années-là ont été les plus belles de sa vie. On aurait dit qu'elle avait trouvé la paix. Elle était très belle, à ce moment-là, une grande femme fière, majestueuse. Elle avait une manière de le présenter aux gens : " Mon fils Romain, juge. " Cela aurait pu être comique, pourtant personne ne riait. A cause d'elle, de son intonation, étrange, impérieuse. Comme si elle n'avait pas très bien su ce que cela signifiait et qu'elle le cherchât sur le visage des gens. Et puis, mon frère, ce jeune homme plein de charme, il avait un regard grave, très attentif. On avait l'impression que ses yeux vous caressaient, mais une caresse, comment te dire ? impitoyable. Une caresse de juge, au fond.

– Alors, dit Milena, il est mort.

– En octobre 1914. C'était un amour insensé. Rien n'existait pour elle que lui. Ni mon père ni nous n'avions d'importance. Un amour inconcevable. Nous avons cru qu'elle allait en perdre la raison, en mourir. Mais non. Elle est seulement devenue très en colère, une colère noire de toutes les minutes, contre n'importe quoi, le monde entier la mettait en colère. Avec personne sous la main pour se passer les nerfs, parce que mon père était mort, et moi j'étais à Blois, avec Henri et nos enfants. Elle ne les supportait pas d'ailleurs, elle s'en fichait comme d'une guigne, de ses petits-enfants. Ensuite, elle a perdu la tête, la mémoire, à cause de toute cette colère amassée. A la mort de

Venuti, quand on a fermé la fabrique, nous sommes venus vivre ici, avec elle. La chambre Romain était fermée à clef, avec tout l'attirail dedans.

– Et maintenant ? demande Milena.

– C'est la chambre de Jorge, tu le sais bien.

– Non, dit Milena, l'attirail ? L'appareil, les plaques ?

– J'imagine que tout est au grenier. Je n'y suis pas montée depuis belle lurette. Ça t'intéresse vraiment, ces vieilleries ?

– Oh, comme ça, pour voir.

– Pour voir, dit Madeleine. *Pour voir*. Il me semble l'entendre. Lorsque quelqu'un lui demandait pourquoi il faisait de la photographie, mon frère répondait : pour voir.

– Non, dit Milena, ce n'est pas pareil. »

Ce n'est pas pareil, ni les images de Romain, ni elle, photographe. Ou alors c'est pareil, mais d'une autre manière. Elle ne photographie pas pour voir plus clair, plus précis. Pas plus que Romain. Au contraire, c'est devenu de plus en plus profond, inintelligible. Moins elle fait le point, plus le grain est épais. Plus le flou domine. Plus elle avance dans sa réserve d'obscurité.

LA RÉSERVE D'OBSCURITÉ

Blois, 1910.

Le docteur Venuti se redresse d'un coup de reins, tape et rend leur volume aux coussins de soie, de velours, entassés dans son dos, sous sa tête et il se réinstalle avec un soupir d'aise. Sa chemise blanche, dans la demi-pénombre, a un éclat de nacre; et le blanc de ses yeux. Il tire à lui le cordon du narguilé pour aspirer encore une bouffée, délicate. Le feu grésille dans la cheminée, la succion joyeuse des flammes sur les bûches est le seul bruit de la chambre bien close. Rideaux tirés sur les fenêtres, fourrures au sol, portes matelassées doublées de tapis colmatent tous ceux qui viendraient du dehors ou qui pourraient sortir d'ici.

Réinstallé, d'un geste ferme, sans trop de brutalité, il coince la tête de la petite fille sous son bras gauche, contre son flanc. A travers la chemise, il sent la pression de sa joue, sa mâchoire s'imprime là où il garde une vieille douleur de côte cassée. Une Indienne trop vigoureuse lui a placé là un coup de talon à assommer le diable, plus dur qu'un sabot de cheval, tandis qu'il s'escrimait à cramponner dans ses intérieurs un avorton récalcitrant. Ce souvenir et sa douleur le font toujours sourire. La petite se soumet, elle ne bouge pas. La pression de sa mâchoire entretient seulement le souvenir de meurtrissure à cet endroit, presque agréable, maintenant. Elle est couchée à plat ventre sur lui, en travers, dans une position qui porte haut ses fesses grasses et rebondies. Plus bas les jambes fléchissent dans les coussins, rosies et moites de chaleur. Il entreprend son investigation de la main libre, tout en maintenant la prise du coude gauche sans faiblir sur la tête enfermée de celle qu'il explore. Il a cette main droite très agile, des doigts d'or. Sa main droite est un instrument expert en anatomie, elle sait fouiller dans les replis pour atteindre ce qu'elle aime y trouver. Pour l'instant, elle en est aux préludes. Elle prend connaissance des rondeurs fessues, passant au-dessus de la fente, l'ignorant encore, quoique sous la paume, à chaque passage, la dépression, que serrent les muscles des lombes, aimante ses doigts électrisés de la sentir si étroite. Gustave aurait aimé sûrement celle-ci, qui serre tant les fesses à l'approche, mais les deux ou trois dernières fois il n'y prenait plus tellement de plaisir, comme fatigué de ces jeux, ou bien ayant inventé d'autres variantes plus hardies. Avait-il goûté vraiment quelque part plus délectables jouissances que celles du bordel de Blois, dans cette chambre aménagée par son ami ? Angelo Venuti soupçonne qu'au Caire, ou à Tanger, cet amateur curieux avait découvert dans les derniers temps des raffinements inconnus de lui. Non que l'imagination lui fît défaut, mais il lui a bien fallu adapter ses goûts aux contraintes locales. Venuti s'accommode de Blois où se sont fixées certaines limites de sa chirurgie. Cependant il aurait aimé obtenir des confidences. La mort de Gustave a définitivement tu le secret, s'il y en eut.

Il faudrait voyager, songe Angelo, paresseusement. Voyager. Quel embarras! Il en a bien soupé des voyages, depuis trente ans. Depuis qu'il a dû mettre entre son village et lui une distance respectable. Depuis que, employé aux misérables travaux agricoles, trimant dans les champs de cailloux de sa Calabre natale, battu, affamé, hébété de corvées à l'âge de dix ans, il a rencontré son maître. Son sauveur. En la personne du maquignon au teint de brique, aux cheveux roux, détesté, redouté, qui parcourt les campagnes pour mettre bas les brebis, châtrer les porcs et les boucs. Il lui enseigne les techniques artisanales qui lui permettent, mêlées à quelques rituels sorciers, d'acquérir un pouvoir considérable auprès de populations paysannes stupides, plus occupées de la santé de leurs bêtes que de la leur ou celle de leur progéniture. Venuti apprend sur le terrain les rudiments précieux d'un savoir anatomique, mais surtout combien la pauvreté, l'ignorance sont le lit de sa fortune, et combien est relative la frontière qui vous sépare du malheur. Bientôt les ambitions étroites du maquignon payé de peu, d'un dîner à l'auberge, d'une flasque de vin et d'un coq égorgé, lui semblent un champ dérisoire pour exercer son pouvoir, d'autant que le maître, en manque de fille ou de chèvre, se servirait bien de lui pour soulager ses concupiscences d'ivrogne. Un soir, au fond d'une grange, Angelo lui a planté dans le ventre le grand couteau effilé des opérations chirurgicales, et l'a laissé gargouiller dans le foin la fin de son ivresse.

Il a marché beaucoup, longtemps. Il gagne vers le nord des terres plus civiles. Il traîne quelque temps, de bourgs en villes, vendant trois pots d'onguent, des cataplasmes de lin, de chicorée macérée dans le vinaigre, médicaments de vache applicables aux humains. Il a du charme naturel, il acquiert vite le langage des villes, y vernit son accent, maquille son dialecte d'emprunts locaux qui brouillent les pistes de ses origines. Les bonnes femmes achètent sur le seuil ses potions, il survit. Plastique, intuitif, il s'adapte aux circonstances, mais malgré les kilomètres entre lui et sa terre natale, malgré tous ses efforts, elle lui colle aux talons, à la langue. Il n'y a pas encore assez de distance.

A Gênes, il s'embarque. La traversée, parmi la foule des émigrés, le consacre homme de l'art. Il a dix-huit ans, en paraît quelques-uns de plus. Grand, large d'épaules et la barbe très noire, il se vieillit d'une paire de besicles. Au médecin du bord, il se présente comme étudiant pauvre, l'assiste avec aplomb, deux ou trois fois, pour arracher des dents, remettre un bras cassé. Surtout, il accouche sans trop de mal une fille dont l'enfant se présente tout seul, dans l'entrepont, une nuit de tangage. Farfouiller dans les intérieurs d'un humain n'oppose pas plus d'obstacles que dans ceux d'un animal. A tout prendre, c'est même plus gratifiant d'accoucher une fille qu'une vache, les humains ont du sentiment, de la reconnaissance, surtout ils ont le sens de la dette et la peur de la mort. D'un regard oblique, Angelo Venuti traverse cette idée-là, le temps du voyage entre deux continents. Elle lui donne de l'audace, et l'inspiration soudaine de son destin. Il sera médecin. Les belles dames de Boston sont bien trop regardantes déjà pour ses compétences de débutant. Venuti passe au large, il s'éloigne. Muni entre-temps de diplômes flambant neufs achetés au faussaire italien, sur les quais, un diplôme de la faculté de Padoue et un autre de Turin, pour faire bonne mesure, il s'éloigne. Il voyage, s'applique à mettre encore des lieues et des lieues de paysages entre lui et la côte. Il voyage. Sa carriole aménagée en cabinet cahote vers des contrées bien sauvages où les routes hésitent et les villages s'inventent, où son art nouveau peut s'exercer, se parfaire à l'usage sur des malades bénévoles, Indiens, mineurs, trappeurs, et leurs femmes surtout, qui le prennent pour la providence. Ses instruments, achetés chez le fripier de Boston, pliés dans un torchon, sont à présent savamment rangés dans la boîte à outils. Tout ce temps-là, il récure des plaies violettes, des vulves enfiévrées, il extrait des féculences noires aux racines des chicots, tartine les gangrènes de cataplasmes variés empruntés approximativement aux vieilles Indiennes de rencontre. Temps béni des terres libres, du voyage.

Du coude contracté, il applique à son flanc la tête de la fille et ses doigts ont élargi la fente qui résiste, mais il va où il veut, et d'abord triturer le bouchon délicieux de chair molle et mouillée, qu'il pince et tire à lui dans le gémissement qui monte des coussins.

« Viens ici », dit-il alors à l'autre qui attend, allongée près du feu.

Elle vient, ses pieds nus perdus dans la fourrure, à pas craintifs jusqu'en face de Venuti.

« Montre. »

Elle montre, ainsi qu'il le lui a enseigné. Elle tourne le dos, remonte sa chemise à petits coups, pour découvrir progressivement ses cuisses, et puis ses fesses, ses reins, se dandinant d'un pied sur l'autre, en cadence. Il poursuit, ne perdant rien du spectacle, son exploration méthodique, étudie la sensation qu'à petites secousses il extrait de ses doigts enfouis au fond de la membrane chaude et huileuse qui gante sa main droite. Celle-là, on peut plonger profond, une fois franchie la résistance du passage. Il a tenu bon au soubresaut prévu, ayant raffermi la pression de son coude sur la tête. Elle souffle très fort contre son flanc, et mouille sa chemise de pleurs ou de sueur, mais il a tenu bon.

« Montre encore », ordonne-t-il à l'autre. Cessant de se dandiner, elle plonge en avant, s'empoigne aux chevilles, il n'a plus pour spectacle que la colonne rose de ses jambes tendues, et le cercle d'or de son cul enfantin et lustré, alors la fille sécrète sur lui, au manchon de sa main, comme un bel escargot, la bave pour son plaisir. Il change de position, soulage sa cuisse écrasée par le poids, soupire d'aise. Gustave a pu trouver plus délectable jouissance que la sienne, mais pour lui, il a ce qui convient.

C'est étrange comme leurs histoires se sont croisées. Lui, revenu des voyages américains, de retour vers l'Europe, chassé par quelque excès, quelque emportement professionnel, il se sédentarise au fond d'une province placide, y concocte, dans la sécurité enfin conquise, sa cuisine d'honorabilité publique et de divertissements privés. Gustave, du même mouvement, s'évade du champ étroit de ses exercices pour des expéditions de plus en plus lointaines. Si différents l'un et l'autre, et tellement complémentaires. De sa femme frigide et saignante, de ses enfants, Gustave s'éloigne, appelé par la passion dévorante des aventures commerciales. Venuti a identifié en Constance une de ces machines organiques qui l'inspirent, mais il se tient prudemment à distance, admire les improvisations chirurgicales qu'en privé elle mène, vaguement envieux de la concurrence, veillant à limiter les dommages comme il peut. Venuti préserve ainsi la paix de Gustave tandis qu'il est au loin appelé par ses entreprises. Il se reconnaît en ce voyageur audacieux dont le fourgon automobile est bien la réplique moderne de sa carriole américaine, artisanale et brinquebalante. Certes ce ne sont plus les Indiens, les sauvages de l'Ouest, mais les peuplades du Sud dans leurs casbahs de terre. A Gustave il faut non l'entaille, le méandre foui des intérieurs, mais l'enveloppe, la peau suintante, la surface des chairs entamées, creusées d'escarres, fleuries d'eczéma. Leurs passions se sont croisées, conjuguées. A Venuti, Gustave apporte le crédit des vertus provinciales. En retour, celui-ci lui donne sa caution pour les conquêtes territoriales.

Gustave a le don des relations publiques, le génie du démarchage. Il fait de la représentation un art. D'abord, il a fait traduire et imprimer toutes sortes de dépliants explicatifs, des panneaux illustrés à usage local, pour l'affichage et la distribution. Il recrute des conteurs publics qui voyagent et déclament aux carrefours, le long des pistes, la vertu des baumes Marechal, dénoncent les ravages du mal de peau décrits sous leurs aspects les plus évocateurs. Il fait distribuer, sous forme d'échantillons, de petits flacons, des boîtes miniatures, aux étiquettes prometteuses. Mais cela ne suffit pas encore. En grand secret, il commande, dans un atelier de Belgique, des cires anatomiques, de splendides objets incrustés dans leur écrin de soie noire, qui exhibent les plus beaux chancres, les abcès purpurins, les plus admirables bubons que le corps humain ait portés. Ce sont des objets d'art, le raffinement extrême de la démonstration, cent tableautins cruels de cire aux couleurs de la vie, de carnation diaphane, bleuie, rosâtre et cireuse, ravages des fleurs vénéneuses de la chair en décomposition. Un sein, un mollet, une aine, fragments, prélèvements précieux. Ce musée transportable, sorte de dictionnaire médical illustré, occupe l'arrière de son fourgon, il se déploie pour l'exposition en une heure, se replie dans le même temps. Il a fonction pédagogique pour l'instruction élémentaire des peuplades ignares, enfin initiées à ce qui les attend si elles n'achètent pas les produits Marechal. Mais l'inspiration de Gustave est devenue philanthropique. Il a prétention à réformer l'hygiène par la médication préventive, il parcourt le Nord africain, emporté dans un délire de missionnaire, inspiré dans ses prédications par une langue aux résonances bibliques.

Cependant cette encyclopédie en pièces détachées le laisse insatisfait. Il rêve la perfection. Parce que ces petites boîtes doublées de soie n'offrent du corps humain dépecé que des fragments décevants. Le sein, la lèvre malades, malgré leur réalisme, souffrent d'insuffisance. Ils sont le résultat d'un démantèlement scolaire, une œuvre de boucher esthète qui se contente de son étal. Gustave veut commander à l'artisan de Belgique un mannequin de taille humaine, avec des yeux de verre roulants, de vrais cheveux de perruquier et de vraies dents, un homme de cire articulé, qui présenterait, sur toutes les places de son corps, la somme des maladies de peau que son musée détaille en échantillons. Une anthologie ambulante, un résumé des calamités épidermiques tel qu'en écorché exemplaire il serait son double, son frère, sur la scène des représentations. Cet homme de cire le hante, dans ses rêves il en cherche la physionomie, le regard, il accumule les dessins, les planches. Il faudrait aussi, pour la commodité du spectacle, un vêtement découpé aux bons endroits, de telle sorte qu'on puisse dénuder peu à peu les parties du corps soumises au commentaire, révéler un à un les stigmates, jusqu'à la nudité finale, terrible, triomphale. Instructive. Gustave hésite, quant à la face. Il ne sait s'il faut aussi utiliser le visage, y inscrire, dévorant la narine, la lèpre; l'œil, le zona. Ou bien le garder intact, de pure carnation, et réserver au déshabillage l'effet saisissant du mal dévoilé, sans signe précurseur pour y préparer le spectateur.

C'est alors, en proie au doute, emporté par le rêve de son mannequin, futur compagnon de route assis à ses côtés sur la banquette du fourgon, que Gustave s'est égaré. Il a perdu la piste entre deux puits, deux bivouacs, au fin fond de la Mauritanie, avec pour horizon l'ondulation suave des dunes éblouies. Une caravane a retrouvé son fourgon, une semaine plus tard, enfoui jusqu'au moyeu par une tempête de sable, et lui à son volant cramponné, mort de soif, raide de sécheresse, telle une momie ancienne dans ses habits coloniaux, casqué, botté, la face étincelante du sable pris aux poils de sa barbe et les dents découvertes d'un sourire extatique. Et quand furent ouvertes les portes arrière du fourgon, ce fut un tableau hideux, hallucinant que celui du musée fondu, trop longtemps exposé au soleil du désert, la cire dégoulinante mélangeant les couleurs de la vie en un magma purulent de chancre gigantesque. On l'a enseveli là-bas, dans le sable, contre le mur d'une mission de dominicains voués à l'évangélisation, qui, par compassion fraternelle, ont pardonné et absous cet avatar de charité païenne mariée à la passion hygiéniste de la pédagogie.

La mort de Gustave a éprouvé Venuti plus qu'il ne l'aurait soupçonné. Il y a d'abord pensé comme à une fiction, un récit naïf, un peu ridicule, où la mort est abstraite à force d'éloignement pittoresque. Sa vie a continué sans changer puisque, en vertu des accords passés chez le notaire, il reste directeur associé de la fabrique Marechal et que Constance, accaparée par sa passion maternelle, lui laisse gérer en toute indifférence sa part des affaires, comptabilité scrupuleuse dont il rapporte les effets à date fixe. Il en va de sa tranquillité. Dans la petite ville, Venuti a, depuis plus de vingt ans, gagné l'estime sinon l'amitié des notables, la confiance de la Société savante pour ses contributions sur la botanique locale et le cordial appui des quelques hommes d'affaires du canton. Rien n'a changé. Pourtant, il est malade, sans maladie. Moins d'appétit, moins de curiosité. Une sorte d'épuisement secret. Gustave lui manque comme une ombre familière. Sa mort absurde, spectaculaire, désole en lui une part inconnue de tendresse, sentiment dont la nouveauté l'épuise, ébranle en profondeur sa paix de prédateur solitaire, entraîné à l'endurance carnassière. D'une certaine manière, cette brutalité ricanante de la mort, claquant des mâchoires dans le désert, lui fait signe. Mais bien plus encore, c'est le désolant sentiment de solitude. Désolant, obsédant. Il ne s'était jamais senti seul, n'ayant jamais rencontré quiconque à désirer à l'échelle de son appétit. Or Gustave lui manque maintenant, la solitude où il le laisse l'affecte sans qu'il y trouve remède. A quoi il ne sait donner le nom d'amitié, de fraternité sans s'étonner, effaré de tourner sa face vers lui-même et de ne pas se reconnaître. S'être perdu de vue au point d'aimer quelqu'un, aimer ? Cet homme fantasque, brusque, et ses faims de désert à la morsure des dents, serait comme son frère ? Alors, de l'enfance en Calabre, remontent en cohorte des bruits, des voix oubliées. Une odeur d'encens, un nuage de poussière de blé voilant le soleil. La chanson d'une vieille édentée, le claquement d'un fouet. Sur sa langue, le goût d'une farine volée, du sang perlé. A sa joue, un passage de paume, délectable. Il faudrait voyager, s'éloigner. Voyager, songe-t-il, partir. Encore partir. Le voyage emporte la mémoire, il brouille la carte, redistribue le paysage. Dans le paysage, il efface les traces, un paysage de plus en plus grand, et comment s'y perdre ? Le voyage empêche d'entendre d'un bout de l'horizon à l'autre. Mais partir où, maintenant ? Angelo Venuti sait qu'il n'ira pas plus loin, et qu'un de ces jours la mort le surprendra, sa main droite, chirurgienne enfermée, cramponnée au manchon d'une vulve de petite fille, en train de chercher où, dans la profondeur exquise des membranes féminines, se love, noire d'ignorance, sa peur à visage de bête. Il n'ira pas plus loin.

IL N'IRA PAS PLUS LOIN

Lisbonne, avril 1986.

Dans sa chambre d'hôtel, Jorge tourne en rond. Le York House est silencieux. Une averse crépite sur les dalles du jardin, cesse soudain. Il s'est réveillé trop tôt, après une nuit agitée. Il a si mal dormi, arraché au sommeil par des sursauts d'effroi, tourmenté par l'absurde petite carte de visite qu'il rêve avoir perdue, ou bien dont les lettres ont disparu, effacées comme traces dans la neige. Dès son réveil, en dépit de l'heure très matinale, il n'a pas résisté au besoin impérieux d'appeler tout de suite ce numéro, quitte à raccrocher grossièrement, seulement pour s'assurer, entendre une voix. Mais à nouveau la sonnerie a retenti, sans fin. Personne ne semble devoir répondre, décidément. Il maudit ces abonnés absents; et son obsession grandissante de ce contact. Plus il apparaît improbable, plus monte sa rage de l'obtenir. Tandis qu'il se rase, il observe dans le miroir de la salle de bains son visage au regard mauvais, le pli dur de sa bouche. Quarante-sept ans, une tête d'homme que l'âge a modelée sans effacer le masque ancien, sans en achever les traits. Il reconnaît avec effarement... mais qui est-ce ? Ce faciès primitif, cet inguérissable étonnement du regard naïf et triste du tout petit garçon, toujours le même, si peu éloigné de celui que Thérèse contempla une dernière fois. Le dernier regard de la mère, l'odeur de sa poudre. Jorge ferme les yeux, s'arrache à la vision. Ainsi Terence Becker, une fois de plus. Par sa faute depuis hier, Jorge piétine et s'embourbe, se perd dans les embouteillages. Lui qui sait d'ordinaire si bien remonter les filières, articuler les pistes, s'emparer des idées, les soumettre, il ne trouve plus prise. Terence Becker empoisonne ma vie. Assez perdu de temps. Le premier rendez-vous de la journée est à neuf heures. Il est sept heures. Jorge commande un taxi.

Au petit matin, la ville est comme un théâtre déserté dans les jeux d'ombre bleuâtre. La pluie a cessé. Une brume pâle voile les azulejos des façades austères, élégantes, orgueilleuses et délabrées qui défilent le long des rues au pavé luisant, rayé de rails de tramways. Le taxi le laisse au coin d'une place, non loin du port.

« Deux fois à droite, dit le chauffeur, après l'escalier. »

Dans Alfama on n'entre qu'à pied. Le vieux quartier s'échelonne dans un dédale de ruelles et passages au parcours tortueux. D'abord Jorge se trompe, remontant entre deux murs lépreux surmontés de palmiers une venelle en impasse. Il rebrousse chemin, enrage de si vite se perdre, retrouve l'escalier, bifurque. Des fenêtres basses filtrent la lumière électrique des cuisines, des bruits de radio. Jorge croise quelques passants pressés mais n'ose pas leur demander son chemin.

Un chat frileux file, l'échine aplatie, derrière une poubelle. Il est rua Castelo de Picao. Il n'ira pas plus loin, se promet-il, il s'agit seulement d'un repérage, trop tôt pour se présenter chez les gens. C'est ce qu'il se dit, avançant sur le trottoir dont les petits pavés se déchaussent. Calcaire et basalte, blanc et noir, distribués en mosaïques hésitantes, que le hasard et les restaurations hâtives ont malmenées, dont le dessin capricieux divague. Pile ou face. Le premier qui tombe sur le noir a perdu.

Jorge n'a pas de numéro. La rue est courte, il la parcourt dans les deux sens, interrogeant les façades. Au 12, un immeuble magnifique domine les autres par sa noblesse, surmonté d'une terrasse d'où s'échevellent les plantes vertes, les linges étendus. Sur la façade bleue constellée de fleurs et de poissons arrogants, des objets pendent, une lanterne en fer forgé, une multitude de pots de fleurs, des cages à oiseaux sans oiseaux, bidons et petits seaux. Jorge, le cou cassé, contemple la façade du 12 rua Castelo de Picao, n'y trouve rien pour apaiser son attente. Au rez-de-chaussée, les vitrines poussiéreuses d'un magasin abandonné attirent son attention. Peut-être le téléphone sonne-t-il là ? Il approche, jette un coup d'œil sur les étagères vides, le fatras de vieux journaux, d'emballages qui jonchent le sol, tout cela glauque, désolé. Terence Becker ressemble à cet endroit, à ces lieux d'inquiétude et d'oubli qu'on a désaffectés. Dans le couloir où entre Jorge, sur les boîtes aux lettres, nulle part le nom de Faria-Brandao.

Cependant il ne peut renoncer, s'éloigner. Une attirance plus forte que la raison le retient ici, il lui semble être si près soudain qu'il sent à sa peau, sa bouche la respiration de Terence, sa présence impalpable. Il lui prend l'envie de frapper à la première porte, de profiter de l'effarement des gens pour entrer, leur poser des questions brutales, à la table du petit déjeuner. Au fond, il savait en venant qu'il ne trouverait rien. Dès le premier instant ce carton est un leurre, une ruse de la pluie et de la nuit. Ce carton est une ironie du sort.

Une échoppe s'est ouverte au bout de la rue, deux volets dépliés dans le silence matinal. Les commerçants savent quelquefois. C'est un bar, une de ces minuscules officines moitié estaminet, moitié épicerie de quartier à l'odeur confinée de saumure et de tabac froid. La lumière au néon éclabousse de vert livide les murs décorés d'affiches publicitaires criardes, d'anciennes *touradas*. Jorge demande un *bica*. Il dit :

« Nuno Faria-Brandao ? »

L'homme hésite, le dévisage. Quoiqu'il semble jeune, sa peau est grise, ravinée de rides. A moins que ce ne soit cet éclairage d'aquarium.

« Étranger, hein ? » dit l'homme d'un air entendu.

Peut-être Jorge a-t-il aussi une tête plus vieille, inquiétante, la tête de quelqu'un qui se perd, qui est menacé. Que vais-je devenir, maintenant. Il fait oui, précipitamment, comme si le fait d'être étranger pouvait arranger les choses, amadouer le marchand. L'homme hoche la tête, pose la tasse de café sur le comptoir. Jorge pense qu'il réfléchit à ce nom, mais tout est devenu confus, car l'autre se met à vider un casier de bière sans plus s'occuper de lui.

« Je cherche quelqu'un », dit-il encore, sans espoir.

Alors l'homme se retourne. Il fait non de la tête. Non, les deux mains appuyées au comptoir.

– « Non ? dit Jorge.

– *Nao sé. Nada* », dit l'homme doucement.

« Non, dit Eduardo Salter, je ne vois pas. Ça ne me dit rien. »

Il offre du feu à Jorge, allume sa cigarette et souffle la fumée en homme tranquille.

« Vous devriez demander à ma tante, propose-t-il obligeamment. Peut-être saura-t-elle. Tante Luisa connaît Lisbonne comme son village. »

Les clients commencent juste à arriver dans le restaurant dont la salle donne sur un jardin minuscule et gracieux, planté de jasmins, de géraniums, avec de petits pots de basilic sur le rebord des fenêtres. Ils ont déjeuné tôt, Salter a une réunion de travail au début de l'après-midi et Jorge d'autres rendez-vous. Le jeune attaché a apporté des dossiers du ministère. Pendant le repas, il a présenté une synthèse claire des missions dont il a la charge, de ses initiatives et projets, et exposé le système des subventions. Il a donné quelques chiffres, des noms, des numéros de téléphone. Jorge sait ce qu'il gardera, ce qu'il interprétera de la version officielle. Il a ses informateurs. Puis il a parlé, au moment du café, comme d'une anecdote, de cette adresse incomplète, de ce nom de rue. Il n'a pas nommé Terence. Salter, discret, ne pose pas de question. Il est poli, indifférent. Jorge préfère, dans ses relations professionnelles, la distance, et même un peu de froideur. Carvalho, lui, a une tendance à l'exubérance, à l'enthousiasme immédiat devant lesquels Jorge se rencogne, méfiant. Il préfère la méthode, l'examen systématique. Salter jette un coup d'œil à sa montre.

« Appelez-la, elle doit juste se lever. »

Jorge descend du tramway à Poço de Bispo, et, quand celui-ci s'éloigne, solitaire, brinquebalant sous les arbres, il n'y a plus que le silence. Il se trouve dans un endroit désert, non loin des docks, avec pour toile de fond, de l'autre côté de l'avenue, l'échelonnement des façades d'entrepôts vides, d'anciennes fabriques défoncées aux frontons d'azulejos noircis, murailles ocre éclatées sur la brique et rongées de broussailles jusqu'au fier balcon intact, orgueilleux ornement du passé dont les torsades de fer attendent, pour s'y mesurer, celles, vivaces, du roncier. Et, en face, le Tage, la mer de Paille, voilée dans la brume de cette fin d'après-midi, légère et vivante, dont la texture se raréfie par endroits, laissant filtrer le soleil faible, soudain éblouissant un envol de mouettes, tandis que l'eau mate, d'une épaisseur de mercure, se perd dans le lointain.

A Poço de Bispo, Jorge ne s'est pas imaginé trouver un puits, encore moins un évêque. Pourtant, étrangement, ce lieu rêve le puits absent, comme un envers du paysage désolé de docks et de ruines. Le puits absent s'y creuse en son centre, verticale virtuelle appelée par la perspective portuaire, les lignes fuyantes des rails du tramway, l'enfilade des arbres, il y enfonce sa colonne d'ombre fictive. Un puits d'autrefois, de pierre blonde, dressé au milieu d'un pavage de marbre noir et blanc, en rose des vents, et, assis nonchalamment sur la margelle, l'évêque d'or, sa mitre et sa crosse, car dans les rêves les évêques s'attardent, parlent aux oiseaux, écoutent les enfants.

Luisa, au téléphone, lui a indiqué cet endroit, le numéro du tramway pour s'y rendre et le nom de la station. Elle a dit : c'est là, attendez-moi. Il ne sait que penser d'un rendez-vous aussi bizarre et des consignes péremptoires de la vieille dame, mais, sans hésiter, il a annulé son programme de l'après-midi et obéi aux indications. Plus le temps passe, plus la rencontre avec Terence sous la pluie devient improbable, de l'ordre de l'hallucination simple ou de l'autosuggestion. Quoique la réalité du petit carton résiste, banale, arrogante. C'est là, quoi ? Un lieu de laideur urbaine, d'usines désaffectées, décor de cinéma néo-réaliste. Rien à voir, loin à l'est de Lisbonne, rien à attendre. Il lui semble que rien ne peut plus arriver, les choses ont atteint un état immuable, le Tage, le sommeil des eaux, des ruines. Terence ne viendra plus, plus jamais. Plus jamais Jorge n'étreindra cette ombre insolente, n'obtiendra sa réponse.

A ce moment-là, débouche sur l'avenue, il l'a vue venir de loin, la voiture de Luisa. Celle-ci est assise à l'arrière, en robe de dentelle noire, en mantelet d'astrakan noir, enturbannée d'un foulard fuchsia piqué d'un cabochon noir. Plus maigre, plus jaune que la veille. Elle invite Jorge à monter. A ses côtés, derrière les vitres fumées de la voiture, avec la silhouette noire du chauffeur de dos, hiératique, le paysage semble plus mort encore, fantôme d'un temps où des Luisa en jeune fille ornaient leur front lisse d'un accroche-cœur, où des marins souriaient sur les cartes postales.

« Eh bien, dit-elle, vous avez trouvé !
– Rien, dit-il. Quel est cet endroit ?
– Vous y êtes. Les chauffeurs de taxi vous auraient encore conduit à Alfama. Ils ne se souviennent pas d'ici. Il n'y a que les tramways pour se souvenir. Roule, ordonne-t-elle. Première à gauche. »

Luisa et Jorge regardent défiler les façades derrière les arbres, et les bords du Tage, comme un vieux film muet d'une fin de tournage, quand les acteurs et les machinistes ont déserté le décor. Luisa réprime un sourire en coin qui tire sa lèvre, douloureusement. Elle a croisé ses mains maigres et torture ses bagues.

« Quelle curieuse chose que vous vouliez venir justement ici...
– C'est un endroit mystérieux, dit Jorge.
– Pas du tout. Aucun mystère. J'ai horreur des mystères. Trop métaphysique pour moi. J'ai bien aimé vous faire descendre du tramway où Fernando Pessoa donnait des rendez-vous à son Ophélie. Toutes proportions gardées, disons que je me suis offert le plaisir de vous y donner rendez-vous à mon tour. Voilà, dit-elle, pointant son doigt maigre vers le fond de la rue dans laquelle s'engage la voiture. Castelo de Picao. Arrête-toi. »

Le chauffeur gare en douceur dans les ornières, coupe le moteur. Devant eux, la perspective de ce qui fut une rue se dissout, les lignes mouillées hésitent, se perdent dans la brume vaporeuse.

« Autrefois, il y a eu un château. On a gardé le nom. Sur l'emplacement : les usines Faria-Brandao. Nous y sommes. C'est bien ce que vous m'avez demandé, non ? »

Jorge se penche. Les orties ont poussé, les ronces, la broussaille laide, poisseuse de poussière. Les murs éventrés ouvrent des brèches sinistres; aux grandes fenêtres grillagées, pendent quelques lambeaux, il reste des éclats de vitres, des poutres rouillées, des chaînes en guirlandes menaçantes, un treuil couché dans l'herbe.

« Le monde change », constate Luisa pour elle-même.

« En avez-vous assez vu ? » demande-t-elle, au bout d'un silence. Elle s'est tournée vers Jorge, son œil charbonneux posé sur lui sans émotion apparente, mais intensément attentive.

« Voir ? Cette usine en ruine ? C'est très pittoresque.

– Votre sens du tourisme m'intéresse. Personne ne m'a jamais demandé de lui faire visiter Lisbonne de cette façon. C'est le genre de promenade que je pratique pour faire taire la nostalgie. Thérapie de choc. Quelquefois, nous faisons le tour des vestiges, n'est-ce pas Diego ? »

Diego fait oui de la tête, sans se retourner.

« J'apprends, dit Jorge, mais je ne comprends pas.

– Je vous le donne en mille, ricane Luisa. C'était une sécherie de bananes. Souvenez-vous, nous avions les îles du Cap-Vert, l'Angola. Nuno était très riche. Surtout riche du trafic de masques nègres et d'objets d'art. Le monde change. C'est l'endroit que vous cherchiez. Que voulez-vous encore ? »

Il lui tend la carte de visite. Comme il l'a longtemps gardée dans sa main, au fond de sa poche, elle est de plus en plus délabrée. Depuis vingt-quatre heures, sa dégradation s'accélère dangereusement.

« Vieillerie, décrète Luisa, après examen. Ce numéro de téléphone n'existe même plus. Périmé. Comme l'endroit.

– Pourtant il sonne, je vous assure.

– Impossible.

– Mais si.

– Alors c'est une bizarrerie des communications. Nuno a quitté Lisbonne depuis plus de dix ans, à ma connaissance. Vous ne risquiez pas de le trouver à ce numéro. Vous avez dix ans de retard pour votre rendez-vous, cher Jorge.

– Je n'ai pas de rendez-vous. Je cherche quelqu'un.

– Plus personne ici, comme vous voyez. Que voulez-vous à Nuno ?

– Non, dit Jorge. Pas lui. Un ami à moi. Quelqu'un que j'ai pour ainsi dire perdu de vue, et qui m'a donné cette carte. »

Il hésite. Elle a surpris son regard vers le dos monolithique de Diego.

« Marchons un peu », propose-t-elle. Elle s'appuie à son bras, ils s'éloignent. La chaussée défoncée par larges plaques déchire l'asphalte, s'émiette. Le pavé ancien réapparaît, déchaussé, et la terre jaune se creuse en ornières. La brume les enveloppe, noyant le paysage d'un gris doré, l'énorme masse effondrée, comme les anciennes usines qu'ils longent lentement, quelques bâtisses, des entrepôts, plus loin.

« En marchant, dit Luisa, les histoires vont mieux. Parlez-moi de lui, voulez-vous ?

– Parler de lui ! Je ne peux pas parler de lui. Je

ne sais rien, ni qui il est, ni ce qu'il fait. Je n'ai aucune adresse, jamais eu une indication, une ville, une rue, pour savoir où le trouver, ou bien sa famille, des voisins, des proches. A vrai dire, je ne l'ai jamais cherché. C'est lui qui me trouve. Dans des endroits inattendus, nous nous cognons du front et je le perds. Me croyez-vous ? Il a si peu de consistance que je ne peux parler de lui sans, aussitôt, ne parler que de moi. Il me semble lui avoir sauvé la vie, une fois, pour commencer. Enfant, j'ai dû le sauver. C'est ce que j'ai cru. Je n'aurais jamais dû croire cela. »

Il s'est tu, gagné d'une sorte de colère, la gorge nouée d'en avoir tant dit pour la première fois de sa vie au sujet de Terence. Il attend un encouragement, qui ne vient pas. Pas un cri de mouette, un roulement de voiture passant au loin sur l'avenue. L'environnement monumental, colmaté de brume, semble à l'écart de tout monde habité.

« Je suis content, dit-il enfin, d'avoir tiré cela au clair.

– Au clair ? dit Luisa avec un petit sourire. Alors peut-être pouvons-nous entrer dans les détails, maintenant.

– Il n'y a pas de détails, tranche Jorge. N'attendez pas que j'en fasse une histoire.

– Je n'attends rien. C'est vous qui cherchez quelqu'un.

– Excusez-moi.

– Ce n'est rien. Faites-en une histoire, alors.

– J'ai dû penser à lui des milliers de nuits. Peut-être pas une seule nuit sans penser à lui. Et pourtant il me semble que je l'oublie toujours. Soudain, il est là, juste au moment où j'allais l'oublier. Et quand il surgit, comme hier soir, il me donne la carte de visite d'un autre, qui n'est pas là non plus.

– La carte de Nuno Faria-Brandao ?

– Évidemment. Ça lui ressemble. Vous voyez, je ne sais pas grand-chose de lui, mais ça lui ressemble, cette sorte de méprise, de confusion. Le contraire de ce qu'on croyait. On dirait qu'il fait virer la couleur des choses, qu'elles se décomposent à son approche pour prendre une autre apparence. Ou bien leur aspect véritable, qui sait ? Il faut à tout prix que je le retrouve. Que je le connaisse enfin et que nous parlions ensemble. J'ai des questions à lui poser, de toute urgence. Je crains que vous ne me preniez pour un fou.

– Oui, dit Luisa, mais cela ne me contrarie pas. Vous poursuivez une ombre, sans doute. Quelquefois on pense à une personne qui nous manque et qui n'existe pas.

– C'est lui qui me poursuit ! s'écrie Jorge. Dans la nuit, l'obscurité, c'est lui qui m'a reconnu ! Il est sorti de sa voiture pour venir vers moi, alors que moi je ne le voyais pas. Ce n'est pas une ombre. Il existe bel et bien. Il m'a laissé cette carte de visite.

– Alors si c'est aussi grave, dit Luisa, sans sourire, il faut faire quelque chose. Puisqu'il avait la carte de Nuno, peut-être est-ce une relation à lui.

– Peut-être. Mais rien n'est moins sûr.

– Je connais Nuno, dit Luisa. Nous nous connaissions. Demain, si vous voulez, nous irons à Sintra. Nous irons lui rendre visite dans sa maison. Il saura peut-être l'histoire mieux que vous. »

L'HISTOIRE MIEUX QUE VOUS

Paris, 1986.

Milena enjambe une pile écroulée de livres, de revues, évite en passant le coin de la table recouverte de dossiers, de papiers en tas, d'objets divers. Elle jette son blouson sur le fauteuil, avec les clefs, et laisse son sac de voyage par terre. Elle n'a pas allumé les lampes en entrant. Il fait nuit, seule la lanterne du porche donne un peu de lumière par la longue baie vitrée, projette au plafond les ombres fantasmagoriques des grandes plantes d'intérieur comme sur leur ciel pâle les frises végétales du Douanier Rousseau. La grande salle reste dans la pénombre dans toute sa profondeur. C'est un ancien atelier, au premier étage d'une cour dans le faubourg Saint-Antoine. Jorge et Milena l'ont acheté, il y a dix ans, quand ils se sont mariés. Les aménagements se sont échelonnés au fil des années, ponctués de travaux interrompus, repris par les ouvriers pour le gros œuvre, et pour les finitions jamais finies. Jorge n'a pas le goût du bricolage, il est souvent absent et il n'y entend rien. Il n'a pas le temps non plus de s'adapter aux projets de Milena qui en change sans cesse. La salle de bains, la cuisine sont à peu près en état d'achèvement, mais à la place de ce qui était leur chambre Milena a fait installer un labo pour ses travaux de photographie, la chambre est transférée sur la mezzanine depuis qu'ils ont pu acquérir une partie du deuxième étage; le bureau de Jorge aussi est maintenant installé là-haut. Milena longe lentement la baie contre laquelle les plantes déploient leurs branches exubérantes; elles se plaisent là, exposées à la lumière, enchevêtrent leurs feuillages vivaces. De loin en loin, une grande pièce de lin est drapée sur un portant de bois. Il faudrait installer un vrai rideau, avec des glissières à cordons, pense Milena, paresseusement. Mais elle aime cet endroit tel qu'il est, inachevé, n'en finissant pas d'approcher ce que serait une vraie maison. Peut-être parce que le chantier permanent en perturbe la définition, protège l'état provisoire dont elle a besoin.

L'appartement est resté dans le désordre où elle l'a laissé hier en partant à Blois. C'est son état ordinaire. La femme de ménage s'en accommode désormais, quand elle vient, deux fois par semaine, passer l'aspirateur, arroser les plantes, repasser le linge. Elle a pour consigne de nettoyer sans déranger le désordre. La règle n'a pas été simple à établir entre son estimation du ménage conforme aux standards domestiques et celle, très subjective, de Milena. Entre ce qui doit être entretenu – lavé, rangé ou jeté – et ce qui doit être laissé, malgré l'incongruité apparente, à la place légitime qu'il occupe dans le décor. Milena engendre autour d'elle une sorte de désorganisation chronique. Elle ne peut séjourner dans un endroit sans y provoquer aussitôt la confusion.

C'est le plus souvent un dérangement discret, un décalage à peine sensible des objets que, dans une sorte de distraction, elle transporte à des places imprévues. Elle laisse derrière elle cette trace en forme de signature de son passage. Jorge plaisante, pour réparer : Milena fait son petit ménage. Mais ici, dans l'appartement, elle peut laisser libre cours à son inspiration. Elle sème les objets, en jalonne des itinéraires logiques à ses yeux, y emmêle les croisements. Elle entasse, éparpille, règne sur le champ de bataille avec un désarmant fatalisme. Voyons, voyons, dit-elle de temps en temps, les mains sur les hanches, contemplant le capharnaüm de la chambre, du séjour. Elle sait qu'il faudrait ranger, ne voit pas par où commencer, ne peut s'y résoudre, car au fond, dans cette pagaille, elle ne perd rien de vue, n'égare aucun objet, ni ses clefs, ni le sèche-cheveux. Rien n'exige vraiment de rejoindre sa place d'origine. Il n'y a pas d'ordre, ni d'origine, dans la vie de Milena. Ni hiérarchie ni fonction définitive. Un grand raturage d'obscurité oblitère la profondeur. Alors quelquefois, devant l'immensité du chantier irréparable, elle pleure. Non pas découragée par la tâche, mais ulcérée et terrifiée de l'entrevoir. Que l'idée d'ordre puisse parfois se présenter comme une nécessité. Jorge la prend dans ses bras, la console de ce chagrin. Il rit, la soulève et l'emporte dans une valse qui la fait rire et pleurer davantage. Ensuite, enfouie au creux des bras refermés sur elle, elle sait sa peur de tout perdre, lui, l'envie de vivre, suspendue à si peu, un fil rayé de neige sur le noir. Ils vont dîner dehors, ils vont au théâtre. Au retour, tard dans la nuit, ils traversent l'appartement en prenant soin de ne rien modifier de son beau désordre nocturne.

Milena cherche un paquet de cigarettes, trouve la boîte de petits cigares sur une pile de disques. A genoux, elle rembobine la bande du répondeur téléphonique. Dans le noir, elle écoute les voix, les bruits d'ailleurs. Allô, dit la voix altérée du père, est-ce que tu viendras jeudi ou vendredi ? Le livreur de fuel a laissé les papiers. Il a mis la cave dans un état... J'ai fini les livres, porte-m'en d'autres, si tu y penses. Dis-moi si tu passeras vendredi. Je t'embrasse. Puis Nils : Je suis à la galerie, de midi à cinq heures. Demain matin chez moi, jusqu'à dix. Tonalité, encore Nils : Merde, où es-tu ? Laisse un message, au moins. J'ai besoin de te voir. Et Jorge : Sept heures, le 23. Mina, appelle-moi au York House – il donne le numéro. J'ai pris du retard. Je ne rentre pas aujourd'hui encore. Demain soir, le vol de dix-huit heures. Milena, je t'aime. Nils, à nouveau : Pour les photos du squat, tu fais quoi, maintenant ? Je veux voir les contacts, appelle-moi.

Les photos, maintenant.

Du fond de son sac, elle extrait les deux bobineaux de pellicule. Deux fois douze images enfermées dans le creux de sa main, cela pèse peu, occupe un si petit volume. Elle a fait semblant de les oublier depuis vingt-quatre heures, l'aller-retour à Blois, la visite chez Madeleine. Elle ne les a pas oubliées. Tout ce temps-là, elles pèsent du plomb au fond de son sac. Elle laisse passer le temps, retarde le développement. Elle a pris ces images la nuit, elle veut encore la nuit. Sans même regarder dans le viseur, sans vérification, elle sait ce que sera la photographie. Pas seulement le cadre. La lumière – sa quantité, la densité du noir –, elle l'éprouve avec sa peau, disponible, infiniment sensible. Elle photographie avec sa peau, pas avec son œil. Sans voir, ni réfléchir. Elle travaille dans une concentration froide, étrangère à la pensée du danger, refusant l'urgence. Elle attend son moment, n'hésite pas, n'a pas honte, ni peur. La fuite d'un reflet, sa morsure. Elle déclenche. Elle sait les vingt-quatre images enfermées dans les deux rouleaux, une à une, les connaît déjà. Nils est dans la ville, quelque part, il ne comprend pas qu'après la nuit du squat elle ne soit pas passée à la galerie, tout de suite, qu'elle n'ait pas développé tout de suite les pellicules de la nuit comme un chasseur étale son gibier chaud sur la table. Il croit qu'elle chasse, et qu'elle rapporte, chienne. C'est la règle ordinaire, dans le métier. A l'agence, il y a tout le matériel, les équipes. Avant, quand elle travaillait avec eux, elle rapportait, elle attendait les contacts. Elle discutait quelquefois le choix des épreuves avec le tireur. Maintenant elle ne supporte plus l'idée du labo de l'agence, du tirage mécanique, elle n'a plus rien à voir avec ça. Ou plutôt elle fait des photographies qui ne supportent plus ce traitement immédiat de la lumière, l'étalage sous les néons, le partage. Il leur faut attendre, ne pas être vues tout de suite. Il leur faut tout le temps nécessaire pour s'imprimer dans la peau profonde du négatif, y faire leur travail de réflexion noire, en descendre les degrés. Elles veulent dormir. Ces photographies me regardent. De l'intérieur de ma peau, elles me regardent, yeux clos. Milena ne supporte plus la brutalité de Nils, son arrogance de marchand. Qu'il veuille voir comment elle travaille, qu'il la traite en chien de chasse parce qu'il n'a rien compris. Alors elle le laisse, sur le bord du trottoir, porte de la Chapelle, et plus jamais elle n'admettra qu'il veuille voir.

Elle est restée dans l'obscurité, sans allumer les lampes, si bien qu'elle y voit de plus en plus clair. C'est sa manière de quitter la lumière. Dehors, la nuit, la lumière est sans pitié. Depuis Blois, sur l'autoroute, les giclées sauvages des phares, et sur le périphérique, ensuite, la haute ronde des néons jaunes, orange, malades. Les projecteurs braqués sur le chantier de l'Opéra, la Bastille blanchie d'un jour chimique. Une ville, la nuit, ne ferme pas les yeux, elle vrille ses regards insomniaques. Milena en a les yeux brûlés. Peu à peu, elle entre dans l'antichambre de son obscurité, lentement, à reculons, avant de descendre à la mine, les degrés de sa nuit.

A son arrivée, la lanterne de la cour donnait juste assez d'éclairage à la pièce pour s'y déplacer. Les formes fantomatiques se réduisaient à leur principe, silhouettes et masses d'ombre, dans un dégradé profond de valeurs bleutées. Mais elles ont retrouvé leur identité, rendu leur détail, leurs angles vifs, leur relief et même la couleur bientôt. Les choses résistent, elles remontent en surface de la nuit avec leurs reflets sourds, la porte pâle du frigo, au fond, la feuille aiguë d'un yucca, le drapé du rideau de lin. Milena y voit de plus en plus clair, alors elle bat en retraite, recule encore, elle entre dans son labo. Elle tire la porte.

Noir complet. On dit que les gens dans le noir

ferment les yeux, instinctivement, pour mieux se repérer. Milena ouvre les yeux très grand, elle écarquille. Noir absolu. Pas encore, le souvenir des lueurs dessine des taches, des halos, mais ils vont mourir maintenant. Elle aime cet assombrissement, l'agonie de la lumière en elle. Cela va venir. Elle se laisse glisser, le dos au mur, s'assoit par terre, genoux aux épaules. Elle pose à côté d'elle les deux rouleaux de pellicule. Elle ne bouge plus, elle attend. Elle connaît cet espace comme nul autre au monde, son corps y est fait. Elle en sait les distances, les places. Aveugle, elle dispose de tous les repères à portée de sa main, sans aucune erreur, sans une hésitation. L'agrandisseur, les bacs, le robinet, les étagères et les réserves de papiers, classés par sensibilité. Le cadreur, les cylindres, les pinces. L'interrupteur. Ici l'ordre est méticuleux, maniaque, ne tolère aucune dérogation.

Elle veut d'abord descendre. Milena appelle cela entrer dans sa chambre noire, elle dit qu'elle éteint la lumière en elle. Pour régresser avant le premier apprentissage du jour, retrouver l'ignorance visuelle, refluer, et pour cela ne plus bouger du tout. Elle a peur d'être Milena. Il y a beaucoup de Milena quand il fait si noir, si profondément noir que plus un secours ne peut venir. Le fleuve d'encre épais se fait plus vaste, plus large, il étend ses frontières, en plus grande quantité répandu, abolissant les pans, les cloisons, il gagne en profondeur, et le cercle d'horizon recule, exilé si loin qu'elle en perd le souvenir. Plus d'étoiles ni planètes à l'hémisphère vaporeux des ténèbres. Elle est entrée dans sa chambre noire. On dit que dans le ventre d'une mère on ne connaît pas un noir si intense. On dit que l'enfant sait de la lumière ce que l'insomniaque sait du sommeil introuvable, un rêve négatif. Qu'il a déjà en lui le songe lumineux dont les membranes maternelles lui enseignent la quintessence, un jour surnaturel filtré sous les paupières, sans source du jour, diffus, diaphane. Il baigne dans l'eau de sa lumière promise. Où, alors, a-t-on connu ce noir antérieur ? Non, ce n'est pas le ventre de ma mère. Le ventre de ma mère est à l'Est, encore à l'Est et dans un Nord de plaines nocturnes, sans aucun horizon libre, pays de tourbe, de morne terre éteinte, quelquefois la mer neigeuse d'un champ de sarrasin en fleur, ployant sous la main immense du vent qui a crevé le toit du ciel pour s'incliner vers nous. Mais le vent passe, passe, la nuit se referme, et plus rien dans le ventre de ma mère. Nulle nouvelle pour alimenter ma faim. Est-ce dans le ventre que se forment les images ? Plusieurs Milena se répliquent dans le noir d'encre d'un ventre d'Est. Latentes, gelées en pellicules de froid. Elle entend fermenter ce froid d'avant la neige, d'avant le noir et blanc.

Cela commence par un nuage, grandeur nature, substance plus compacte d'obscurité en voie de formation, perturbation de cristaux en mouvement confus, sans contour, dissous et rassemblés, enclave noire sur du noir. Évolutive, vivante. Qui prend figure et enfle dans l'éclaircie argentique. Cela peut être un nuage grandeur nature en forme de bataille ou singerie barbare, un paysage de fumées déjà vieillard, allongement de femme en charpie hideuse, défaite. Cela prend relief et surface, profondeur, ce sont ses images noires. Celles des murs de Berlin-Est, Belforter Strasse, Ryke Strasse. Mutilations, supplices de murs en éclaboussures de mitraille, macules de guerre noircies d'oubli. Cratères et fentes, proéminences, crevasses, sa peau se souvient. Parure lépreuse de sa peau en murs fusillés, en apparence de bêtes et de visages, en signes d'écriture sur les tombes du cimetière juif de Sankt Nikolaï, dans l'enchevêtrement végétal, les traces rongées d'un visage en peau de pierre se délitent, nuage. Ce sont des murs ou des nuages, les écrans où viennent se jouer les simulacres en procession de tout ce qu'elle a vu, pas vu, sans mémoire. Visage gigantesque du fou de San Clemente, qui n'est qu'un pan de montagne écorché où gravite la fourmilière humaine des mineurs, des esclaves de l'or, soudain emporté dans l'éboulement silencieux des nuées, la montagne s'effondre en chaos poudreux, c'est la croûte noircie des pneus en feu, c'est l'aile, le nuage de laideur à tête d'irradié, orbites noires, bouche noire, les femmes noires couchées dans les gravats, et la vieille bouche de Madeleine prononçant le nom d'une petite sœur. Il y a des chambres fermées à clef qui ne s'ouvrent qu'au milieu de la nuit, elle en pousse les portes, une à une, sans en épuiser la procession, ni la procession des nuages. Ces images n'ont ni consistance ni substance. Elles n'arrêtent jamais, dans la chambre noire de Milena, de poursuivre leur inventaire. Nul ne les a photographiées parce qu'elles n'ont pas trouvé la lumière. Milena a photographié les murs de Berlin, et ceux de Prague, elle a pris en photo des murs de partout comme si c'étaient des visages.

Elle a photographié des hommes, des femmes, des enfants, des mourants comme des murs. Ils n'ont pas rendu ce que rendent les images noires d'avant la lumière. Une Milena déclenche, l'autre voit ce qu'elle ne photographiera jamais. L'autre ferme les yeux. Et l'autre la prend dans ses bras pour guérir d'être Milena avec un ventre noir, sans enfant.

Dans une cuisine, elle a son lit, c'est la maison de bois, au fond de la cour de Montreuil. C'est un paysage de sa vie entre cinq et quinze ans, très géométrique en apparence, entre verticales et horizontales, la case et le tiroir. Trop peu d'objets pour créer du désordre, trop peu de place pour tant de personnes rassemblées : le père, la mère, et Milena. L'économie, l'autorité ont fait le rangement. La mère ceint son tablier, lisse ses cheveux, ses sourcils de salive, elle lève le doigt, impose le devoir. Le père suit du doigt les lignes de mots dans les livres. Milena tire le drap, ferme le lit, range les livres dans le cartable, et le cartable sous la table. La mère, dans la pièce à côté, soliloque en langue étrangère. Avec ses ciseaux crantés, elle découpe les bords du paysage. C'est un passage de sa vie, où Milena sait déjà que son ventre sera noir. A cause de la faim, de la peur, avant la neige. A cause d'avant la neige, un *hangar*, ou une sorte de baraquement, dont le rectangle de la porte grande ouverte bée sur du noir dedans, une sorte d'usine, ou de silo, un chenil, car il y a les chiens, ils mangent de la viande de ventre. Ils ont de telles dents de neige, avant les souvenirs. Rendue à l'image noire du hangar, Milena développe les films.

A tâtons, dans l'obscurité, elle trouve le cylindre, les bobines pour y enrouler la pellicule. Ses doigts habiles repèrent le cran sur l'axe, les rails d'enroulement. La pellicule saisie au tranchant, douce, très lisse, se sépare du papier. Elle enfile les bobines sur l'axe du tambour, visse le couvercle. Elle allume la veilleuse. Tout est en place, comme dans une salle d'opération. Elle prépare les bains. C'est simple, technique, et n'oblige pas à penser, rien d'autre que le temps. 1 000 ASA. Révélateur. Fixateur. Ensuite, elle ouvre le tambour, déroule les bandes de pellicule, les pince sur le fil. Sans regarder les négatifs pâles, presque transparents. Elle sort du labo. Elle appelle Nils, attend la fin du message, le signal de l'enregistrement.

« Milena dit que les photographies n'appartiennent qu'à elle. Ni à Nils, ni à personne. Elle demande à Nils de la laisser tranquille. Nils n'est pas photographe. Il est marchand, il fait le commerce des photographies. Quand Milena aura quelque chose à vendre, elle lui fera signe. Sois gentil, fous-moi la paix. »

Elle raccroche. Salaud, dit-elle doucement. Voyeur, voleur. Comment a-t-elle pu accepter une fois, une seule, qu'il l'accompagne. Parce qu'il paie, ce pouvoir qu'il a pris sur elle, ce droit qu'elle lui a concédé. La première faute qu'elle se reconnaisse depuis quinze ans de vie professionnelle, pas une fois elle ne s'est trompée. C'est le signe, pense-t-elle, renversée, la tête roulant contre le mur, que quelque chose se dérègle. En trois expositions, un livre de photographies, Nils a fait connaître son travail, ses images noires. Les premières qu'elle lui a montrées, c'était le train de nuit, de Prague à Paris, les corps affalés, le sommeil des corps et leur masque ivre mort de mort inaccomplie, images où chacun ne ressemble à personne, qu'à soi, passionnément, dans l'abandon, le manque du voyage nocturne, ces témoins endormis, complices d'un crime très ancien, volés dans le noir des wagons, à la lueur blême des veilleuses de compartiments. Milena n'a pas peur des images interdites, elle prend, elle vole, à ce seuil où la ressemblance perd la mémoire des sujets. Mais depuis, Nils veut davantage voir, il veut savoir, remonter avec elle à la source, s'introduire dans l'intimité de ces images qui le troublent. Il a eu peur, crevé de trouille, de dégoût. Il l'a vue dans le squat travailler sans un geste inutile, sans se compromettre d'un mot, implacable et grandie par une peur qu'il ne peut pas comprendre, qu'il n'a pas le droit de comprendre. Une peur qui n'a rien à voir avec la sienne, la sale peur de sa petite carcasse excitée de voyeur. Milena gémit qu'il ait été là, qu'il ait vu d'elle ce qu'elle ignore à la lueur des phares. Elle porte la main à son ventre où sa peur lui fait mal.

Elle pose sa main sur son ventre. Ventre à peine bombé, anodin renflement entre deux saillies osseuses, plus imaginaire que charnel, plutôt une pensée de rondeur, gonflement d'une pensée d'enfant qui n'est rien de représentable. Seulement au travers des radiographies, des échographies, images vidéo, scanners aux couleurs fluorescentes, fougères et géraniums arborescents, châtaigne hérissée, vermine bosselée de couleurs électriques : imaginaires. Rien à voir avec ce qu'en pensée produit la rondeur bulbaire en région viscérale, virgule, petit pâté modelé à l'anse utérine, ou alors c'est encore une représentation d'enfant comme s'en faisaient les anciens, amande ou fève, si peu convenable, si peu configurée que l'anatomiste, au bout de son scalpel, n'y voit que du feu, lui aussi. Il se trompe, la vue brouillée, l'intelligence étoupée. Lui qui savait si bien observer, rapporter et rendre compte, lui, d'intelligence lumineuse, ne tire pas au clair les méandres du ventre féminin. Il incise, étale la double feuille rouge des muscles abdominaux, déploie les rubans dentelés des viscères, atteint enfin la chatoyante, irisée matière féminine, et dans cette grande fleur ouverte, en son centre soudain, contemple. Il lui faut identifier, distinguer, pour transformer formes et reliefs en surfaces, mettre à plat le volume dans son dessin. Inventer de sa main ce que dicte son œil, un graphisme pour la réalité étrange. Passer de la main poisseuse de l'écorcheur à la main sèche du dessinateur. Faire du scalpel le crayon, tracer, pointer, ombrer de hachures la zone assombrie. Le corps ployé, suant, suffoquant des parfums atroces de son charnier. Attelé à son dessin, il se brûle les yeux du suif, de l'ivoire, de la sanguinolente soie, du taffetas violine pour en abstraire son tableau, dire l'universel ventre féminin et son amande d'enfant. Non ce cadavre, cette femme morte, mais tous les ventres, leur principe. Celui des négresses du Soudan, des matrones de Sparte, celui de la comtesse de Tripoli, de la fille nubile aux joues de porcelaine penchée à son balcon, et celui de la vieille aphasique sur sa chaise d'asile, et celui de la Vierge, aussi.

Non pas l'esquisse, mais une ébauche de vrai savoir, indicative, sans erreur dans le paysage, sans faute de topologie. Ni *sfumato* ni rendu d'atmosphère. Une image d'absolue conformité. Aucune image ne rendra compte, pas plus que la carte, le plan de la ville et ses murs constellés ne rendent compte des pertes de mémoire, de l'image d'enfant absente de son ventre, qu'elle porte comme on porte le mal.

Alors Milena téléphone à Jorge. Lisbonne sonne longtemps, très loin, dans un écho métallique. Au York House, c'est le gardien de nuit. Elle dicte le message, mot à mot.

« Quand tu reviendras, Jorge, nous ferons l'amour, un enfant.

– Quoi ? demande l'homme.

– Rien », dit Milena.

RIEN, DIT MILENA

Paris, janvier 1944.

Il y a peu de place dans l'appartement de la Butte-aux-Cailles. La salle à manger donne sur la rue par l'unique fenêtre dont le balcon de croisée s'orne d'une rosace. A travers la rosace, Jorge voit l'immeuble d'en face et, dans une trouée, les arbres d'un jardin. Cette pièce est la seule qui pourrait servir de réception, mais personne ne vient en visite. Le reste de l'appartement ouvre sur l'arrière, une cour en puits étroit, entre des murs aveugles : la chambre de Jorge, une alcôve tout en longueur, à peine éclairée d'un œil-de-bœuf, et la cuisine où ils se réfugient le plus souvent, sa mère et lui, parce que la cuisinière à charbon est leur seul chauffage. Pas de cabinet de toilette, ils se lavent dans la cuisine, y prennent leurs repas. L'enfant fait ses devoirs sur le coin de la table, pendant que Thérèse repasse le linge ou met le couvert. Ils ne parlent pas beaucoup. Jorge a six ans. L'occupation allemande affecte peu son existence. Il fréquente l'école du quartier, il est premier en classe. Sa mère y tient. Le grand-père Henri aussi, qui, aux vacances, paie ses exploits avec des pièces d'or. Il les lui montre, sans le laisser y toucher. Devant l'enfant il les dépose dans une tabatière décorée de cigognes. Il y a trois autres tabatières, celles de ses cousins et de sa cousine, moins remplies que la sienne. Grand-père le lui fait constater chaque fois, pour l'encourager à garder l'avantage. Jorge n'a guère de mérite à sa fortune. Rien d'autre n'occupe son esprit que ses devoirs, ses leçons, la lecture. Beaucoup plus tard il découvre que l'étude est un travail, un plaisir. Pour l'instant, sa précocité intellectuelle lui fait ingurgiter sans effort tout ce qu'on lui apprend à l'école, tout ce que les livres racontent, en amateur curieux, mais sans passion. La vie est monotone. Même pas triste. Monotone et sérieuse. Ici, il n'y a pas de quoi rire, c'est tout. Jorge ne sait pas rire, n'a pas eu l'occasion d'apprendre. Non qu'il soit inaccessible à la drôlerie, il a un certain sens du comique. Quand la maîtresse s'essaie à les faire chanter et qu'elle ouvre sa bouche jusqu'à montrer sa luette, quand elle tient pendu un enfant par l'oreille, il rit, mais son rire reste intérieur, enfoui profond, dans son ventre peut-être, cela fait presque mal, le tiraillement remonte péniblement, meurt aux épaules, n'atteint pas la mâchoire. Ce tiraillement est son éclat de rire du dedans. Thérèse ne rit pas non plus. D'elle, sans doute, il tient son infirmité. Seule, avec un enfant, dans le petit appartement de la Butte-aux-Cailles, en pleine guerre, il n'y a pas de quoi rire. Ils ne manquent pas vraiment d'argent, de nourriture. Mais ni lettres, ni gens à voir. Ils n'attendent personne, on dirait. La vie passe.

Thérèse travaille au domicile d'un comptable, à quelques rues de là, chez M. Grandeur. La figure du comptable est jaune, ainsi que ses dents et son col de celluloïd. Le reste est noir, œil, poils, ongles, costume. Lui et sa femme n'ont pas d'enfant. Ils craignent ceux des autres. Comme on est tenté d'approcher ce qu'on redoute, ils attirent Jorge chez eux à la sortie de l'école, sous prétexte qu'il serait seul en attendant sa mère. Pour rendre service à Thérèse. A la manière dont Mme Grandeur s'occupe de Jorge, on voit sa répugnance. Cette femme trouve le moyen de garder de l'embonpoint quand tous les gens sont maigres. Ses vêtements fleurent le lait aigre, la poule au riz, elle sent le corset de caoutchouc. Elle saisit le paletot de l'enfant par le col et tire en arrière pour le lui ôter. Elle serait soulagée d'avoir des pincettes, elle se retient de grimacer, de glousser de terreur. Elle soupire après l'opération, tapote sa poitrine, ses manches, pour en faire tomber une poussière invisible. Elle indique à Jorge sa banquette, dans l'antichambre, où il peut commencer ses devoirs. Enfin, apprendre ses leçons : pas de déballage de cahiers, d'encre. Pas de salissures. Il se fait oublier. Le velours de la banquette lui pique les cuisses jusqu'à la brûlure, mais il ne bronche pas, livre ouvert sur ses genoux. Toutes les minutes, elle vient jeter un coup d'œil par la porte entrouverte, comme si elle avait chez elle une bête malade qui risque de souiller son tapis. Les enfants ont la réputation de coliques soudaines, ils ont la morve au nez, ils rendent. A tout moment, de leurs orifices, la sanie peut jaillir, se répandre. Elle se méfie, mais la curiosité l'emporte d'avoir chez elle, ravie de l'approcher de si près, la saleté d'un enfant vivant. Quelquefois, elle s'enhardit à reboutonner son col, à poser le béret sur sa tête. Il la sent excitée, frémissante de son audace. Il aimerait la mordre.

Le soir venu, M. et Mme Grandeur les accompagnent, lui et sa mère, sur le pas de leur porte. Jorge ne se retourne pas. Il a honte du couple furtif qu'il forme avec sa mère, s'éloignant dans la nuit sous leur regard de convoitise apeurée. Les séances de devoirs chez Mme Grandeur n'ont pas duré. Jorge ignore quel prétexte Thérèse a inventé pour le sortir de là. La femme s'était mise à lui poser des questions. Il ne se souvient pas des questions, seulement de sa figure descendue au niveau de la sienne. Il ne répondait pas, écarquillait les yeux, il prenait l'air stupide, avec son rire du dedans. Elle voulait savoir des choses avec tant de gourmandise. Jorge n'est jamais retourné dans leur maison. Par la suite, il les a plutôt oubliés, elle et lui, ils se sont apparentés à des figures imaginaires de contour vague, jaune et noir. Quelquefois il pense à sa mère comme à une petite fille séquestrée tout le jour sur leurs torturantes banquettes de velours. « Thérèse » est, selon lui, un nom de petite fille. Elle n'est pas très grande, elle porte des socquettes, un foulard à fleurs noué dans ses cheveux en coques sur le haut de son front.

Le dimanche, il a le loisir de l'observer. Elle passe des heures à faire des opérations pour le comptable, en travail supplémentaire. Tous ces papiers sur la table de la cuisine viennent de chez eux. Ces écritures ne sont pas des pensées, des êtres vivants comme ceux dont fermentent ses livres. Rien que de la méchanceté qui tient baissés les yeux de Thérèse, ployée sa nuque sous le regard des Grandeur. Ces papiers, il les jetterait bien dans le feu de la cuisinière, l'idée lui en brûle les joues, les oreilles. Elle se consume aussitôt. Il regarde sa mère. Les frisons sur son front, l'orbe bombé des paupières baissées. L'œil, rond comme une bille, renfle la paupière, il roule, on le voit tressauter sous la peau fine. Que voit l'œil enfermé ? Jorge regarde l'ombre des cils sur la joue dessiner un cerne en éventail battant. Et l'aile du nez, presque transparente. Le coin des lèvres, la dépression sensible de la commissure, vivante, comme l'herbe dans la prairie, près de l'étang de grand-père, au printemps, les jeunes herbes, la buée bleue sur l'eau émue au passage tiède du vent, cela ressemble à ce qui aiguise la lèvre de sa mère, penchée sur les comptes. Le dimanche, elle rattrape aussi le retard du ménage, la couture, un peu de repassage. Elle s'occupe de leur linge, ils en ont peu, elle en prend soin. Elle fait chauffer les fers sur les cercles de la cuisinière, étend la patte-mouille, la buée monte sous la lampe. Jorge bat des paupières dans le silence.

Parfois, ils vont ensemble au parc Montsouris, ou au Jardin des Plantes. Ils vont au cinéma sur les boulevards, au musée. Thérèse a renoncé à l'école du Louvre, mais pas aux tableaux, elle explique à l'enfant, en chuchotant si bas, des choses qu'il ne comprend pas toujours, mais il aime la voix qu'elle a alors, parce qu'elle lui parle, à lui seul. Le reste du temps, elle fait des comptes. Elle ne se plaint d'aucun sacrifice, non plus de l'absent. Il n'y a pas de photographie. Il y a une veste d'homme en laine accrochée dans l'entrée, comme la veste de quelqu'un qui va rentrer. Personne ne rentre. Jorge ne s'étonne pas de cette veste sans homme. Elle a toujours été là.

Jorge a cru vivre son enfance, il a vu et entendu, il a beaucoup oublié, presque tout oublié, et le reste si petitement ramassé en dépôt, quelques épaves épargnées par le hasard, le souvenir flotte, hésite, l'instant, l'instant. Il se souvient de lui-même, peu de Thérèse. Il voit l'image de sa mère sous la lampe, dans la buée qui monte du linge, il la voit faire des comptes, paupières baissées, elle semble dormir.

Elle dort sur le divan de la salle à manger. Ce lit n'est jamais défait. Ni draps ni traversin froissés, le matin. La peluche verte du divan est déjà tendue quand il se lève, la même que celle des rideaux, trois coussins occupent la tête, en satin froncé autour d'un bouton râpé. Il n'imagine pas sa mère dormant là. Il n'imagine rien. Elle laisse si peu de traces de sa vie propre, ni vêtements épars, ni toilette de nuit, pour donner prise au rêve. Pas une fois, en cette période, il ne voit sa mère s'endormir, s'éveiller. Debout quand il se lève; elle se couche tard, il dort déjà. Il ne la voit pas couchée. Elle est debout, ou assise à la table. Elle marche avec lui dans les rues. Il ne la voit pas à sa toilette, ne remarque pas son linge étendu à la fenêtre de la cuisine. Pas plus qu'il ne s'étonne de la veste d'homme dans l'entrée. Plus tard il pense qu'il fallut à cette femme une discipline peu ordinaire pour dérober ainsi le moindre signe de son intimité à l'enfant dans l'étroitesse de l'appartement. Ou bien une singulière distraction chez lui, comme une infirmité. Si peu de souvenirs. Seulement la boîte d'écaille, avec une fleur de lotus, posée sur le coin du buffet. Elle y range son poudrier, un tube de rouge à lèvres, quelques épingles, un peigne, des reliques, il ne sait. Aucune curiosité ne la lui a fait ouvrir. Elle est trop exposée, à sa portée, pour receler un mystère. Ou bien il n'a pas le sens du mystère, se contente des apparences. Il dort dans l'apparence, peu de choses font spectacle. Par exemple quand elle repasse le linge, en face de lui, sur la table de la cuisine. Passionnément il contemple cette scène muette qui n'évolue vers rien de plus.

Quand elle s'apprête à sortir, le dimanche après-midi, elle ouvre la boîte d'écaille, elle se poudre devant le miroir du buffet. Comme il est trop bas, elle fléchit les genoux, tend le cou vers son image. De la houppette pincée entre ses doigts, elle tapote légèrement des places de son visage, on dirait qu'elle réfléchit à quelque chose de grave. Jorge respire, respire le parfum de la poudre, en pensée il épouse son geste timide, cherche à en comprendre l'étrangeté. Elle met du rouge à ses lèvres. Les lèvres de sa mère lui apparaissent, réelles, d'un relief saisissant, très curieuse bouche rouge du dimanche, réservée aux passants, aux spectateurs du cinéma. Au cinéma, il regarde surtout dans le noir, autour de lui, des gens qui semblent dormir les yeux ouverts, il s'efforce de faire comme eux, il ne se souvient pas des films que Thérèse l'emmène voir à cette époque. Ce sont des instants, des instants. Aujourd'hui, il les fréquente avec passion, effrayé de sa paresse d'alors, ce manque de précision, l'inachèvement. Il voudrait pouvoir faire l'effort que l'enfant ne fit pas, regarder de plus près ce qu'il ne regarda pas. Son effort invente. Il ne cherche ni n'exige de l'enfant qu'il lui rende ce qu'il n'a pas. Il invente, il se raconte des histoires avec ce qui lui reste, de recoupements aléatoires en fragments ficelés. Il est prêt à défendre pied à pied la version de sa mère se poudrant au miroir comme un fait véridique, un instant sauvé. S'il parvient à y croire, c'est pour se contenter, par complaisance. Que lui apprend cette scène de ce que fut Thérèse, de ses pensées, de la réalité humaine de sa vie solitaire ? Le petit collage hâtif de la scène à la poudre, du cinéma, de la buée sous la lampe le paie mal de son effort. En fait, il est en terrain vague, en paysage de lacunes, théâtre inhabité plein de rumeurs, de bruits pâles, figures louches, silence. C'est la seule vérité sur le souvenir de sa mère. Ensuite, il l'a perdue.

Le père est absent. Depuis quand ? Avant, on le disait en Espagne, puis on ne dit plus où. Qui saura, plus tard, que d'Espagne il est allé rejoindre les combattants du front russe, à Leningrad, et que de cet hiver-là il n'est pas revenu ? Qui en parle ? Thérèse, sans doute, il n'y a qu'elle pour le faire, mais il ne l'entend pas en parler, s'il a seulement posé la question. La question ne se pose pas. Celle qu'osait peut-être Mme Grandeur. Pas de photographie, donc. Une veste de laine dans le couloir, et la logeuse de Nanterre. Celle-là a pu connaître l'homme à la veste. Thérèse lui rend visite, c'est un printemps, un autre printemps encore. C'est peut-être le même, peut-être ne sont-ils allés qu'une fois dans le jardin de Nanterre, sous les lilas, les boules-de-neige vertes, il y a un puits qui fait pleurer l'enfant, celui du jeu de l'oie d'où l'on ne vous sort pas, mortel, sous les lilas. Elle élève deux poules, cultive le jardin. Elle leur donne un sac de haricots en grains et des œufs, ils reviennent par le train, Thérèse et Jorge, serrés l'un contre l'autre. Cette logeuse a parlé de Cyrilio avec son menton qui tremble. Elle cache dans ses tiroirs des chiffons rouges et des tracts, à peine dépliés pour Thérèse, furtivement repliés. Jorge regarde ailleurs, par la porte, les boules-de-neige, vertes. Il s'absente. Il n'est plus revenu à Nanterre, il ne sait même pas le nom de cette vieille femme, ni le nom d'une rue. Comme les Grandeur, il l'a oubliée, et, quand il s'est souvenu d'elle, il était trop tard pour retrouver des pistes. Elle, elle savait. Ce qu'elle a fait de Terence, en 1944, l'enfant à la jambe cassée que lui a confié Thérèse, un jour de cet hiver. Et elle savait aussi à quoi ressemblait ce père sans image, quel jeune homme il fut et comment il aima Thérèse. Et comment ils ont fait ensemble un enfant qui porte le nom de sa mère, pourquoi si vite il disparut dans les combats républicains des campagnes désertiques d'Aragon. Jorge pense que Thérèse a voulu avec lui son départ, son combat. Aussi garder l'enfant, le lui taire, peut-être, pour qu'il parte tranquille. Il a lu dans les romans des sacrifices comme celui-là, héroïque et muet, il l'invente.

Et qu'elle a voulu tout tenir à la fois, ensuite, à la face de son père, sans faillir. Parce que cet étudiant espagnol, passe encore, il terminait son droit, il finirait par faire quelque chose de convenable. Mais communiste! Le père devient fou, il tourne en rond dans la maison Marechal, dans son magasin de meubles anciens, à Blois. Il tourne en rond, bouscule les objets précieux, sans égard, il consulte un homme de loi. Il réunit le conseil de famille, les frères. Il menace Thérèse, avec des lettres enflammées, vengeresses, de la déshériter, de lui couper les vivres. Déshériter. Thérèse répond qu'elle est libre de tout héritage. Madeleine supplie en secret sa fille de céder, de venir au moins à Blois, s'expliquer. L'interrogatoire a lieu dans le grand salon. On dirait qu'il y a derrière les vitres de la maison toute la famille, les voisins affligés, ragoteurs, ricanant d'aise, et toute la ville pressée d'entendre l'histoire de la fille Bertier-Marechal. Tout autour de la maison avec ses écuries, sa serre, ses jardins et l'étang. Depuis des générations, des deux côtés, pas une mésalliance. Le père dit : c'est nous ou lui. Elle a dit : lui. Madeleine pleure, Henri tombe malade. Thérèse quitte la maison Marechal sans se retourner. Elle a renoncé à l'école du Louvre. Elle travaille chez Grandeur, elle élève l'enfant du communiste dans l'appartement de la Butte-aux-Cailles.

Cependant le grand-père de Blois veut malgré tout connaître son petit-fils. Il expédie sa sœur Clarisse en émissaire, elle vient à Paris chercher l'enfant. L'échange a lieu sur le quai de la gare. Sa mère le conduit, tante Clarisse prend livraison. Ils ont dû arrêter le protocole une fois pour toutes. L'enfant n'entend pas ce que disent les femmes le concernant. Il se contente de l'apparence. Thérèse dit « vous » et « ma tante » à la vieille dame renfrognée sur commande, car, dès que la mère les a quittés, avant le départ du train, elle reprend l'air gai et malicieux de son ordinaire.

Henri attend leur arrivée au volant de son automobile. La guerre ne change rien au rituel. Avant de gagner la maison Marechal, ils s'arrêtent en ville, Clarisse entre dans les magasins avec Jorge pour lui acheter des chaussures, des culottes. Henri attend dehors, on entasse les paquets sur le siège arrière. Pas une question à l'enfant au sujet de celle qu'il vient de quitter. Silence sur elle, et sur le père, doublement. En somme, Jorge arrive orphelin, sans passé, sans histoire. Pas d'existence avant ni après les vacances. Hormis ses résultats scolaires, sur quoi on l'interroge longuement. Le livret, les cahiers de compositions, les bons points suivent dans les bagages, passeport obligé pour l'été, titres négociables pour emplir la tabatière. L'école est le seul sujet autorisé, lieu neutre, serre aseptisée où poussent les enfants sans parents. Sans doute grand-père s'enquiert-il auprès de tante Clarisse, en aparté, de l'état de la délinquante, son allure, ses airs d'insolence. Peut-être de sa santé. Thérèse a l'air en bonne santé. Elle cesse d'exister pour Jorge tout l'été.

Blois est une autre planète, la maison Marechal, le jardin, l'étang. La cuisine où vieillit Bretonne, ratatinée comme une pomme rance. Et l'aïeule, Constance, si vieille, si usée en ses habits de laine noire. Comme Madeleine ne s'adresse à elle qu'en disant « ma mère », Jorge entend Mamaire, longtemps il a cru qu'elle était Constance Mamaire, une très vieille sourde, étrange de folie douce, qui fait à petits pas des tours de jardin en tapotant avec sa canne la terre à ses pieds. Assise sur la terrasse, tassée dans le fauteuil d'osier, elle tend son cou, elle regarde fixement du côté de l'écurie, une place précise devant le vieux banc de pierre. On dirait qu'elle attend d'être photographiée, avec dans ses yeux une imploration intense à laquelle ne l'arrache que la venue du soir, quand l'ombre gagne, embue la profondeur. Il y a là-bas quelque chose de ravissant, qui éclaire son vieux visage d'un épuisant bonheur. Ou bien c'est plus loin qu'elle cherche, à travers les branchages, d'un œil alarmé de guetteur, une silhouette noire venant vers elle sous les arbres. Si Jorge approche, elle balbutie avec un égarement très doux, un entêtement sans fin, le juge va venir, le juge, sa litanie de petite fille folle que ses lèvres poursuivent en silence jusqu'au soir.

L'été, il y a aussi les oncles, les cousins. Des soirs d'orage, après la canicule, des averses soudaines, une ondée de passage. L'eau s'étrangle dans les chéneaux, déborde, elle crépite sur le gravier de l'allée. Derrière les vitres, ils regardent, enfants et chiens, de longs étés, tanguer la pluie sous les vents tièdes, bousculer le jardin. Du bonheur en attente, Jorge ne sait rien, ni des violences de pouvoir, de vouloir. Il ne sait rien du mal de comprendre et connaître. Les apparences suffisent, il n'a prise sur rien. Le monde est un spectacle derrière la vitre. L'enfant trouve son compte d'émotions auprès des héros de ses livres. Ceux-là sont jeunes, sans sexe défini, sans veste de laine. Emportés dans des actions sans contingence ; leurs tourments, leurs états d'âme se résument à des rêves d'îles, de justice sommaire. Ils accomplissent leur destin dans la clôture des histoires. Rien à voir avec la vie. Car de la même manière qu'entre la Butte-aux-Cailles et la maison Marechal la frontière est étanche, de même entre les livres et la vie nulle mesure. La lecture dévore son cerveau enfantin, enfièvre ses doigts à tourner les pages, mais c'est une expérience privée, sans incidence aucune sur la réalité. Il ne s'y trompe pas : la vie est ailleurs, mais elle n'existe pas. Ce cloisonnement des registres, la variété autonome des modalités, il s'en accommode, il est sauf s'il s'y soumet bouche close. Jorge n'a pas dessiné ses marelles, ni décidé de la règle. Dans chaque case provisoire, entre ciel et enfer, il se tient prudemment en équilibre sur un pied. Alors la maison peut sentir la brioche, la groseille chaude, le chien mouillé, derrière les vitres du salon sur lesquelles il écrase son front, la pluie d'été embue de bleu pâle le parc, ses sapins sombres et le soir venant lui enseignent la mélancolie, l'étranglement de gorge devant un saut inappris, devant ce vide, cette absence sans nom.

Des trois cousins, Marguerite est la plus grande, la plus ronde et lisse, et blanche comme un caillou, aiguë de l'ongle, de la dent. Pointue de voix, brutale. Elle fait des fautes d'orthographe, des grimaces dans le dos de la vieille Mamaire, elle vole du sucre pour les chiens, des mouchoirs, des épingles à chapeau pour piquer les mouches. Elle troque ses butins, elle ment, elle rit. Jorge l'adore. Mais il ignore tout de l'amour, trop occupé à se taire, à satisfaire les dieux. Tante Clarisse veille sur les dictées de vacances, les prières du matin, la bonne tenue. Madeleine houspille Bretonne. Grand-père supervise du haut de l'escalier, au milieu de ses chiens. Ici, tout a son prix, les chiens, les meubles, les tableaux, le moindre bibelot, jusqu'aux notes de classe. La guerre aussi coûte cher. Le mépris, la colère de grand-père contre la guerre sont immenses. Mais il paie, et la guerre s'absente. Jorge comprend cela. Aussi qu'Henri tienne caché ce qui doit être sauvé des barbares, le plus précieux de ses collections. Silence sur les choses cachées. C'est comme pour les gens, si on n'en parle pas, ils n'existent pas. Jorge considère sans étonnement ni révolte le comportement insensé des adultes autour de lui. Il quitte l'appartement confiné de la Butte-aux-Cailles, la compagnie solitaire de Thérèse sans émoi apparent. Il ne se sent ni traître, ni déserteur. De même au retour, il se sépare de l'opulence des Marechal, de la famille nombreuse, sans en avoir été séduit ni troublé. Pas un rêve, un regret, pas un remords. Il n'a pas choisi. Il ignore la nostalgie. Sa vie se déroule sur deux scènes étanches, apparemment incompatibles. Entre les deux, une aire blanche, un nuage opaque. Le passage le laisse intact. Pas de métamorphose, il est le même. Rien n'est étrange, d'un bord à l'autre, ou bien l'étrangeté est la règle absolue.

Comme ne pas avoir de père. D'autres garçons, dans sa classe, sont sans père, eux aussi. Nul ne se soucie visiblement de savoir pourquoi, de s'en aviser seulement. Ou bien ils savent tous, et se taisent. La guerre est un temps qui veut les pères au loin, ils doivent disparaître, et silence. Cela s'accompagne de faim, un peu, de froid souvent, et de peur quand on entend parfois que des soldats frappent aux portes et emmènent des gens. Mais c'est ailleurs, pour d'autres. A Blois, les soldats qui passent sur la route n'ont pas l'air effrayants, ils achètent du lait à la ferme, plus bas, il leur arrive de s'arrêter à la maison Marechal, d'entrer dans la cuisine. Bretonne leur vend des œufs, au prix fort, a ordonné grand-père. Ils rient et paient. La guerre n'est pas la même à Paris et à Blois. Rien n'est pareil, ici, là-bas, hormis la règle du silence.

Elle s'applique encore, alors même que la guerre est finie, lorsque Thérèse s'agenouille un jour devant l'enfant. Elle ouvre sa bouche pour parler, ne dit rien. Elle regarde Jorge comme un paysage inaperçu. Il se souvient de cela parce que jamais sa mère n'a ainsi placé son visage en face du sien, exactement à sa hauteur d'enfant, et qu'à cette place il est comme le miroir du sien, définitivement. Elle ne le regarde pas seulement, elle le touche. Sa main se tend, et ses doigts, avec une légèreté aérienne. Le geste de la poudre enfin adressé à lui poudre son front, parcourt son nez et ses joues. Ces doigts ont la texture des fils d'araignée qui flottent l'été dans l'air des jardins, et ce sont eux qui informent l'enfant de l'image de son visage pour la mère, visage impondérable, voile laiteux sur lequel la mère inscrit un modelé arrêté pour jamais, puis elle a posé un baiser sur ses lèvres. D'elle, alors, il ne se souvient pas. Seulement du baiser qui enseigne à sa bouche le silence. Et c'est pourtant la dernière fois. D'elle il reste la vision d'un visage gigantesque, floconneux, en suspension instable de poussière scintillante, une poudre de visage blanc dans un ciel atemporel. Le regard, seul, les yeux, mais plus que les yeux, leur expression d'énigme vivante. Elle n'a rien dit. Il ne l'a plus revue.

Le lendemain, il est parti pour Blois, comme les

autres étés, mais il y est resté. Madeleine lui annonce cette nouvelle disposition, elle lui fait choisir une chambre pour lui seul, un endroit à lui. Il choisit la chambre Romain, celle d'une sorte de frère, qu'on aurait gardée pour lui depuis longtemps. Thérèse est partie dans l'est de l'Europe, sur la trace de l'homme à la veste. Maintenant que les trains circulent, que la guerre est finie, elle a choisi de le chercher, d'être avec lui. Mais sur elle ont dû se refermer des frontières, des murs. Sur elle on tire des verrous quelque part dans un Est dont il ne vient plus de nouvelles. Elle ne sait même pas, sans doute, en partant, s'il est vivant encore, l'homme qu'elle aime assez pour oublier l'enfant, mais cette folie d'amour, elle la portait enfermée chaque jour dans le bureau triste des Grandeur, au-dessus de la buée du linge, elle habitait son corps de petite fille qui ne dort jamais dans l'appartement de la Butte-aux-Cailles. Folie silencieuse, implacable, de résistance. La veste dans le couloir fait signe. Elle a dû l'enfiler, trop grande, désastreuse de laideur, une fois pour toutes, parce que, où elle va, le froid attend.

Désormais, Jorge ne quitte plus la maison Marechal, il oublie. Sa faculté d'oubli est infinie. Ou plutôt il se tait. Et quand, des années après, il pose des questions, il est trop tard. Madeleine ni Henri ne peuvent rien dire de cet homme dont ils n'ont pas voulu, de cette fille qu'ils ont cru pouvoir faire plier. Son départ les remplit encore de stupeur. Ils se taisent, eux aussi, sur leur colère, leur douleur, sur leur faute, et nul rachat sinon son enfant qu'ils adoptent, peut-être. Car Madeleine prend dans ses mains quelquefois le visage de Jorge, se penche à sa rencontre. Il comprend ce que cherche sa grand-mère étudiant de si près ses yeux, plus bas sa bouche, sa joue, son oreille, et ce qu'elle y a vérifié pour perdre ensuite son regard très loin, laisser troubler sa vue de larmes lentes. Il ne s'en effraie pas, curieux, intensément, de cet amour de jeune femme en elle, de son visage de défaite, nu soudain de tant de ressemblance. Si sur ses lèvres il lit sans entendre *Thérèse*, c'est seulement un vœu qu'en pensée il formule, tant elles se ressemblent en une toutes deux. Pourtant dans la maison nulle dépouille, pas de trace. Madeleine déteste les photographies des albums de famille. Nulle trace sauf une ombre quelquefois, comme un nuage passant assombrit le jardin, éteint sur l'étang l'éclat du ciel serein, une ombre terrible effraie le paysage, puis passe, emportée au loin, dissipée de lumière. Trop tard, Jorge a quinze ans, il aime sa cousine Marguerite et les romans américains. La tabatière est pleine de ses succès scolaires. Thérèse et Cyrilio s'effacent dans un lointain de brume. Personne n'entretient la mystique de leur absence, de leur mort peut-être. Ils ont rejoint les héros de romans sur l'étagère des fictions.

Cependant, Jorge se souvient de ce dimanche, en janvier 1944. Dès le matin, le ciel est sombre, d'un gris atone. Il a fallu allumer la lampe, au moment du déjeuner. Ensuite, Thérèse éteint. Elle s'installe près de la fenêtre de la cuisine, pour économiser l'électricité. Elle relève le rideau, l'accroche à l'espagnolette, cela donne un peu plus de clarté sur son ouvrage. De temps en temps, elle jette un regard vers le haut, entre les murs, vers un bout de ciel gris. Il va neiger, dit-elle.

Jorge est assis à côté de la cuisinière qui ronfle. Il a fini de relire *L'Ile au trésor*, il s'ennuie. Il obtient la permission d'aller frapper en face, chez Becker, sur le même palier, pour aller demander si Terence veut bien venir jouer. Les Becker sont arrivés dans l'immeuble quelques mois auparavant. Jorge ne sait d'où il tient qu'ils viennent de quelque part dans le Nord. Ils ont un enfant de quatre ans. Au début, cet enfant était inscrit dans la même école que Jorge, en section enfantine. Cela n'a pas duré. Terence est tombé malade, il n'est pas retourné en classe. Jorge ne demande pas en quoi consiste cette maladie. Certes Terence est petit pour son âge, il a des membres chétifs, un teint pâle. Sous sa frange, il porte des lunettes rondes que son nez trop court ne retient pas. Elles glissent, il les repousse sans cesse du doigt, cela lui donne l'air sérieux et vieux. Il a l'air si fragile qu'on craint de le casser, mais tout cela ne fait pas une maladie. Pourtant cela doit être assez grave puisqu'il n'a pas le droit de sortir, d'aller jouer dans la rue. Il est docile, silencieux. Ce caractère convient à Jorge qui l'utilise, le dimanche seulement. Uniquement ce jour-là. Le reste de la semaine, il l'oublie. Dès qu'il s'ennuie, le dimanche, il se souvient de Terence. Il suffit alors d'aller frapper en face. Mme Becker consent à le laisser traverser le palier. Jorge a compris qu'elle est même contente de cette occasion qu'a son enfant de sortir un peu, de voir quelqu'un de son âge, ou à peu près. Cela lui donne une distraction.

La scène se déroule chaque fois de la même manière. Mme Becker fait entrer Jorge, il récite son invitation. Elle le plante là, s'empresse d'aller extraire Terence du fond d'une chambre. Souvent celui-ci se montre réticent. Il se fait prier. Elle le cajole, l'embrasse, elle se met à genoux, caresse sa frange. Elle l'exhorte à voix basse pour le persuader d'aller jouer un peu chez les voisins. Toujours dans le même sens, pas une fois dans l'autre. Jorge n'y voit pas d'inconvénient, au contraire. Cet appartement sombre, où on ne l'invite pas à pénétrer plus avant, l'intrigue bien un peu, pas assez pour le faire renoncer à l'avantage d'attirer Terence sur son territoire. Chez lui, Jorge dispose de Terence sans partage. En attendant il admire que ce minuscule personnage obtienne de la grande femme placide, aux beaux cheveux nattés sur la nuque, qu'elle se penche, se casse en deux, supplie. Remarquable tour de force. Personne n'a supplié Jorge de cette façon. Alors ce chipoteur l'agace. Il sent bien que c'est une affaire entre eux deux, mais il préfère attribuer ce cirque à une ingratitude foncière de Terence à son égard, qui peut nourrir en lui un vague ressentiment. Quoique seul l'ennui inspire sa démarche, il exige, en retour, un enthousiasme convenu. Que Terence dédaigne de le lui montrer excite en lui la rage de l'obtenir. Il affecte cependant l'indulgence pour l'ingrat, ce dont Mme Becker lui sait gré, c'est visible. Elle s'excuse des simagrées. Enfin l'enfant cède. Il finit toujours par céder. Cet enfant est plastique, il ne résiste pas longtemps. Obscurément, Jorge sait que Terence est de son espèce, il est seulement plus petit, il n'a pas encore tout à fait appris.

Une fois le palier traversé, Terence lui appartient. Jorge décide des jeux, il attribue les rôles. Une ou deux fois, au début, il a triché, grossièrement, pour gagner. C'était d'une écœurante facilité. Et perdre ne semble pas affecter Terence outre mesure. Aussi Jorge a-t-il vite compris que tricher pour faire gagner Terence était beaucoup plus intéressant. Cela lui laisse subtilement l'avantage, et il en aime mieux le petit garçon, accablé des victoires qu'il lui concède. Ce cadeau comble en Jorge un besoin éperdu de donner qui est sa manière de posséder. Il n'a rien à donner à personne, personne n'attend rien de lui, sinon qu'il se contente d'exister et d'être bien noté. Terence ne semble pas tout à fait dupe du stratagème, il subit ses triomphes comme avant ses défaites, du même air dubitatif et chagrin qui enchante Jorge. Terence et lui savent quoi penser ensemble du pouvoir et du partage. Jorge n'a même pas à consoler Terence de ce qu'il n'existe d'autre issue au monde pour lui que perdre ou gagner selon son bon vouloir, à lui. Ni à le persuader que jamais il ne paiera son prix l'amour singulier qu'il lui inspire. Ils progressent ensemble dans cette connaissance. En quelques jeux dont Jorge trafique la règle, dans la petite alcôve à œil-de-bœuf, ils nouent un lien dominical qui décide leurs vies.

D'ailleurs la guerre est peut-être bien aussi un grand jeu à damier noir et blanc, sur quoi les enfants ont peu de lumières, mais au moins celle-ci qu'il faut, en toute circonstance, tricher. Ainsi les Becker trichent, c'est évident. Par exemple, ils parlent un français impeccable, du moins Mme Becker dans son couloir. Le père, on ne le voit pas, il doit sortir à des heures qui ne sont pas celles des enfants. On ne soupçonnerait jamais, à première vue, qu'ils sont des étrangers. Terence lui-même parle sans accent, il emploie des tournures savantes, comme celles du grand-père Henri, telles que « voulez-vous bien » et « grand merci, madame ». Pour autant ils ne sont pas sauvés. Ils manquent de tout, de vêtements, d'audace. Terence a pour tout jouet un sabre de bois peint et des chevaux de plomb. Mme Becker porte la même robe tous les dimanches. Ils étaient libraires, ou éditeurs, peut-être, parce que c'est à propos de livres que Thérèse a commencé de leur parler, quelquefois elle emporte de chez eux des paquets pour les vendre. A cette époque, Jorge n'interprète pas. Toutes antennes déployées, il capte des signaux. Ces organes autonomes s'orientent seuls dans des directions de hasard. Spectateur ignorant, il s'informe seulement d'une anomalie générale, dont la règle, aussi implacable qu'incompréhensible, peut être détournée par des créatures insignifiantes telles que lui, ou Terence, mieux que par les adultes. Ils sont trop petits pour le damier, et forts de cette échelle. Ce qui est tenu caché n'existe pas. Il suffit de savoir très fort ce qui doit être tu. Ainsi la maladie de Terence, ils en ignorent ensemble le sujet, l'un et l'autre savent à quoi s'en tenir là-dessus quand ils échangent, à travers les lunettes de Terence, leurs regards entendus.

Cet après-midi-là, il s'est mis à neiger. Pour voir la neige tomber, Thérèse a ouvert la fenêtre de la cuisine. Elle aurait pu travailler à son ouvrage devant la fenêtre de la rue, tout aurait été changé de ce qui s'est passé. Le détournement de la règle tient aussi à ce genre de circonstance. Elle a ouvert la fenêtre sur la cour, et elle a appelé les enfants. Ils se sont accoudés tous les trois. Ils ont levé leurs visages vers l'étincellement blanc qui tombe de là-haut entre les immeubles noirs, la féerie des flocons pailletés. La fenêtre est étroite, ils se serrent les uns contre les autres. Thérèse se penche par-dessus leurs têtes, elle tient à la main le chandail qu'elle raccommode. Elle le laisse tomber dans la cour. Elle dit : « Quelle maladroite ! » Elle a dit : « *Quelle maladroite !* Jorge, descends le chercher. » Jorge a emmené Terence, sans la permission de Mme Becker, pour chercher le chandail de Thérèse. Sur le damier, on déplace les pions, personne n'a rien vu. Le premier qui tombe sur le noir a perdu. Ou gagné. Ils descendent ensemble les trois étages dans la demi-obscurité. Sous l'escalier, une petite porte donne accès à la cour. La terre est gelée, il y a des traces de pas anciens, des empreintes que la neige commence à combler. La neige se dépose aussi sur les barils rouillés, les planches entassées, sur la carcasse du vélo. Jorge cherche le chandail, il le ramasse, le secoue. Il est déjà tout couvert de flocons. Le froid mord leurs genoux nus, leur nuque. Ils sont descendus sans même prendre une écharpe, mais avant de remonter ils restent un peu, têtes levées, tout au fond du puits, vers ce halo blanc merveilleux d'où les flocons drus fondent sur eux. Alors, dans le silence, il y a le bruit des camions dans la rue, les coups de freins, des portières claquées, un piétinement de tonnerre dans la cage d'escalier. Alors arrive ce qui arrive aux autres. Ils ont encore la tête levée pendant ce temps et Jorge voit, tout là-haut, dans le bouillonnement blanc, Thérèse faire un geste du bras, impérieux, brutal, comme si elle les enfonçait au fond du boyau noir, sous la neige, et elle a disparu. La fenêtre s'est refermée, ils sont seuls. Ce geste tombé du ciel a donné à Jorge un grand calme, une intelligence pure de l'instant. C'est l'instant de se taire, et cette fois, ce qui doit être tu, c'est lui, et Terence. Totalement seul et totalement libre d'en décider. Il en est ébloui. Sans hâte, il saisit le poignet de Terence, son épaule, il le pousse devant lui, dans la cave. La cavalcade des bottes résonne dans l'escalier ainsi qu'un roulement lointain de chars. Chaque geste doit être parfait, presque abstrait, comme celui de Thérèse. Que Terence ne trébuche pas, qu'il descende les trois marches. Puis, repoussant la porte très lourde : « Tais-toi », dit Jorge, bien que Terence ne dise rien. Il ne dit rien, il tremble. Son tremblement se propage, il gagne Jorge qui le tient devant lui, enfermé dans ses bras. Il faut laisser au noir le temps de devenir moins noir, juste le temps, dans l'urgence de chaque seconde, d'attendre moins de noir. Car s'ils viennent maintenant, c'est vraiment facile : ils sont encore tous les deux plantés en plein milieu de la cave, tremblants du grand tremblement de l'immeuble. D'oser détourner, si petits, la grande règle du jeu. Mais à présent, Jorge repère le halo du soupirail, il peut se diriger. Tais-toi, dit-il encore, juste au moment, à la seconde où Terence s'arrache à sa prise, se précipite vers la porte et crie « maman ! » mais c'est un cri de souris, un couinement que Jorge a étranglé, étouffé du chandail, et maintenant plus de quartier. Sa prise est celle d'un homme, il terrasse l'enfant qui gigote sous lui, le tire et le pousse, l'emporte à pleins bras avec une brutalité de forcené vers le plus noir de la cave, jusque sous les vieux meubles derrière lesquels des pierres effondrées laissent le passage sous une ancienne voûte, vers d'autres caves comblées, un boyau qu'il a vu, une fois, quand on a descendu les meubles d'un voisin. Jorge ne pense rien, il agit, pressé par une nécessité aveugle qui n'a pas de nom encore, pas de sens. D'une lente, pénible reptation, il progresse dans les gravats, tire l'enfant qui ne résiste plus, corps mort dont la chaleur et le poids le suffoquent. Viens, viens, supplie-t-il, hors d'haleine, viens. Puis il se tait, ne bouge plus, enlacé au corps inerte de Terence d'une étreinte qu'ensuite il n'a plus connue. C'est étrange, il fait noir, ils sont très loin enfouis au centre d'un carré noir du damier, enfermés de toutes parts, et cependant il n'a ni froid, ni peur. Ni mal d'aucune manière. Il lui semble que dans ce noir la neige clémente tombe sur eux, tiède comme un duvet, et les ensevelit, efface les traces de leur passage. Plus de relief, plus de forme visible, néant. Plus d'enfants.

Il a dormi, ou bien il a perdu la connaissance de l'espace, du temps qui font cette nuit d'encre blanche.

« Jorge ! Jorge ! »

La voix de Thérèse appelle. Elle est soudain là, très près, puisque dans sa propre poitrine la nuit se prolonge autour de la voix menue qui le tire de son engourdissement. Il répond faiblement, sa voix est endormie, colmatée d'obscurité, il appelle.

Sa mère tombe à genoux, tâtonne. Sa main tiède touche son mollet. Il tressaille longuement, rendu à lui-même, à son corps meurtri enchâssé dans le trou de pierre, transi d'humidité. Viens, Jorge, c'est fini. Elle tire, elle extrait de là-dessous un seul paquet de jambes et de bras emmêlés, ne sait ce qu'elle empoigne de l'un ou de l'autre. Jorge le premier se relève, il l'aide à redresser Terence qui geint à nouveau, des petits cris plaintifs de chiot nouveau-né. Il s'abandonne, on dirait un tas de chiffons tout mouillés, sa tête roule.

« Vous n'avez rien ? » demande la voix de Thérèse. Sa voix est tellement calme que tout redevient simple, évident.

« Moi, je n'ai rien, dit Jorge. Terence a fait pipi. »

Le petit garçon grelotte. Thérèse le soulève, il est si petit, une plume.

« Nous allons rentrer, dit-elle. Sans faire de bruit. »

Dehors, la neige a cessé. Tout en haut du puits de la cour, les murs découpent un carré de nuit claire, glacée. Le dimanche après-midi s'est éloigné, il lui semble que c'est un rêve ou que des années ont passé d'un seul coup. Ils remontent les étages, marche à marche, en retenant leur souffle. La cage d'escalier, dans le silence complet, a son apparence ordinaire, les portes fermées à chaque palier. Ainsi, pense Jorge, les gens dorment, ils ont fermé leurs yeux, et rien n'est modifié. Il suffit de dormir. Mais au troisième, la porte des Becker est restée entrouverte. Seule trace de perturbation, comme un oubli majeur. L'étroit rectangle noir bée au milieu du pan de mur, y ouvre une échancrure sauvage, tellement scandaleuse que Jorge a marqué un temps d'arrêt, fasciné par la détresse de ce signe. Non, dit Thérèse, doucement, et ils rentrent chez eux. Elle n'allume pas la lumière, pousse l'enfant devant elle. Ils traversent le petit appartement. Il fait bon, les choses sont en place, rassurantes dans la clarté pâle, rassurants les gestes précis de la mère, sa tranquille autorité. Elle défait les lacets de Terence, tire sa culotte mouillée. Elle le couche, moitié déshabillé, dans le lit de Jorge, et Jorge avec lui. Elle borde les couvertures. Les enfants, dormez, dit-elle. Demain tout ira bien. Mais Jorge ni Terence ne dorment. Le petit garçon continue de claquer des dents. Ils sont sales, barbouillés de moisissure, de salpêtre. Le sable des gravats pique leurs joues, mais ils sont ensemble, couchés dans un lit, dans une chambre bien close, le monde peut basculer autour d'eux.

Jorge, longuement, garde les yeux grands ouverts. Il contemple, tout en haut du mur opposé, le disque livide de l'œil-de-bœuf. Il n'avait jamais remarqué qu'il fût si haut. Il essaie de penser, ne pense à rien que de très sommaire et immédiat, avec une lucidité folle, une extrême rapidité de saisie. Il vient d'arriver ce qui arrive aux autres, cela s'appelle la guerre. La guerre est un jour de neige, une nuit d'encre, un jeu en blanc et noir. Celui qui tombe dans le noir a gagné. Ou le blanc. La règle n'est pas sûre. Il faut l'inventer au bon moment. Terence claque des dents, mais il est sauvé. Ce que vont devenir M. et Mme Becker, on ne sait. La vie fuit par des plaies noires, une fente de porte entrouverte. Là où sont partis son père et sa mère, Terence n'ira pas. Jorge en a décidé ainsi, pour lui. Contre lui, de toutes ses forces. Terence ne pleure pas, n'appelle pas. Il a compris qu'à ce dernier jeu Jorge a encore voulu pour lui, il a triché pour le faire gagner. L'œil-de-bœuf juge de cela, de son fixe regard aveugle, jamais éteint. Alors peut-être la vie est-elle comme dans les livres, puisque Jorge peut vouloir, agir en héros. Pleine de passions et de tourments, exaltante de dangers vaincus. La dette de Terence est infinie, jamais elle ne paiera Jorge de l'amour éperdu qu'il en conçoit pour cet enfant sauvé, jamais ne guérira Jorge de la puissance inouïe que lui confère ce don. Dans le ventre de pierre, de terre, enfoui au fond du goulot humide de la cave, il a conclu un pacte d'amour jumeau, il a donné la vie à Terence, qui la lui doit. La lui devant, il la lui donne. Il se sent effrayé de lui-même, condamné par le regard de l'œil-de-bœuf à porter tant d'amour. Effrayé que cet amour soit un crime et que les juges consentent au crime. Terence s'est endormi enfin, dirait-on, épuisé, alors Jorge peut se lever, très doucement pour ne pas le réveiller.

Thérèse est assise, tout habillée, dans la salle à manger. Elle non plus ne dort pas. On voit derrière elle la rosace du balcon découpée sur le rectangle de nuit claire. Peut-être toutes les nuits de la Butte-aux-Cailles est-elle restée ainsi, assise, tout habillée, prête à partir. Sans rêve, sans sommeil, veilleur infatigable, brûlée d'amour pour quelqu'un qui l'a sortie de son enfance et lui a donné la peur, vraie, inextinguible. Plus que la peur de mourir sans lui, le cri interminable de cette peur poussée dans sa poitrine, plus grande que sa poitrine, plus grande que le paysage de mort où il s'est absenté, où elle doit le rejoindre.

« Tu ne dors pas », constate-t-elle sur un ton de reproche, à voix basse. Il ne voit ni son visage ni ses mains, seulement sa silhouette d'ombre contre le clair de la nuit.

« Je n'ai pas sommeil, je réfléchis.

– Oh, dit Thérèse, il ne faut pas, tu es trop petit. »

Il a froid, pieds nus sur le plancher ; il est sale, ses habits, sa peau sentent le moisi de la cave, mais il n'est plus si petit, il est incroyable que Thérèse ne s'en aperçoive pas, puisqu'il est en face d'elle, éclairé.

« S'ils reviennent, nous le cacherons encore.

– Ils ne reviendront pas, dit Thérèse. Peut-être. Mais nous ne pouvons pas le garder avec nous.

– Je lui ai sauvé la vie », dit-il, presque menaçant.

Au silence qui suit, il reste suspendu. Il a proféré des mots trop grands pour un enfant, afin que sa mère entende qu'il n'est plus si petit, et qu'elle lui enseigne, alors, ce que cela veut dire.

« Justement, finit-elle par chuchoter, il ne faut le dire à personne, jamais.

– Jamais.

– Demain, dit Thérèse, j'emmènerai Terence quelque part où il ne craindra rien.

– Gardons-le, supplie Jorge.

– Ce n'est pas possible. Ce petit garçon... » Elle ne finit pas, il n'ose tendre la main, l'aider à finir.

« Demain, tout ira bien. Il faut dormir. »

Le lendemain, Terence est rouge, il délire. Ses yeux sont noyés d'une brume lumineuse, ils s'égarent sur les visages penchés au-dessus de lui. Il reconnaît Jorge, cependant, à qui il réclame impérieusement ses lunettes, son sabre. Les lunettes sont perdues, le sabre est perdu, M. et Mme Becker aussi. Terence ne peut tenir debout. Sa jambe gauche est enflée sous le genou, tuméfiée d'une bosse bizarre. Thérèse le palpe et, bien que ses doigts l'effleurent à peine, il gémit. « Sa jambe est cassée », dit-elle. Elle enveloppe le petit garçon dans une couverture et il se laisse faire. Elle dit : « Je vais le porter, on ne peut pas faire autrement. Il n'est pas si lourd. » Elle est prête à sortir.

« Tu vas te laver, ordonne-t-elle. Te changer. Tu vas partir à l'école et tu ne diras rien. Il ne s'est rien passé.

– Je le sais ! » crie Jorge dans le couloir. Et puis, soudain très calme : « Où vas-tu ? Dis-le-moi. »

Debout, près du seuil, elle hésite. Sa tête penche vers la veste de laine.

« A Nanterre.

– Tu reviendras ? »

Thérèse dit, d'un ton si triste qu'il a fermé les yeux sur cette promesse : « Oui, bien sûr. Je reviendrai. »

Jorge se rappelle, dans la rue enneigée au petit matin, la silhouette menue de sa mère qui s'éloigne avec l'enfant empaqueté contre elle. Il se rappelle la rosace du balcon. Sur le blanc de la neige, son dessin de fleur noire.

SON DESSIN DE FLEUR NOIRE

Montrouge, avril 1986.

Dans la cuisine du pavillon de banlieue, le père prépare le café. Pour commencer, il dispose devant Milena un set de table en plastique, une serviette blanche, une tasse et la sous-tasse, la petite cuillère. Avant de s'occuper de la cafetière, il sacrifie avec un soin maniaque à l'installation du couvert. La lenteur de ses gestes est exaspérante.

« Ce n'est pas la peine, ne sors pas tout ça pour moi », proteste-t-elle, pour être gentille.

L'objection de Milena ne sert à rien, il continue de chercher encore autre chose dans le placard, si maladroit dans son lent empressement qu'il renverse un paquet, s'énerve des objets qui l'encombrent, bouscule la vaisselle.

« Si, c'est la peine, réplique-t-il, le dos tourné, le set protège la table des taches, au moins. Je ne trouve pas le sucrier.

– Ne cherche pas, dit-elle. Je ne prends pas de sucre.

– C'est pour moi, le sucre. Moi, j'en prends. »

Il pose le sucrier, d'un air de triomphe furieux. C'est sa manière ordinaire de manifester son émotion, comme si toutes ces prévenances constituaient une revanche. Il ne peut paraître heureux de ses visites, elles sont trop rares, il a trop attendu cet instant pour ne pas être humilié du bonheur qu'il lui procure. Alors il en fait trop, pour qu'elle proteste et qu'il puisse la rabrouer. Il installe le filtre de papier, compte les dosettes de poudre, arasée du doigt.

« Pas trop fort, hein ? s'enquiert-il.

– Assez fort, s'il te plaît.

– Moi, je le fais léger. D'ailleurs, je ne bois que de la chicorée.

– Fais-le comme tu l'aimes, dit Milena, doucement.

– Mais non. Je rajouterai de l'eau dans mon bol. »

Lui, il n'a pas pris de tasse. Il boit de côté, un coude sur la table. Le nez dans son bol, il jette un regard soudain timide à Milena.

« Il est bon ? »

Elle fait oui. Il sourit.

La cuisine est petite, les murs sont encombrés de placards bricolés, d'étagères, avec le chauffe-eau, les ustensiles suspendus à des clous, râpe, louche, hachoir, couteau à aiguiser. Rien ne manque à la panoplie méthodiquement exposée. La table occupe presque tout l'espace, au centre de la pièce exiguë. Il faut la contourner pour atteindre malaisément le réfrigérateur, l'évier ou la fenêtre. Cette table est trop grande pour le père qui vit seul, et d'un encombrement absurde. La dernière fois, Milena a proposé de lui en procurer une autre plus pratique, avec des parties pliantes, qu'on pourrait même pousser contre le mur entre deux usages. Il a refusé violemment. Cette table lui convient, et tous les objets, tels qu'ils sont disposés. Il ne veut pas de nouveaux objets, répugne au changement. Les cadeaux de Milena le contrarient. Il affecte de ne pas se servir du grille-pain qu'elle lui a offert. Pendant des semaines, il le laisse bien en vue, sur l'évier, pour montrer à quel point il en est dérangé. Il finit par l'adopter, à contrecœur, mais il se plaint de ne pas aimer le pain grillé.

Autrefois, il n'était pas si maniaque, ni susceptible. Il acceptait l'argent de Milena sans mécontentement, comme une chose naturelle venant de son enfant. Du moment qu'il prenait la forme de versements automatiques. On aurait dit ainsi que l'opération, comme abstraite, ne le blessait plus. Et même qu'elle compensait dans sa discrétion l'injuste, dérisoire rétribution de son emploi au garage. Mais quand il a pris sa retraite, à cause de son dos, il s'est aperçu qu'il n'aurait presque plus rien. Le marchand de vélos et ses autres employeurs, pendant des années, ne l'avaient pas déclaré, ou si mal que ses droits se résumaient à un pécule misérable. Il n'avait pas osé réclamer des papiers, se renseigner. Rien exigé de quiconque, par ignorance, par orgueil, alors toutes ces années de travail qui comptaient pour rien l'avaient pris au dépourvu, désemparé devant une sorte de fatalité qui le renvoyait à sa jeunesse de réfugié. Avant, il n'avait pas cet air honteux, plein de ressentiment, cette colère incessante de tout moment. Ni ce besoin jaloux de garder les objets, de s'accrocher à eux comme à des reliques. Alors, il commentait gaiement le spectacle de la rue, les événements du journal, il riait avec les commerçants, les voisins, et de lui-même quelquefois. Depuis qu'il a pris sa retraite, il s'enferme dans la maussaderie et rien ne trouve grâce à ses yeux, ne le console des tracasseries, du dérangement de son existence dans le petit pavillon de banlieue.

Pourtant il l'a lui-même choisi. Il a choisi de conserver les meubles, les bibelots dont certains remontent à la vie dans la maison de bois de Montreuil. Ce lit marqueté, trop grand pour lui seul, les appliques à jupons et pompons. Milena ne porte pas de jugement sur ce choix, elle l'a admis, même si, pour la forme, elle a suggéré d'autres aménagements, d'avance voués au refus. Avec les sommes qu'elle fait verser sur son compte en banque, chaque mois, il pourrait vivre ailleurs que dans ce quartier de Montrouge où il ne connaît personne, avoir de plus beaux meubles. Mais elle sait que cette maison, et tout ce qu'elle contient, représente le degré extrême du luxe qu'il s'autorise. Non celui dont il saurait jouir, car il a le goût des objets, il aime les pendules anciennes, les beaux livres, le linge fin. Mais il a fixé une fois pour toutes le seuil de ses besoins. Il est arrivé qu'il vante, devant une vitrine, la beauté d'un tapis, d'un couteau de chasse, alors Milena l'entraîne, elle veut entrer, acheter. Ce n'est pas pour moi, décrète-t-il avec une colère brusque, furieux qu'elle ait pu prendre son admiration pour du désir, qu'elle ait transformé son appréciation en signe de convoitise.

Depuis longtemps, elle a renoncé. Il lui semble reconnaître dans cette retraite, ce lent figement qu'est devenue sa vie, la remontée obscure de la mère, une manière, lui ressemblant, de lui faire encore une place vivante en lui. Après avoir apparemment toléré durant vingt ans son absence, toléré l'intolérable disparition, il lui faut la rappeler à lui maintenant, recélébrer le mariage de pensée dans la pénurie, l'économie étroite des gestes, des dépenses et cette peur de chaque instant. La mère en lui renaît, Milena voit son visage chagrin, barré de souci au front, elle déteste ce modelé du malheur imprimé sur le visage du père, réincarnation triomphante de la mère. Elle sait qu'il utilise à peine ce qu'elle lui donne, il épargne, s'affole de la moindre facture, du moindre prélèvement administratif. Sans cesse apeuré par un petit écart de comptabilité, qu'il se refuse à tenir. Alors il l'appelle au téléphone, se plaint de ne rien comprendre, de manquer de tout, d'être aux abois. Il est malade de sa vie, malade d'être venu de si loin, de sa langue de naissance dans une langue d'héritage dont chaque mot porte sa menace de faute et de malentendu. D'avoir traversé les années sans parler du cadavre de mémoire qu'est sa jeunesse, de ce meurtre perpétré au nord de sa mémoire contre le premier pain mangé, contre le premier baiser d'enfant, au nom d'une injure faite aux hommes d'autrefois, et qu'il fallait venger. Le passé continue de faire sa guerre dans les cloisons de papier de sa petite maison, entre les lignes de comptes absurdes, et les jouets sauvés du vieil enfant ne lui procurent aucune joie. Milena voudrait illuminer ce visage du père d'une révélation tardive, y arrêter l'asphyxie, ouvrir des horizons de terre, de mer au regard qui la fuit. Et quand il sourit, au-dessus du bol, elle a mal que ce soit un sourire de condamné.

« Il est bon, ton café », dit-elle.

Milena porte la pauvreté en elle comme une laideur d'enfance, une haine inguérissable. La pauvreté est la forme qu'a prise pour elle la souffrance inconnue d'avant ses souvenirs, celle qui poussa son père et sa mère à travers l'Europe dans une nuit, un paysage de neige qu'aucune image ne restitue, qu'aucune langue ne rapporte. La pauvreté dure en elle comme le brouillard de cette région inconnue du monde d'où elle vient avec eux, et dont l'apparition toujours retardée, différée, toujours confisquée, menace chaque moment de sa vie. Elle est inscrite dans sa mémoire d'avant les souvenirs, en ferment de pourrissoir. Contre quoi il lui faut gagner de l'argent, encore, davantage. Quand sa mère est morte, elle a commencé à vouloir l'argent. La mort a crevé l'abcès de pauvreté. Elle a appris très vite à fabriquer son talent, son intelligence, à les vendre. Elle a dépouillé la compassion, la honte. Elle a fait sa place à la lucidité cruelle et joyeuse qui abat les obstacles. Les diplômes, le prix prestigieux qui couronne ses travaux de fin d'études, il faut en passer par là, mais ils ne rapportent pas d'argent, seulement des opportunités. Les opportunités se forcent, elles se négocient. Dans l'industrie, la publicité, le travail de commande exige rapidité, perfection. Il paie les intérêts du talent. Les opérations cumulées forment le capital, imposent le crédit et l'exclusivité. Tenir la concurrence, sans scrupule, elle se bat. Elle travaille, solitaire, féroce. Elle vole, se vend, elle tue. Elle est plus intelligente que le marché, meilleure que la commande. Il y a dix ans, quand elle entre à l'agence, c'est elle qui dicte le contrat.

Alors elle rencontre Jorge. Il connaît déjà son nom, sa signature. Il lui propose un reportage pour une revue américaine, à travers le désert, jusqu'en Somalie. Ensemble, ils partent pour deux mois et cette traversée est le début de leur amour. Mais il y a trop de place dans le désert pour se voir l'un l'autre, trop de lumière pour l'amour. C'est venu après, au retour. Pendant le voyage, ils parlent à peine, ils sont trop occupés par les gestes d'urgence, les problèmes matériels. L'inconfort, la nouveauté de chaque instant à soumettre, comprendre. Pendant ce voyage, la photographie est devenue instrumentale, chaque prise de vue assure le regard, prend position sans réparer la perte, l'oubli des choses à voir. Pour la première fois, elle oublie ce qu'elle photographie parce que les images ne sont plus de l'argent, mais une manière de se sauver, de se justifier. Elle se souvient d'avoir accumulé les pellicules avec pour seul souci, obsessif, enfantin, de décider seulement la ligne d'horizon, sa hauteur dans le cadre. La part de ciel, la part de terre. Partage élémentaire sur lequel elle s'interroge jusqu'à la torture, jusque dans son sommeil où se perd toute échelle. Du proche et du lointain, du haut, du bas, ne sait plus rien. Au milieu de la nuit, ses yeux, irradiés de lumière, voient blanches les ténèbres, dans quoi plus rien à saisir de réel, l'obscurité s'est inversée en négatif de pure blancheur qui ne rencontre aucun objet, aucun corps matériel. Blanc pur, la lumière poudroie, il neige. Elle crie de voir ce qu'elle n'a jamais vu de la neige : la négation d'elle-même, son refus de crever l'écran blanc. Une nuit de fièvre, elle crie. Jorge vient. Il a des gestes de réveil, d'accueil très doux qui l'arrachent à son rêve, la rendent à la nuit étoilée, aux formes du campement, qui la rendent à sa soif. Il la touche, il la rend à sa peau qui brûle, à ses paupières. Il la rend à son ventre. Il la touche, elle pleure sans larmes d'être touchée ainsi pour la première fois et que ce soit un secours auquel elle n'a pas droit tant que, dans la chambre d'à côté, on parle une langue étrangère, un patois de tourbe à déchirer le cœur, tant que la neige confond le paysage de nuit en images de froid non révélées. Tant que... une île. Tant que... un champ de sarrasin, et le hangar ouvert en noir sur une scène d'intérieur. D'intérieur, crie-t-elle. Jorge baigne son front avec l'eau d'une gourde, prépare des cachets dans un gobelet métallique. Elle claque des dents. Vous savez, dit-elle, mon ventre est une chambre noire. Il la berce, elle s'endort dans la nuit du désert contre un corps pour la première fois dont elle n'a pas peur. Ils ne parlent jamais de cette nuit, elle est entre eux, en premier partage.

Dans le désert, Milena renonce à la couleur, définitivement. Elle ne photographiera plus qu'en noir et blanc. Le noir et blanc résiste à la lumière, il en prend toute l'amplitude, sans faillir, établit sa valeur. Un monde arithmétique, grand angle, 25 mm, distance, sensibilité, température, hauteur de l'horizon, elle ne peut plus que tenter la mesure. Alternances jour et nuit extrêmes, noir et blanc, kilomètres de pistes. Et même la chambre d'hôtel, à Addis-Abeba, c'est un cube aux arêtes d'équerre, un carré de fenêtre. Hauteur d'horizon, par la fenêtre. Il se trouve qu'une femme passait. Les photos sont superbes. Milena n'en tire au retour aucun plaisir, aucun orgueil. Déjà s'installe un manque d'air, une absence. Elle veut d'autres photographies, elle ne sait pas lesquelles, qu'elle ne saurait pas faire. Des photographies d'ignorance, pour lesquelles aucun talent, aucune intelligence n'est convoquée, ne lui dicte la place. Déjà elle aime Jorge d'un amour d'affamée.

« Montre-moi ces papiers, demande-t-elle au père.

– C'est pour ça que tu es venue ? Ce n'était pas si pressé...

– Bien sûr, mais il vaut mieux s'en occuper. Tu seras plus tranquille. »

Le père sort du tiroir un paquet d'enveloppes tenues par un élastique, il chausse ses lunettes. Elle explique pour la dixième fois les prélèvements de la Sécurité sociale, elle a pour lui une patience, une indulgence sans borne. Cela ne l'ennuie pas, elle est heureuse, au contraire, qu'il y ait entre eux au moins l'intimité des feuilles crachées par l'ordinateur, d'en faire le commentaire rassurant et sans passion. Ensuite, ils vont dans le salon. Il retire le blouson que Milena a laissé sur le fauteuil, ramasse son foulard, va les accrocher dans l'entrée, ensuite il enlève sa tasse vide, posée sur la télévision, l'emporte, au retour il rétablit l'inclinaison de la lampe articulée.

« Écoute, dit-elle, assieds-toi avec moi. Arrête de bouger.

– Tu en mets partout. Je range.

– Tu mettras de l'ordre quand je serai partie.

– Tu pars déjà ?

– Mais non, pas encore. Est-ce que tu as vu le médecin ?

– Je n'ai pas besoin de lui. Ça va mieux maintenant, avec mes cachets. Tu viendras dimanche ?

– Dimanche, dit Milena, nous allons à Blois, avec Jorge. C'est l'anniversaire de sa grand-mère, elle est très vieille, on ne peut manquer ce jour. »

La famille Marechal est un sujet pénible que le père n'aime pas aborder. Il y a là-bas des gens inconnus dont l'opulence et l'autorité l'effraient vaguement, pour lesquels il nourrit une hostilité craintive. Même en la présence de Jorge, il ne se départ pas de cette gêne. Il fait un geste de la main, marquant la fatalité qui le prive de sa fille, une fois de plus.

« Tu devrais sortir, dit-elle. Aller au cinéma, par exemple.

– J'ai la télévision, ça me suffit.

– Oui, mais ce n'est pas pareil. Avant, tu aimais bien aller au cinéma.

– C'est ta mère qui aimait bien. Et puis on ne donne plus les films qu'on allait voir. A la télévision, quelquefois... L'autre soir, ils ont repassé *Casque d'or*, tu te rappelles ?

– Un peu, d'une valse, dans une guinguette. C'est ce que tu regardais, l'autre soir, quand j'ai téléphoné, je reconnais l'air, maintenant.

– C'est ça. Tu vois, c'est un beau film, celui-là. »

Le cinéma de Montreuil avait un ciel d'étoiles peintes et des sièges en bois.

« Tu te souviens, demande Milena, du premier film que tu as vu ?

– Comment ça, le premier film ?

– Vraiment le premier film de ta vie, la première fois qu'on va au cinéma, on ne l'oublie pas.

– C'était, dit-il, des films russes, des films de l'armée, au village. De la propagande militaire.

– Quel village ? Quand ?

– Pourquoi me demandes-tu ça ? Je ne me souviens plus.

– Ce n'est pas vrai.

– Tu m'embêtes. Qu'est-ce que ça peut te faire ?

– Je voudrais me souvenir, dit-elle.

– Tu n'étais pas née.

– Oui, mais je voudrais me souvenir quand même.

– Ça ne sert à rien de remuer le passé. C'est trop loin.

– Est-ce qu'il y avait... »

Elle tremble, assise au bord du fauteuil. Elle voudrait ne pas l'effrayer, éteindre dans sa voix ce tremblement.

« Il me semble qu'il y avait un hangar, au village, avec des chiens.

– Je ne sais pas de quoi tu parles.

– Avec une porte grande ouverte. Je ne vois pas bien, c'est noir dedans. »

Le père s'est levé brusquement, il tire sur sa veste, enfonce ses poings dans les poches. On dirait, cette peur, elle l'a vue sur des visages d'hommes, ceux qu'on arrête dans les films d'archives – mais jamais à son père –, quand il n'y a plus d'espoir, le masque d'étonnement, d'attention un peu hagarde, incrédule que prennent les condamnés, et celui qui lisait dans ses livres, à Montreuil, alors semble si loin, si jeune qu'elle doit fermer les yeux pour demander encore :

« Il y avait bien ce hangar, n'est-ce pas ? Aide-moi ! »

Papa, aide-moi, je t'en supplie, gémit-elle en pensée. Elle est restée seule, assise. Il a tourné le dos, il regarde dehors comme s'il attendait quelqu'un. Mais elle supplie l'autre, celui qui lisait avec elle sous la lampe et il ne l'entend pas. Alors elle rouvre les yeux, elle crie vers le dos de l'homme :

« Que font-ils dans le noir ? Et toi, où étais-tu ? »

Brusquement, il a traversé la pièce, il s'entrave, accroche une chaise au passage qui se renverse avec fracas, il heurte le chambranle, dans le couloir Milena le rejoint, ne parvient à saisir que sa veste, un bout de manche, le suit dans la cuisine où il s'est réfugié, absurdement, dans le recoin exigu de l'évier.

« Papa ! » crie-t-elle, sans oser l'approcher. Il tremble de tous ses membres, elle ne comprend pas la violence, la colère qu'elle a déclenchées. Elle ne reconnaît pas cet homme au cou rentré comme une bête.

« Je n'ai rien à répondre, articule-t-il d'une voix blanche, sans la regarder. Je ne sais pas de quoi tu parles. »

Dans le silence, on entend chuinter la cafetière, le ronronnement de la chaudière.

« Toi non plus, tu ne sais pas, poursuit-il, tu as rêvé.

– J'ai rêvé, dit-elle.

– Tu ferais mieux de te taire.

– Je me tais. »

Il fléchit, soudain, épuisé. Elle tire une chaise, il y tombe, s'accoude à la table. Milena improvise des gestes inoffensifs, des gestes d'apaisement. Elle sert du café, passe l'éponge sur le coin de la table, elle lui tend le sucrier, alors il se ressaisit, très vite, il recompose sa figure ordinaire, à nouveau enfermé, à l'abri de ses remparts.

« As-tu besoin de compliquer les choses ? Est-ce que ce n'est pas assez compliqué comme ça, avec mon mal au dos ? Et ta mère qui n'est plus là ? Est-ce que ça ne suffit pas ?

– Ça suffit, dit Milena.

– Oui, ça suffit, dit-il subitement calmé. Et sur le reste, bonne nuit. »

Ça te suffit, pense Milena. Moi pas. Parce qu'il y a toujours des chiens et des soldats dans le noir. C'est un village aux maisons de bois, le long d'un chemin de terre défoncé par la neige, les pluies. Un violoneux aveugle traverse, conduit par un enfant dépenaillé, pieds nus. Des femmes ont étendu du linge à sécher sur les barrières, de grands draps blancs, immaculés. C'est un village en noir et blanc, derrière un voile de gaze grise qui en trouble les lignes, ou bien c'est la brume d'une trame photographique. Le violon grince une danse, une valse de noce villageoise, il y a un cheval, un hangar. La porte ouverte à double battant sur du noir, le rire des soldats, et des aboiements sauvages dedans, des beuglements humains, cris mêlés d'hommes et de bêtes, à moins que ce ne soient les mêmes. Il y a une lumière noire sur l'écran de cette porte ouverte, et pas d'image. Une avancée de lumière inscrite sous les paupières qui ne donne accès à rien de plus, et rien ne fait fléchir cette douleur sans ressemblance.

CETTE DOULEUR SANS RESSEMBLANCE

Blois, août 1920.

Sur le seuil, Constance s'arrête, frappée en plein élan par la réverbération du jardin. Elle chancelle, s'agrippe au chambranle de la porte. Elle tente une aspiration, suffoque, ferme les yeux, en proie au vertige.

« Ne sortez pas, madame ! »

La voix de Bretonne arrive de loin, dans son dos. Constance entend cette voix jaillir du fond de la cuisine noire, empestée, enfumée de cuissons, une voix chevrotante, bégayante, mais autorisée à trancher et pleine de menaces.

« Toi ! Toi ! » balbutie Constance. Elle grelotte, des secousses minuscules montent de ses cuisses à son ventre, sa poitrine, font s'entrechoquer ses mâchoires. Pourtant elle reste sur le seuil, appuyée de tout le devant de son corps à la chaleur du jardin qui la rejette. Si ce tremblement pouvait cesser, grelot, mitraille de sa chair excédée.

« Toi ! Tu me donnes des ordres, à présent ! parvient-elle à articuler, claquant des dents.

– C'est un four, madame. Il brûle du soufre, dehors », marmotte l'autre dans son dos. Elle la sent plus près, geignarde, sournoise, et prête à bondir.

La langue coincée entre ses mauvaises dents du bas, son chuintement d'ahurie, qui a peur de tout et ne recule devant rien, zozotant, chicotant, prête à vous bondir dessus.

« Du soufre, du soufre! » répète en écho Constance, secouée de rire. Et elle fait, aveugle, une grimace atroce au soleil, la figure dévorée. Encore plus près, elle est, la vieille, plus près elle approche, en traînant ses savates sur le carreau. Elle ne va quand même pas me toucher.

« C'est pas bon », elle dit, elle ose dire. Elle ose estimer, dans son dos.

« Pas bon! s'exalte Constance. Pas bon pour qui ?

– Pas bon pour vous, petit Jésus », gémit Bretonne, vraiment tout près, contre elle. Alors Constance la saisit, en un éclair, la tient d'une poigne de fer, la tire à elle et d'un bond se jette, elle et l'autre, dans la fournaise de midi. Elle s'arrête en plein soleil, soudain glacée. Soudain les yeux grands ouverts. Le jardin est en état de destruction, le jardin est en guerre, c'est une suspension instable de cendre chaude, grisâtre, qu'un seul souffle disperserait en nuage pulvérulent. Constance retient sa respiration, si elle souffle, tout disparaît. Elle ouvre si grands ses yeux qu'ils maintiennent à bout de fusil la stabilité du jardin dans la mire. Bretonne crie : « Madame, madame! Respirez! Vous allez vous étouffer! »

Ce cri lui rend le souffle, et le jardin n'en est pas anéanti. Du coup, Constance se souvient qu'elle tient celle-là d'une poigne serrée. C'est au tour de Bretonne de trembler, de cligner des yeux, papilloter follement. Constance l'a lâchée, mais elle la tient encore sous son regard. Elle dévisage sa figure de vieille que décompose le soleil, sa bouche édentée, ses joues effondrées, le relief ravagé du front. Elle la reconnaît. C'est celle-là qui nuitamment empaquette les linges rouges des enfants qu'elle tue. Que sait-elle, celle-là, rôdant autour du lit, attendant son butin, emportant le long des couloirs, jusqu'à la cuisine, son antre, ces choses molles et mouillées que sont les enfants, à quoi ça ressemble, un avorton de quelques semaines, cela pèse son poids visqueux enveloppé de linge, de papier, leur emballage de papier journal, l'infâme froissement nocturne des feuilles de vieux journaux qu'elle entasse sur sa chaise trouée, pour allumer son feu. Qui tourne autour de la lampe ? La haute silhouette de Venuti, masquée d'ombre, et Bretonne, terrorisée, en chemise de nuit, en corsert et savates, sa filasse de chignon défait dans le cou flétri de vieille poule – ô mon Dieu, gémit Constance, quel dégoût, cette nuit –, larmoyante Bretonne, couinant de détresse, elle emporte les paquets dans la nuit. Dans le jardin. Elle gratte son trou. Avec les ongles, elle gratte à pleines mains la terre. Même pas l'idée d'aller chercher une pelle dans la resserre, un binochon pour sa besogne. A pleines mains, un trou de bête, vite fait, la terre est meuble, assez profond à cause des chiens. La chemise de nuit retroussée sur ses cuisses de vieille fille toutes froides de nuit. Elle enfouit les paquets d'enfants morts de Constance.

« Où ? » demande Constance, glacée, blanche de soleil.

Bretonne chiffonne son tablier, clignote, clignote. Elle fait une boule de son tablier, le bouchonne, le triture, mais elle ne répond pas. Elle n'a pas compris. Elle voit bien que cette femme en cheveux, au visage blême, a la fièvre. Elle est malade, elle va attraper une insolation, tête nue, et c'est encore elle qu'on grondera de l'avoir laissée sortir sans chapeau.

« Montre-moi ! Où ? »

La vieille claquette du menton, tourne la tête désespérément vers la maison, vers la serre. Elle voudrait du secours. Vers la tonnelle où se tient quelquefois le vieux Marcellin. Sa tête tourne en girouette, mais personne, personne et vers le ciel, tout en haut, le grand ciel blanc, personne. Même pas un vol d'insecte, une crispation de l'air. Son visage ruisselle de sueur.

« Rentrez, madame, vous aurez un coup de soleil. »

Constance arrache de ses mains le bouchon de tablier, elle arrache aussi la bavette, et la broche avec, le bijou de pacotille acheté au colporteur, qui déchire la guimpe de coton. La déchirure découvre, curieusement, au-dessous du hâle ou de la crasse du cou, un bout de peau laiteuse, toute fine, de la poitrine. Et voilà que Bretonne se penche, cassée en deux, elle cherche sa broche dans le gravier. Sa broche ! Constance pousse un cri, elle fait « ah ! » comme un bûcheron, elle empoigne le vieux chignon à la nuque, elle tire, relève la tête vers la sienne.

« Montre-moi ! Dis-le-moi ! Où les as-tu enterrés ? »

Bretonne écarquille les yeux tout grands dans les yeux de Constance. Elle comprend enfin la question, elle en reste atterrée. Elle ne sait pas, elle ne sait plus. Ce que veut d'elle cette furie glacée, elle le comprend tout d'un coup, paralysée d'effroi, mais c'était il y a si longtemps, il y a trente ans, et personne, personne n'a dit un mot, jamais, et c'était noir, la nuit, noir sous les arbres, sans frontière, une nuit épaisse qui colmate le cercle des champs, et le jardin où grincent les dents, craquent les os des morts mal morts, la nuit ronde comme un abdomen, grouillant de vermine, où elle creuse les trous, dans la hâte, trop vite, pour se débarrasser de la sale corvée. Elle en a assez, toujours, d'achever la sale besogne. Elle ne sait pas, elle a oublié, tous ces trous, elle ne sait plus combien de ces petiots, elle a eu mal et honte de ce travail dont personne ne voulait se charger. Elle creuse le dos mais Constance tient bon, elle ne lâche pas son chignon, elle arpente le jardin, elle l'entraîne à sa suite, lourde, obtuse, et raide de terreur.

« Là ?... Là ? » Elle va plus loin, près du puits, piétine les massifs, saccage le jardin blessé de soleil violent, désolé de silence. Elle a une force insensée. Bretonne boite, elle tangue. Et brusquement Constance s'arrête, elle se tord les mains, soudain larmoyante, mendie avec un ton de petite fille :

« Oh ! s'il te plaît, je t'en prie, qu'en as-tu fait ? Dis-moi où, je ne le ferai plus. » Elle chuchote, désespérée : « Je te donnerai de l'argent, tu auras des dragées. »

Bretonne fait oui de la tête, malade d'ignorance. Elle voudrait crier, appeler, aucun son ne sort de sa gorge. Alors Constance s'empare de ses oreilles et la secoue avec un emportement meurtrier, poussant un hurlement de loup, de ces cris de bête que poussent les humains. Tandis qu'elle frappe pour écraser cette figure, on vient de tous côtés, on accourt. Madeleine, en robe blanche, dégrafée, Marcellin, arraché à sa sieste, qui rajuste son pantalon, et la bonne avec son ouvrage à la main, retenant la petite Thérèse sur le seuil de la maison. On maîtrise Constance, elle ne se débat plus, n'a plus ni force, ni voix.

« Ma mère! Ma mère! » supplie Madeleine, et à Bretonne : « Pourquoi l'as-tu laissée sortir? »

A sa fille qui la soutient, l'entoure de ses bras, Constance jette des regards furibonds.

« Vous! Est-ce que ça vous regarde?

– Ma mère, dit doucement Madeleine, il faut rentrer. »

Constance se laisse entraîner dans l'ombre de la maison. La petite fille, à demi cachée derrière les jupes de sa bonne, regarde passer d'un œil curieux sa mère, emportant la grand-mère noire au fond des chambres.

« Eh bien! lance Madeleine à la bonne au passage, emmenez donc Thérèse au lieu de bayer aux corneilles. »

Au soleil, Bretonne est restée. Hébétée, elle traîne le long de la haie sa carcasse meurtrie, ses vieux os malmenés, marmottant des plaintes, des injures, mordant à pleines dents ses verrues sur le dos de sa main, à pleines dents, pleurnichant sur sa broche perdue.

Constance dort dans le grand lit blanc, étendue en gisant, le visage empourpré. On tire les volets, la lumière la fait pleurer. Madeleine garde sa mère. Elle reste assise sur la chaise, ses mains potelées croisées sur le ventre. Il fait trop sombre pour compter les fils de sa broderie, elle a essayé de s'occuper à un ouvrage, mais elle se brûle les yeux pour rien. Même près des volets, lire dans cette pénombre est impossible. Elle ne peut que veiller le sommeil de sa mère, puisqu'il faut demeurer là, prendre garde à ses réveils soudains, à ses lubies imprévisibles. La bonne est occupée par les enfants, Bretonne refuse obstinément de prendre le relais, apeurée à l'idée de rester seule enfermée avec la malade. Il faudra peut-être bientôt engager quelqu'un pour veiller sur Constance. Elle n'est pourtant pas si vieille. A cinquante ans, elle est encore mince, et grande, très droite, avec ce port de tête étonnant qui lui fait tenir haut le menton et baisser les paupières sur les gens. Mais ses cheveux presque blancs maintenant, ses habits de grand deuil font oublier son âge. Elle n'a plus guère d'âge, depuis ce mois d'octobre 1914, ou toujours le même, ayant basculé d'un coup dans la vieillesse définitive, et conservée ensuite, embaumée à travers les années, intacte. Elle est blême sous le grand voile des veuves qui dissimule son visage, sauf dans la maison, dans son intimité. Depuis la mort de Venuti, emporté par la grippe espagnole, au lendemain de la guerre, la fabrique est vendue, il ne vient plus personne. Si quelqu'un se présente en visite, et même pour Henri quand il rentre, elle rabat le voile devant elle. Sa peau est sèche, lisse comme un grès blanc, visage de vieille poterie protégé des altérations de la lumière, de l'air, confiné sous le voile, dont la beauté se défait à peine, à peine compromise par le pli dur aux commissures des lèvres pâles, au cerne ivoire des paupières.

Quand elle soulève son voile noir du geste lent et majestueux des tragédiennes, Madeleine retrouve le visage de sa mère, inchangé. Celui de son enfance. La mère passe, au bras de Gustave traverse le jardin parmi les invités. Elle sourit, lèvres closes, elle tire sur le coin de ses lèvres, lointaine, indifférente. Madeleine n'approche, cramponnée à la main d'Émeline, que si quelqu'un, dans l'assemblée, les réclame pour leur faire réciter un compliment, admirer à leurs poignets des bijoux arabes. Sinon, elles se tiennent à l'écart. L'aire maternelle présente certains dangers quand, par étourderie, elles s'y aventurent. Au mieux, elles en sont chassées, d'un geste ennuyé de la main.

La naissance de Romain est un moment béni. Elle les délivre, l'une et l'autre, du souci de leur mère. Enfin seules, orphelines, livrées ensuite aux sœurs de la pension. Cette période où grandit le petit garçon laisse à Madeleine un souvenir agréable de sécurité. La mère semble devenue une personne vivante, attentive. Non à elle et à sa sœur, qui vont et viennent dans la maison, y passent les vacances sans que leur présence constitue un événement notable, mais au petit enfant nouveau qui a réveillé Constance de sa somnolence. Désormais son attention intense, sa vigilance de tout instant donnent à son visage une sorte de jeunesse tardive, on dirait une jeune fille timide, exaltée, puisant dans son corps malade, languissant en convalescences, une énergie, une ardeur merveilleuses. Émeline et Madeleine contemplent, à distance respectueuse, l'extraordinaire déploiement de soins, de délicatesses, les précautions d'infinie patience et tendresse pour la petite créature qui vagit, bredouille, articule des curiosités ravissantes, qui gigote et se traîne, et pour finir, debout, trépigne de ses petits pieds bottés sur le gravier de l'allée, un après-midi d'été. Constance apprend à marcher à Romain, spectacle adorable. Elles ne sont pas jalouses, ni malheureuses de tant de bonheurs, de joies révélées. Aucune douleur. Ce monde n'est pas le leur. Ce spectacle ne les concerne pas personnellement. Comment se sentir le moins du monde impliquées dans ce qui se déroule, au-delà de la rampe, sur la scène étrangère ? Il ne leur viendrait pas à l'idée de sauter sur le théâtre pour y faire un numéro. Grotesque, déplacé, même au titre de figurantes. Émeline et Madeleine sont seules, pieds joints, mains jointes sur les genoux, sagement assises sur la dernière marche de la terrasse, elles assistent à la représentation de l'amour sans regret, sans ressentiment aucun. Une providence clémente les a données l'une à l'autre, a comblé leur attente, leur ayant sans doute tôt enseigné que ce cercle d'amour sororal est le seul qu'elles auront jamais en partage. Aussi le visage de Constance, transfiguré par la maternité, leur est-il une image saisissante, mais désaffectée. On peut y lire, en alternance, des expressions puissantes, comme l'espoir, l'inquiétude, la peine, des accès de joie pure, illuminante. Les traits se froissent, se déplissent, la bouche s'étire en sourire de grâce, se fronce, formes extravagantes et inconnues, c'est un paysage éclairé du dedans.

Ce visage mis à nu doit faire fuir décidément Gustave, car le père voyageur s'absente tout à fait pour des expéditions de plus en plus lointaines, abandonnant ce fils attendu dans les affres, accompagné d'un sang mystique, à la mère en extase. Ces circonstances ont dû lui signaler à quel point il lui revenait peu de se l'approprier. Ou bien, entre-temps, Gustave a découvert dans ses déserts une autre forme d'exigence qui le fait se détourner de Constance et ses enfants mal nés, mort-nés, de son ventre saignant. Quoi qu'il en soit, il est absent et la maison s'enchante. Oh oui ! songe Madeleine, c'était un temps béni que celui de l'enfance de Romain. Bien sûr, elles approchent très peu, ne touchent guère le petit garçon bien-aimé, il suffit qu'il ait apporté dans la vaste demeure triste des Marechal cet air de grande vie, de grand train, cette émotion ensoleillée qui donne aux jours une saveur inoubliable. C'était un temps heureux pour elle qui dort sur le lit blanc, maintenant vieille, l'esprit perdu. Au fond, songe Madeleine, nous avons été heureuses, chacune à notre façon. Jusqu'à la mort d'Émeline, oui, nous avons eu les mêmes années de bonheur, chacune le nôtre, et nous ne le savions pas.

Constance n'a rien retenu de la mort d'Émeline, sinon peut-être le frôlement d'une aile noire au passage, une altération de la qualité de l'air que respire Romain. Elle le sauve, l'emporte au loin, redoutant d'être elle-même un danger pour lui, que dans les plis de ses robes, à ses doigts ne soit collée l'impureté mortelle. Pour Émeline, elle ne prend pas le deuil, à peine un brassard noir, quelques mois, sur son mantelet, l'hiver suivant, pas plus que pour Gustave, cinq ans plus tard, dont la dépouille repose quelque part en Mauritanie, sous un dôme de sable, avec une de ces croix de bois blanc que les missionnaires vous plantent à la tête et qu'abattent les vents du désert. Ni pour l'une, ni pour l'autre, Constance ne s'avise qu'ils sont morts, comme si cette enfant et cet homme n'avaient pas pris plus de consistance que des fantômes peuplant par hasard l'aire close de sa demeure, ombres fugaces dont le destin est de s'abstraire dans une ombre plus grande, aux confins ignorés de la zone éblouie qu'occupe son enfant. Elle ne s'avise pas des morts qu'elle engendre, qui jalonnent sa route. A son corps, à ses sens, ils n'ont pas eu accès, pas plus qu'à son esprit, protégée d'eux par une aptitude singulière à se tenir au bord du monde, comme au bord d'une allée où personne ne vient plus la chercher. Il semble même qu'à travers Romain, son enfant adoré, elle poursuive une vision ancienne. Quelquefois son regard s'arrête, se fixe en un point de l'espace invisible où l'on dirait qu'elle atteint la netteté absolue. Ravie, elle ne songe à rien, abîmée en ce point d'espace, le visage illuminé d'un nimbe d'or. On dirait qu'à travers une nébuleuse elle voit quelqu'un, une silhouette noire longtemps perdue de vue, revenir enfin vers elle.

Madeleine regarde le visage de sa mère endormie que la chaleur tache de rouge aux joues, au front, un visage de tragédienne morte qui aurait gardé son maquillage de scène. Pauvre face, dépouillée de ses oripeaux de deuil, nue sous l'artifice du rouge, qui supplie encore la vie de surseoir quand elle a consommé déjà le crime. Madeleine ne ressent pour sa mère, son absence totale d'amour, aucune haine. Elle est une femme distincte d'elle, sans lien de chair, dirait-on. Mais une femme dont la capacité à souffrir lui est apparue un jour comme une révélation de son humanité, de la naissance de Romain à sa mort, vingt ans dont elle a vu le ravage. Et ni la mort d'Émeline, ni sa souffrance à elle ne sont en concurrence avec celle-là, qui lui est propre. Peut-être même sont-elles jumelles, en quelque sorte, peut-être se sent-elle plus fraternelle que filiale pour la femme qui dort.

Aujourd'hui, on ne connaît plus de Constance que sa grande silhouette noire errant sous les ombrages, entrevue d'un passant sur la route, ou bien traversant le jardin pour une promenade qui l'éloigne vers l'étang, vers le roncier devant lequel elle reste en contemplation quelquefois.

Seule Madeleine sait, un peu, de quoi sa vie fut faite, elle ne s'étonne pas qu'Henri s'écarte d'elle avec gêne, que les enfants l'évitent, fassent de grands détours pour ne pas l'approcher. La petite Thérèse, surtout, que sa grand-mère effraie depuis le jour où, assise dans son fauteuil, apparemment perdue dans ses rêves, elle a saisi son poignet au vol, tandis qu'elle passait trop près. Tenant serré dans sa main glacée le poignet de la petite fille, elle a déclaré à Madeleine :

« Il faut éloigner cette enfant d'ici, avec sa méningite. »

Madeleine somnole sur sa chaise, son corps s'affaisse, si sa tête tombe elle se réveille en sursaut, mais sa face reste placide dans la pénombre de la chambre. A moins que le gravier ne grince légèrement dehors. Alors elle fronce le sourcil, s'alarme. Qui s'aventure là, sous la fenêtre, quand on a interdit à quiconque de traîner de ce côté de la maison ? Elle se lève en silence, sur la pointe des pieds approche de la fenêtre grande ouverte. Du bout du doigt, elle écarte le volet. C'est seulement le chat. Elle fait : « Pschtt! » Le chat s'écarquille, offusqué. Il dresse l'oreille, puis, sans se presser, concède quelques mètres, se pose au soleil et, sans daigner un regard de plus, lèche sa patte avec l'arrogance des victimes outragées. Madeleine tire le battant, rejoint sa chaise, rassérénée.

Constance dort et la grande maison silencieuse respecte son sommeil. La bonne a emmené les enfants goûter près de l'étang. Henri est à Blois, au magasin de meubles anciens, ou sur les routes, pour visiter un acheteur. Seuls Bretonne et Marcellin vaquent, quelque part sans bruit dans la demeure. Ce silence est le cadeau de Madeleine à sa mère pour bercer son sommeil, un silence d'après-midi d'été qui ensevelit les lieux d'un voile poussiéreux, un doux voile de poudre pâle déposé sur les choses, les êtres endormis, le temps soupire, et elle-même, le visage soudain tendu de pensive écoute, elle entend marcher contre son cœur le rythme des années, ce martèlement secret du cœur en dépit de la léthargie, l'anesthésie somnolente des années, qui continue de battre la pulsation ancienne, le rappel, ou seulement frémissant comme les feuilles de l'acacia dans le jardin, palpitant d'émoi au moindre souffle, à l'annonce d'une averse, apaisées, trémulantes, sans cesse inquiètes, ce lent frémissement en elle de la douleur. Elle sait la bercer, l'étourdir. Ce silence peut même l'endormir, comme il endort Constance, mais il ne peut la faire taire. La douleur continue son ravage ordinaire, sa lente corrosion, vindicative et profonde, sa morsure acharnée, elle ne lâche pas prise. D'ailleurs Madeleine ne cherche pas à en guérir. Elle ne lui donne pas de nom. Elle n'a ni méchanceté, ni désespoir, seulement Émeline morte est restée en elle comme un enfant inachevé, un corps mort de prématurité, au fond, dans son corps dormant, bougeant à peine derrière ses yeux, sous sa poitrine, elle en chavire de douleur au moindre remuement.

C'est ce qu'elle porte sans en parler à quiconque, et dont elle ne sait cependant reconnaître la marque, sur le visage de Constance, en octobre 1914. Le départ de Romain pour la guerre a jeté la maison Marechal dans la déroute de l'Histoire, tenue jusque-là à l'écart de ses murs de toutes les forces maternelles, de son implacable et terrifiante volonté.

De même que, sous prétexte qu'il a fini son droit, Constance décrète, par anticipation, que Romain sera juge et le présente comme tel, elle décide qu'il ne sera pas soldat. Elle a pris les devants. Elle a fait les démarches pour qu'interviennent les influences nécessaires. Gustave avait quelques relations, sa famille également. Triomphante, elle obtient du conseil de révision la réforme, sur un mot du général. Elle attend Romain devant le bâtiment militaire, emmitouflée, sous la neige, laissant les flocons battre son visage impassible, altier. La nuit est tombée vite ce soir de janvier, et les jeunes gens de la classe 14 qui se présentent au portillon battent du talon sous la lanterne, protestant auprès de la sentinelle qu'elle tarde à leur ouvrir. Romain sort, il traverse la rue dont les pavés se recouvrent de neige fondue, une sale boue urbaine glacée qui gicle sous les roues des voitures. Romain avance, il marche vers elle, silhouette noire dans l'éclairage de la rue, et c'est comme un souvenir d'été, l'illumination qui répète, la perpétuant dans le voile neigeux, une rencontre qui eut lieu en des temps coupés de toute mémoire, il avance vers elle dans le tourbillon de la neige à la fois très vite et très lentement, dans un ralentissement d'inouïe blancheur, avec une légèreté qui tient de l'absence, qu'elle voudrait faire durer toujours, toujours.

« C'est, dit-il, près d'elle, inconcevable.

– Mon enfant! dit Constance, transie de froid, ravie de la buée joyeuse qui sort de sa bouche, embue celle de son fils.

– Cette laideur, dit Romain, ma mère, vous ne pouvez savoir. Quelle laideur. »

Il dit cela du ton triste, désolé d'un constat sans espoir, et cependant avec au fond de la gorge un étranglement d'angoisse, comme un pressentiment du pire à venir.

« C'est fini, dit Constance, prenant son bras. Nous rentrons. »

Elle ne voit pas, dans le regard du jeune homme, vaciller une lucidité cruelle, passagère, le dernier éclat d'une braise menacée d'extinction.

Durant quelques mois, la paix se prolonge dans la clôture de la propriété Marechal. Romain, libéré de ses études, exempté de service militaire, s'adonne à la photographie avec une passion redoublée. Constance assiste aux prises de vues sans rien comprendre, sans chercher à comprendre. Il suffit que Romain soit près d'elle et qu'il respire le même air. Qu'à ce séjour dans les murs il trouve toujours grâce, sans évoquer une seule fois le monde du dehors, l'éventualité d'y tenter une incursion. On dirait que ce champ clos lui offre un terrain d'opérations inépuisable, il ne finit pas d'en faire le tour et d'y creuser sa place au centre. Ailleurs ne lui apprendrait rien qui ne soit déjà inscrit, comme un avertissement, dans la figure du roncier. Une laideur mortelle. Il ne sort même pas pour aller à Blois, chercher les colis de Paris, les plaques et les produits qu'il se fait expédier et livrer à domicile. Il photographie, sans se lasser du sujet, les façades de la maison, des points de vue du jardin, de l'étang, l'orée du bois. Des paysages sans personne. Il ne tolère aucun figurant. Il rôde pendant des jours, attend son heure, sa lumière. Quand il ne photographie pas, il développe, tire les épreuves. Il les classe et les range, avec un soin maniaque d'archiviste, la minutie d'un collectionneur. Ou bien il lit des manuels de photographie, commandés à Paris, des revues postées de Londres, de Berlin. Il note dans ses cahiers, et songe. Il est si jeune, et beau de proportions, la poitrine longue, les épaules fermement assurées, la taille souple d'un jeune athlète, lui qui fait si peu de sport. Il est obstiné et silencieux dans ses entreprises, plein de gravité, de lenteur attentive dans les gestes. S'il attend au soleil le développement des plaques, sur la terrasse, il prend une pose bien-aimée de Constance, le coude sur le genou, le menton dans la main, il rêve. Son profil délicat se nimbe d'un rayon, ses cheveux fins, haut plantés, dégagent le front bombé, l'orbe doré des paupières. Elle ne se rassasie pas de l'image.

Ce jour d'août, il fait un temps d'été triomphant, la lumière est limpide, neuve d'un lendemain de pluie, qui restitue jusqu'à l'aveuglement la netteté des lointains. Au fond du jardin, près de l'écurie, juste devant le banc de pierre, Romain a planté son trépied et installé l'appareil photographique. Constance le voit, de l'intérieur de la maison, occupé à des réglages savants qui requièrent toute son attention. Elle s'adonne librement à la contemplation de son enfant. Son regard traverse et, à travers les vitres, s'aiguise, va chercher dans la profondeur l'image nette de Romain célébrant la photographie. Sa prise de vue nécessite un soin si méticuleux qu'elle se sent émue d'indulgence, attendrie qu'il mette tant de gravité à ce jeu. De cette concentration extrême, des préparatifs, elle n'a que le spectacle à distance, énigmatique. Il compte des pas dans l'allée, arpente et réfléchit, il s'empare des bras de la brouette, la soulève et la déplace un peu. Il retourne à son poste, derrière l'appareil. Il vérifie dans le viseur, longuement. A nouveau il s'éloigne, elle le perd de vue, sur la droite. Il réapparaît dans le cadre de la fenêtre. Constance sourit, bienheureuse du bruissement paisible de la vie.

C'est alors, dans le silence de cet après-midi d'été, que les cloches se sont mises à sonner. D'abord une, tellement éloignée qu'on dirait un rêve enfantin, et puis une autre, vers l'ouest, et soudain le bourdon de la cathédrale, puissant malgré la distance, enfin celle du village proche; le tocsin, lancinant, emplit l'air, renvoyé en échos d'alarme. Alors Bretonne court sur l'allée, venant de la route, elle court à perdre haleine, s'oublie au point d'entrer par la grande porte de façade et crie dans la maison, à tue-tête :

« Madame! Madame! C'est la guerre!

– Bête! dit Constance. Est-ce qu'on crie ainsi? Attache ton bonnet.

– La guerre, bredouille Bretonne. C'est affiché à la mairie. Mobilisation générale, petit Jésus! »

Elle tend la lettre que le garde-champêtre vient de laisser à son passage sur la route, il ne s'attarde pas, il a d'autres courriers pour la campagne qu'il court depuis une heure. Cette lettre insensée que Constance tient du bout des doigts comme une ordure. L'Autorité militaire! La Nation! Elle lit ce papier de mobilisation au nom de Romain Marechal, né le 7 janvier 1894. Elle en est plus ahurie qu'indignée, éperdue d'incompréhension devant l'incongruité, l'obscénité de cette monumentale erreur, non de la guerre, dont elle refuse d'abord d'envisager que la chose existe, mais de cette convocation absurde. Illégale, dit-elle aussitôt, comme un gros mot. Illégal. Et maintenant révoltée jusqu'à en suffoquer, qu'on ait décidé la guerre, quelque part, et qu'on ait pensé à son fils pour la faire. Elle happe un morceau d'air, en feu, et lance son grand corps à travers l'espace, traverse le salon, elle s'élance vers la terrasse, vers son fils, là-bas. Alors, du fond du jardin, Romain pousse un cri terrible d'exaspération, sous l'étoffe noire de son appareil :

« Non! Sortez-vous de là! Nom de Dieu! »

Ce cri l'arrête net, pétrifiée. Sans comprendre, elle obéit, recule. Elle bat en retraite dans la maison.

« Encore! » crie-t-il avec tant de fureur qu'elle en est plus saisie encore que de ce courrier monstrueux. Elle recule davantage, entre dans l'ombre. Romain appuie sur le déclencheur. Il dégage sa tête hirsute du drap noir, pâle, dressé derrière l'appareil comme son instrument de guerre, en plein soleil.

« Je sais ! » hurle-t-il alors longuement à travers le jardin vers la maison, vers sa mère invisible.

Maintenant on entend vraiment les cloches inlassables, sourdes, sombres, aigrelettes à donner le frisson, en morne litanie, toutes se mêlant sans s'accorder dans un désordre affolant, barbare d'incongruité dans le ciel bleu impavide, si limpide qu'il épuise la vue.

Le 3 août, Constance, vaincue, accompagne son fils à la gare de Blois. Depuis deux jours, elle a battu la ville, elle a demandé à voir l'évêque, le recteur, le président du tribunal. Elle est allée à Tours pour rencontrer le général, faire dissiper ce malentendu. Au bout de plusieurs heures d'attente, elle n'a obtenu d'une estafette, un insolent gros garçon rougeaud aux oreilles ridicules, que des réponses inqualifiables. La réforme est une clause suspensive. En temps de paix, les règles de recrutement sont différentes. C'est la guerre, dit-il d'un ton très pénétré, après avoir examiné la feuille de réforme, l'avoir emportée vers un bureau lointain auquel il lui refuse l'accès, comme il lui refuse de voir le général. Pour finir, il la pousse dehors, fermement. Romain doit partir. Il va faire son temps de classes, son service militaire. Il doit se rendre au Corps, le 4 août au plus tard, à Reims, et rien ne peut plus empêcher ce scandale. La feuille de route est impérative. On vous fusille, peut-être. C'est la colère qui domine, une fureur de cette insulte inouïe à son droit qui lui prend le sommeil. Elle n'en dort plus de trois nuits, l'œil sec, brûlant et fixe. Et Romain refuse qu'elle vienne à Reims ; pour la première fois, il refuse qu'elle l'accompagne. La guerre commence par ce désordre inintelligible du refus calme de Romain.

Pendant trois jours, il ne s'est occupé que de ses photographies, jusqu'à l'heure du train. Il a développé les dernières plaques, installé les tirages au soleil. Il ne se hâte pas plus que d'habitude; au contraire, on dirait qu'il décompose chaque geste, avec une application rêveuse, et que son attention est moins précise, moins perçante, comme s'il célébrait un office inutile, seulement respectueux de la forme, l'esprit ailleurs. Ce flegme, cette indifférence apparente rassérènent un peu Constance. Si elle s'exaspère encore, c'est de la mort de Gustave, pour la première fois. En ces circonstances, peut-être aurait-il servi enfin à quelque chose de bon. Il avait bien dans ses relations un sénateur, un ministre. Elle se souvient d'avoir eu, autrefois, un jeune beau-frère député, mais Irène est morte et le député remarié. Le docteur Venuti ne vaut rien, il ne fréquente que les rêveurs de la Société savante et, on le dit, les petites filles du bordel. Romain a rangé sa chambre, ses livres. Il a préparé sa mallette de cuir noir. Il est prêt.

A la gare, la cohue des jeunes hommes, les soldats encore en civil, ne la console pas. Ils rient, se frappent vigoureusement dans le dos, s'étreignent d'accolades brutales. Elle porte son mouchoir à la bouche. C'est le geste des autres mères, des femmes qui sont là, attendant le départ avec des pleurs, des sourires navrés. Mais Constance, elle, ne pleure pas. L'œil sec d'insomnie, le front haut, dans le tumulte, la respiration lente et crachée de la locomotive au repos, les appels de sifflets et les rires, elle tente d'entendre son enfant, de recueillir de sa bouche proche la promesse, jure-le-moi, d'écrire vite, ce soir. Demain, dit-elle, je te ferai porter... J'écrirai des lettres à qui il faut.

« Non, dit Romain. Cessez d'agiter le monde.

– Comment ?... Tu ne veux pas...

– C'est inutile, dit-il. C'est la guerre.

– Et alors ? Tu ne vas pas te battre encore, nous avons du temps devant nous, pendant que tu apprends...

– Mes plaques, dit Romain.

– Oui, dit-elle, suspendue à ses lèvres. Tes plaques ?

– Rangez-les, par ordre. Ce que je n'ai pas eu le temps de faire. Classées, elles le sont, entendez-vous ? Il suffit de les ranger, par ordre. Chaque série dans une boîte différente. »

Pieusement, elle répète la consigne.

« Et aussi les photographies. Dans chaque portefeuille, les laisser toujours classées dans leur ordre, avec le papier de soie, promettez-moi.

– Le papier de soie », dit Constance.

Il sourit. Elle ne pleure pas. Elle est blanche, très droite devant ce sourire faible, ineffable et cruel de refus, qui est un sommeil sur sa bouche, une concession orgueilleuse au désordre infligé. Ensuite, derrière la vitre du wagon, elle n'a plus que son profil royal, égaré dans une profondeur glauque.

« Ma mère, c'est la guerre », répète Henri à la table familiale dont Constance occupe la place centrale. Elle n'a pu se résoudre à rentrer seule chez elle tout de suite. Ce soir, elle ne pourrait habiter sans terreur la grande maison désertée. Romain parti, pour la première fois de sa vie, elle pressent des présences de disparus obscurs, de tous ceux qui se sont absentés. Demain. Elle est venue sonner chez sa fille à Blois, qui, la veille, a fait cette chose étrange de se déplacer jusqu'à la maison pour embrasser son frère, alors que personne ne lui demandait rien. Du coup Constance découvre cette personne curieuse qu'est Madeleine, sa fille. Elle se présente donc, au retour de la gare, sans même paraître s'aviser qu'elle n'a jamais visité l'appartement que celle-ci occupe depuis son mariage, au bord de la Loire. Elle s'installe, et Madeleine l'accueille à sa table. Henri est un homme d'âge mûr, une quarantaine pondérée, sévère. Constance ne lui a pas adressé la parole dix fois, ni ne l'a même vraiment regardé, mais il avait l'avantage de posséder du bien et de la soulager de l'encombrement d'une fille à marier. Elle n'a pas noté leur surprise vaguement effarée, ni l'embarras d'Henri la trouvant chez lui à son retour.

« C'est la guerre, dit-il, versant du vin.

– Romain est réformé, s'obstine-t-elle, refusant le vin, refusant les plats. Il ne s'est jamais remis de sa méningite.

– Il en a mieux guéri qu'Émeline, murmure Madeleine, pour elle-même.

– Cela ne vous exempte pas, objecte Henri, patiemment. Pas plus qu'une rougeole, comprenez-vous ?

– C'est bon pour les soldats, la guerre. Pas pour les juges. Quelle farce ! s'insurge Constance, dont le masque outragé a quelque chose de comique et de désespéré.

– Mais enfin, votre fils est comme tout le monde !

– Vous en parlez à votre aise, vous ! Que ne partez-vous à sa place, comme en 70 ? La conscription, au moins, avait du bon.

– Je partirai peut-être, dit Henri. On ne sait ce qui se passe quand commence une guerre.

– La guerre ! La guerre ! s'écrie-t-elle, vous n'avez que ce mot à la bouche ! Je ne connais pas la guerre. La guerre n'existe pas. La guerre est interdite.

– Ma mère, supplie Madeleine, les larmes aux yeux, ne vous tourmentez pas. Il en a pour deux mois, trois mois de service. Et peut-être sera-t-il classé dans la réserve, ou réformé encore. D'ici là, tout sera fini.

– Tu crois ?

– Mais oui, dit Madeleine, je le crois. »

Romain n'a pas écrit. Aucune lettre ni nouvelle, sinon la carte de Reims, laconiquement signée Romain Marechal, qui représente une place, quelques maisons sans grâce. Puis est arrivée la missive de l'hôpital militaire de Châlons-sur-Marne réclamant une visite pour le deuxième classe de la section du C.A.O., évacué malade le 15 octobre 1914. Constance entreprend le voyage le soir même, triomphante :

« Je te l'avais bien dit : il sera réformé. »

Madeleine accompagne sa mère. Du voyage nocturne jusqu'à Paris, puis du lendemain encore dans le train qui se traîne de gare en gare, elle a le souvenir d'un supplice d'insomnie et de soif. Elle humecte ses lèvres du mouchoir trempé à la petite gourde de voyage, en baigne ses paupières brûlantes. Elle est enceinte, croit-elle, n'en parle pas encore, et la lettre de Châlons l'a prise au dépourvu. Annoncer à Henri, à sa mère la nouvelle incertaine, ou bien se taire, accepter l'épreuve pour son corps dolent et lourd, trimbalé par les chemins de fer dans les paysages d'automne rutilants. Elle se tait, accompagne la mère. Constance ne souffre pas, n'a ni sommeil, ni soif, corsetée dans sa robe élégante de soie puce. Elle ne dénoue pas une fois, de tout le voyage, le ruban du chapeau qui lui scie les joues et le cou, telle une mentonnière martiale. Elle garde son chapeau drapé de soie, piqué de plumes argentées, d'une épingle de jais. Elle garde ses gants, sa voilette. Les villages défilent, et quelquefois, en rase campagne, le train stationne longuement, à cause du doublement problématique d'un autre train remontant vers le nord, chargé de soldats dont elles entrevoient pour la première fois, dans un défilement trépidant, les vareuses bleues et les faces ensommeillées, ou grimaçantes de rires ivres derrière les vitres de leur compartiment, mais c'est un rêve, car après le passage du train la campagne à nouveau libérée, le silence sur les collines crayeuses aux boqueteaux roussis remplacent ces images sauvages et fugitives.

A l'hôpital de Châlons, elles arrivent trop tard, pour apprendre d'un jeune médecin militaire venu les recevoir que Romain a été évacué la veille sur Troyes. Dans la salle d'attente minuscule où il les rejoint, il n'y a rien aux murs, qu'un crucifix pendu haut. Ils se tiennent debout, Constance ayant refusé de s'asseoir à la table de bois, sur une des chaises paillées que lui offre le médecin. Derrière les vitres, sous les arcades monacales de la cour, passe la silhouette pressée d'une sœur de Saint-Vincent, dont la cornette bat dans le courant d'air. Ici, l'air est confiné, une fade odeur de sanie mêlée d'ammoniaque monte du sol carrelé en noir et blanc, soulève le cœur de Madeleine. Constance veut obtenir des détails sur ce transfert soudain, qu'on lui rende compte de la décision. Elle exige de savoir qui l'a prise, de rencontrer un responsable, avec une telle arrogance que Madeleine en est gênée.

« Dites-nous, demande-t-elle doucement, ce qu'a mon frère, au moins. Comment est-il blessé ?

– Il n'est pas blessé. A ma connaissance, il n'a rien. Il a été évacué de Reims, il y a une semaine, à cause de je ne sais quel malaise, une chute. Ils n'ont pas pris ça très au sérieux. Il y a... comment vous dire, des tire-au-flanc, des...

– Une chute de cheval ?

– Non, non. Une chute. Il est tombé, il ne s'est pas relevé. Je crois qu'ils ont attendu sans rien faire, une semaine, à l'infirmerie, avant de l'évacuer ici parce qu'il allait plus mal.

– Plus mal ? »

Madeleine conduit l'entretien. Constance s'est enfermée dans un silence de mépris, comme si le sujet de la santé était devenu secondaire à côté de l'incroyable gabegie des décisions militaires qui vous promènent les gens le long des routes.

« C'est délicat à dire, avoue le jeune homme, mais nous ne savons pas. Pas de symptôme particulier. Une faiblesse générale. Ici, nous sommes en chirurgie, nous avons de grands blessés, tous les jours, et pas assez de place. Allez à Troyes. »

Le médecin essuie ses lunettes à sa manche, il en a assez des discours, la fatigue creuse son visage, il est plus las qu'agacé, soucieux de retrouver ailleurs, au fond de son hôpital, des tâches bien plus urgentes, qu'il a abandonnées pour les recevoir.

« Quels soins lui a-t-on donnés ? insiste encore Madeleine, très lasse, elle aussi.

– Rien, rien. Il n'y a pas grand-chose à faire. A Troyes, ils vous diront. Excusez-moi. »

Il les quitte. Il s'incline sur la main de Constance, salue, disparaît vers les arcades.

« Allons ! » décrète Constance.

Madeleine n'a pu la convaincre de prendre une chambre à l'hôtel et de dormir un peu. Elle accepte seulement d'avaler une soupe dans une gargote, sur la place de la gare, en attendant le prochain train pour Troyes. Ensuite, elles restent pendant des heures dans une salle bondée de voyageurs et de soldats. Elles n'en ont jamais vu autant, une vingtaine au moins, de ces hommes déjà fourbus d'un travail harassant, aux barbes de plusieurs jours dévorant les joues bleues, à la fois sarcastiques et sournois, pétrifiés au moindre mot lancé par leur capitaine, courbant l'échine et jetant des regards de côté, puis des coups d'œil entre eux, se rassurant, mais se méfiant sitôt qu'ils rencontrent le regard curieux et sévère des deux femmes assises au bout du banc. Que fait là cette escouade épuisée, en transit entre une gare et un dépôt, ou une infirmerie, car ils portent tous des pansements sommaires et bénins, qui à un bras, qui à une cheville, retour du front, sans doute, mais ni cheval, ni fourgon, attendant avec leur capitaine quelque départ, tout le fourbi de leur équipement entre les jambes, harnachés de leurs casques et de leurs baudriers, couverts de la même boue jaune, séchée, craquelée jusque sur leurs visages et leurs bandages. L'un n'en finit pas de réenrouler sa molletière plâtrée de terre. Ce qu'elles voient d'eux, c'est cette saleté étonnante, cet état de laideur de gens qui n'ont ni dormi dans des lits, ni connu de toilette depuis des jours, des hommes dédaigneux de leur saleté et comme fiers de la porter avec une sorte de brutalité de bravade, à la fois hautains et menaçants, qui leur donnent le frisson. Elles n'imaginent rien, d'où ils viennent, ou ce qu'ils ont vu, ni des coins de campagne de leurs fermes, des magasins qu'ils ont laissés pour être là entassés dans une gare crépusculaire, ni qu'ils puissent avoir quelque part une mère, une sœur attendant leur retour. Ils ne sont rien que ce qu'ils offrent de spectacle en ce soir d'octobre dans la gare de Châlons, des hommes hébétés et sales, morne grappe anarchique de corps. Elles ne verront rien d'autre de la guerre, seulement, beaucoup plus tard, dans les rues de Blois, les infirmes redevenus civils traînant une béquille, ou le monument aux morts érigé sur la place. La guerre n'a pas d'autre figure pour elles que cet amas insensé de loques, à quoi l'image intacte de Romain songeant au soleil du jardin, jamais, ne s'accorde en aucun rêve.

A Troyes, elles traversent la ville, grelottant d'épuisement dans la brume bleuâtre du petit matin. On les oriente d'abord vers une salle commune de l'hôpital où gisent, encore endormis pour la plupart, dans des lits tendus de grosse toile grise, des corps indistincts entre lesquels glissent les religieuses blanches. Mais c'est une erreur, on vient les chercher, on les conduit à cette chambre à l'écart, dont la peinture blanche a pris un ton cireux, et le drap aussi, jaunâtre, de ceux qu'au fond des armoires on oublie, cassé aux plis, sous lequel le corps de Romain repose.

« Il est passé, murmure la sœur, petite ronde triste.

– C'est Romain, constate paisiblement Constance, approchant son visage attentif de celui du jeune homme. C'est Romain. »

Madeleine est restée sur le seuil. Elle n'ira pas plus loin. Elle ne peut avancer davantage vers ce corps étendu.

« Qu'est-ce qu'il a ? » s'enquiert la mère, sans se redresser. La sœur s'est approchée, mais elle n'ose pas la rejoindre, elle reste au bout du lit.

« Madame, il est mort.

– Ah ? dit Constance, comme rassurée, dans une sorte de distraction. Mais qu'a-t-il donc, alors ? »

Personne n'a su dire de quoi est mort, à vingt ans, Romain Marechal. Ni le médecin-chef de l'hôpital de Troyes, ni ensuite le rapport de Reims notant la chute bénigne, l'état d'apathie suspecte, mais sans gravité, qui fait différer un quelconque traitement. Diagnostic laconique que reprennent les feuilles médicales de Châlons évoquant une fatigue intense, asthénie, peut-être, inexplicable. On ne meurt pas d'asthénie en une semaine. Les médecins notent l'exténuement total, la lassitude immense, de celles qui gagnent les grands vieillards, dans les dernières heures, quand tout ensemble les organes et l'esprit renoncent, usés jusqu'à la débâcle générale. Mort de la guerre, sans avoir jamais vu la guerre, ni combattu, ni peut-être même toléré de toucher aucune arme. Atteint dans sa chair par la simple proximité de la guerre, son existence, son désordre inouï, inintelligible et contagieux. Mort de mort naturelle. Parce qu'il est naturel, à vingt ans, de ne supporter pas même son idée. Que dans l'air vibre la trémulation démente du désastre, ses ondes de choc formidables, invisibles et meurtrières, ébranlant jusqu'au tréfonds le tissu arachnéen de la vie, le déchirant sans bruit, irrémédiablement. En surface, rien de notable n'est modifié. Romain est sauf. Sa face, la peau de sa poitrine sensible, intactes, lisse peau de jeune homme vierge, douce peau de l'enfant. Les mains reposent. Mais au-dedans rien ne reste de Romain. La guerre l'a tué, sortant de son champ clos. Il n'en a pas supporté le souffle, le feu a brûlé son cerveau. Il n'a pas supporté ce grand dérangement des hommes et des choses, la corruption absolue de son ordre. Peut-être la figure du roncier grimace-t-elle dans son enfance comme un avertissement. Son entrelacs insensé de bras griffus obéit à la loi du chaos. Mais on peut encore photographier les ronciers, les mettre à la raison. Du moins le vouloir, le tenter. Soumettre leur réalité incohérente au temps photographique et nier, par la photographie, l'érosion du temps, le travail sournois qui perturbe, dégrade insensiblement le paysage d'origine, lente, insensible dégradation de la pierre, de l'ardoise, croissance irrépressible des arbres, des herbes et des rosiers. Le paysage mue, se désajuste, l'enfant grandit. Romain n'a pas supporté l'accélération radicale du temps qu'accomplit la déflagration de la guerre. Il n'a pas supporté de vivre. Il a voulu tuer le paysage de la guerre, mais la guerre était un paysage trop grand pour lui.

UN PAYSAGE TROP GRAND POUR LUI

Lisbonne, avril 1986.

Passé les hauteurs de Sintra et l'encombrement ordinaire des calèches, des cars de tourisme, la route descend l'autre pente de la Serra, vers la plaine d'Estrémadure. En ce matin d'avril, dégagé des brumes et des pluies, la lumière verte domine, filtrant à travers la voûte des feuillages refermée sur la route étroite, encaissée entre les murs d'enceinte des demeures anciennes. Elle pleut sur les fougères, les mousses et les lichens avec des chatoiements humides de grotte, exalte, derrière les grilles, la floraison tropicale des jardins. Jorge ne remarque rien de ce paysage romantique, du mélange baroque d'essences végétales et d'architectures tarabiscotées, minarets et donjons. Il a mal dormi, poursuivi par des rêves pénibles de retards, d'empêchements, entravé de contraintes qui font de sa nuit un cheminement épuisant et stérile. Et ce matin le message nocturne de Milena, au York House, incompréhensible, a achevé de l'irriter. Le garçon qui le lui a transmis n'est pas celui qui assurait la garde de nuit au standard, impossible d'obtenir une indication supplémentaire, et à Paris Milena est absente, le téléphone dévide le message enregistré. Cette accumulation de contrariétés n'est pas de nature, d'ordinaire, à entamer son calme. Mais ce matin il a l'impression de s'enliser, dans la veille comme dans le sommeil, de se laisser entraîner par la pente absurde des voies de hasard. Terence Becker n'est plus qu'un souvenir bizarre, une sorte de mauvais rêve pluvieux à l'origine du malentendu que Jorge s'est ensuite obstiné à compliquer, se laissant détourner de son reportage par des clignotements trompeurs aux carrefours des rues, peu à peu perdu, complotant à sa perte, se retournant soudain et regrettant d'avoir choisi l'errement, ou pas choisi, laissé choisir... Car Luisa semble maintenant plus que lui attachée à poursuivre cette enquête inutile sur les traces d'un fantôme. Ce matin, il a même eu la mauvaise pensée que Luisa Carvalho a enfourché son histoire avec tant de passion pour occuper son désœuvrement, par goût du romanesque. Il a même douté d'avoir vraiment rencontré Terence Becker l'autre soir sous la pluie, vraiment songé que l'incongruité absolue de la coïncidence, ces retrouvailles fugitives, dans la hâte, l'improvisation des gestes, des mots, tout cela ressemble à une chimère pénible, sans consistance. Seule la carte de visite résiste, un fil si ténu, seule réalité tangible et qui ne prouve rien. Il a été tenté d'appeler Luisa, ce matin, et de lui demander de renoncer, d'annuler rendez-vous et visite. Cela suffit maintenant. Mais il n'a pas osé, honteux d'avoir si complaisamment prêté les mains, d'avoir sollicité une aide. Par fatalisme aussi, en quelque sorte plus résigné que décidé à aller jusqu'au bout, à épuiser la piste et vérifier son inanité, une fois pour toutes. Que m'importent, s'écrie-t-il, Terence Becker et ses apparitions ! Ce cri intérieur le saisit d'effroi, comme s'il s'agissait d'un blasphème. Jure-le-moi, disait Terence. Jorge a juré, dans les jardins de la villa d'Este, un jour d'avril.

Il a quinze ans, il est à Rome en voyage d'études avec quelques camarades de classe et leur professeur. Un matin de Pâques ensoleillé, ils sont venus en car à Tivoli pour la journée de visite qui conclut leur séjour. Jorge continue de combler Madeleine et Henri par ses succès scolaires, par son tempérament studieux et calme. Si peu expansif même que sa grand-mère a redouté pour lui une neurasthénie rampante, il y a quelques années, mais la constance de son humeur et l'excellence de ses résultats ont dissipé les craintes. Jorge a un caractère taciturne, voilà tout, qui cache une grande sensibilité, un esprit caustique, brillant, prétendent ses professeurs. Madeleine se satisfait de cette psychologie sommaire. Il ne faut pas réveiller le chat qui dort, ni couper les cheveux en quatre. Les apparences suffisent, pourvu qu'elles soient convenables. Les cousins de Jorge, eux, sont des agités trop gâtés, dont les gesticulations, le débraillé la contrarient à proportion de son penchant pour les silences de Jorge. Elle reproche à ses deux fils de ne savoir inculquer à leurs enfants ni éducation, ni maintien. Les pères sont à tu et à toi avec eux à présent, ils partagent les parties de bateau, de tennis avec ces petits jeunes gens dont l'insolence parfois, les écarts de langage lui font dresser les cheveux sur la tête lorsqu'elle a chez elle réunis tous ses petits-enfants en vacances. Elle a élevé Jorge avec conscience, sans se départir des certitudes d'une autre époque. Il semble que Jorge s'en accommode, et voie d'un œil indifférent la liberté de ses cousins. Pas ici! proteste Madeleine, quand ils dévalent le matin des chambres en hurlant pour prendre leur petit déjeuner en short et tricot de corps au soleil. Marguerite, elle, a quelque retenue. Certes elle fait la mijaurée, c'est l'âge, et elle crêpe outrageusement sa coiffure, porte des fuseaux trop collants, mais elle trouve encore grâce aux yeux de Madeleine, parce qu'aux yeux de Jorge il semble qu'il en aille de même. Il y a entre eux une complicité discrète, presque affectueuse, qui la réconforte, la rassure quant à l'aptitude de son petit-fils, en dépit de ses airs solitaires, à attirer la sympathie, l'attachement des gens de son âge. Il est tellement silencieux et farouche qu'on pourrait le croire infirme de sentiments. Ses oncles s'en inquiètent. De qui tient-il cela ? se demande Madeleine, préférant attribuer à un caractère familial plutôt qu'à ses principes rigides d'éducation l'air renfermé du jeune homme. Mais cette question posée, elle en laisse en suspens la réponse, car si elle se met à chercher, alors, un air de famille sur le visage de Jorge, elle risque d'y rencontrer aussi, en trace flottante, indécision cruelle, l'*air* justement qui ne ressemble à personne ici, l'air du père. Avec l'idée du père, ressurgissent le souvenir de Thérèse et la cohorte amère d'images enfouies, ensevelies de sauvage refus, comme si l'enfant avait payé pour la sœur et la mère les sacrifices de Madeleine. Elle n'aime pas se souvenir, elle n'aime pas se demander de qui Jorge tient ses silences. Et d'ailleurs son enthousiasme à l'idée de partir pour Rome démontre bien aux oncles que les rigueurs grand-maternelles n'ont pas étouffé leur neveu. Jorge est sa revanche, il console Madeleine et l'absout de tout ce qu'elle a laissé mourir d'elle-même.

Ce séjour à Rome est le premier qui éloigne vraiment Jorge de la maison Marechal. La distance, la liberté sont dans son souvenir la découverte de ce qu'il cherchait obscurément. En quelques jours il apprend l'émotion, l'exaltation du voyage et ses promesses, la leçon des choses vues animées par l'érudition passionnée du professeur, un homme jeune, très doux et volubile, dont les discours éclairent les visites. Sous sa houlette, le petit groupe arpente les musées, les sites. Ils se gavent de repas économiques, pâtes à midi, pâtes le soir, et déclament sous l'arc de Septime Sévère des vers d'Horace avec ivresse. Pour la première fois, Jorge vibre d'un espoir de jeunesse, émerge de la mélancolique sagesse de son enfance. Et, tandis qu'il remonte l'allée des Cent-Fontaines vers les rocailles de l'Ovato, il s'attarde entre les jets d'eau chantants, le front levé avec ravissement, yeux mi-clos, humant l'air vif, apprenant pas à pas cet instant de bonheur, alors le professeur l'appelle de loin, grimpé sur le bord du bassin pour rassembler sa troupe égaillée.

« Bertier ! Eh bien, Jorge Bertier, vous traînez, mon garçon ! »

Son nom lancé emplit le jardin, cascade dans l'eau des bassins, à ce déploiement sonore de son nom il rit, il s'élance. Alors surgit il ne sait d'où, si près aussitôt qu'ils se heurtent du front, un jeune homme de son âge. Il porte une cravate rayée, un veston strict avec à la poitrine le blason d'une école britannique. Il est tête nue, il a des lunettes cerclées d'or. Il demande, dans un français impeccable, d'une voix que la mue décroche bizarrement :

« Jorge Bertier, c'est vous ? »

Retenu dans son élan, Jorge s'éloigne cependant, mais à reculons, surpris de cet accostage brutal, examinant le garçon qui le suit, marche sur lui, boitant un peu, et cette claudication accentue la curiosité de Jorge pour l'inconnu, attirance pleine de malaise, d'émotion vague.

« Je suis Terence Becker.

– Terence », dit Jorge, assourdi par le bruit des fontaines qui a soudain envahi insupportablement l'espace.

Le garçon a jeté ce nom avec arrogance, ou sur le ton de provocation des timides. Du coup, Jorge s'est arrêté net. Terence. Et surgit, absurde, le souvenir d'un petit sabre de bois peint, et puis le reste, l'enfance, la rosace du balcon, le parfum de la poudre, et Mme Grandeur, les dimanches d'ennui, et la nuit dans la cave, alors Jorge rougit violemment. Si Terence boite aujourd'hui, il n'en doute pas un instant, c'est à cause de lui.

Il boite depuis ce jour de neige où Jorge emporte, en un corps à corps si sauvage, le tout petit enfant, où il s'empare par la force de lui, de sa vie. Ce petit enfant qu'on craignait tant de casser, Jorge le sait, il lui a brisé la jambe pour l'enfouir mieux sous les décombres, avec lui. Or le jeune homme dans l'allée ne ressemble en rien à ce personnage minuscule du souvenir, il est grand, plus grand que Jorge, il a les attaches fines et cependant un air de robustesse, de détermination. Il a ce ton d'assurance provocante. Rien à voir avec le frêle compagnon de jeu, tristement accablé de victoires. Ses verres ronds, disgracieux, n'affectent pas la beauté du visage encore enfantin, la bouche large, sensuelle. Jorge aime ses joues rosées, une peau de jeune fille, la légèreté de ses cheveux clairs, sa frange coupée très court sur le front. Il tend la main, étreint jusqu'au trouble d'une joie cruelle, d'un excès de joie victorieuse qui efface sa honte de tout à l'heure, quand Terence prend sa main et la serre, la terre va basculer plus vite, la nuit se faire et le jour revenir, dans le sens où va son désir d'action, de victoire, dans le sens où la vie s'accomplit. Les yeux de Terence ont une lumière intense, il en a le vertige, oui la terre tourne désormais en manège emballé.

« Je ne vous cherchais pas, dit Terence. J'ai entendu votre nom. J'attendais ce moment depuis que nous nous sommes quittés. »

Le professeur appelle à nouveau et Jorge crie : « J'arrive ! »

« C'est que je vous dois beaucoup », dit Terence avec la voix soudain grave d'un homme. Confusément, Jorge mesure ce temps qui a passé, la somme des jours, le bord du toit engorgé de pluie, le goûter interrompu, les fourmis dans l'assiette, l'odeur du chien mouillé, les parenthèses de somnolence, un pigeon écrasé, les jouets renversés et la répétition sans fin des mêmes gestes.

Qu'est donc devenu Terence tandis que tout ce temps passait ? L'enfant abandonné devant le grand jeu au damier noir et blanc. Cet aparté sur l'allée des Cent-Fontaines, la lumière de Pâques qui pianote dans l'eau des éclats glacés le rendent à lui-même en un instant, refont avec l'enfant de la Butte-aux-Cailles le pacte de secret.

« Dis-moi *tu*, s'écrie Jorge. Terence, comme avant. Où étais-tu, tout ce temps-là ? »

Terence s'est mis à marcher près de lui, ils remontent vers la fontaine de l'Ovato, là-bas, vers la Sibylle penchée, et de marcher ensemble rapproche leurs corps, éloigne leurs regards.

« Tout ce temps, dit Terence, j'étais sauvé, tu le sais bien.

– Oui, dit Jorge, et je suis ton ami. » Cette naïveté surgie aux lèvres comme un mensonge le fait rougir encore, il en a serré les poings de trouble, de colère.

« Sauvé, par mon *ami*. Alors, dit Terence, tu dois encore.

– Quoi ?

– Bertier ! crie le professeur, ulcéré. Viendrez-vous enfin ?

– Quoi ? » demande Jorge, arrêté, empoignant l'inconnu aux épaules. Il frapperait peut-être ce visage fermé, très doux et sans pitié.

« Tu le ferais encore ?

– Oui ! » crie Jorge sans savoir, affolé d'angoisse par l'étrange visage de petit enfant dont les reflets des verres lui confisquent le regard. Oui, encore tricher, aller au travers et renverser le jeu des cases en noir et blanc.

« C'est, dit encore Terence, très bas, que je te dois beaucoup. De vivre, et de n'avoir pas ma mère. Tu le referais donc. Jure-le-moi ! »

La voix pressante supplie, ordonne. C'est une

prière, mais sans humilité, sans souffrance, une prière inaudible aux dieux. Il y a des nuits glacées de neige où l'on remonte sans comprendre un escalier d'ombre en silence, où des portes entre-bâillées portent la sanction de leur fente nocturne, où le savoir que vous avez du jeu et de sa règle n'est pas tout à fait le vôtre. Celui d'un autre en vous, trop grand pour vous, que vous contenez et qui vous condamne au crime. Dans l'instant, Jorge pressent sa faute, un acte insensé qui consiste à donner par amour, par orgueil la vie à qui ne la veut pas, à qui ne sait qu'en faire. Et en sauvant la vie veut en réalité la prendre, la mastiquer, la déglutir. Le tricheur est chargé du sacrifice jusqu'au bout et l'enfant qui se dresse dans l'allée, claudiquant, est juge de la blessure d'avoir à vivre, infligée autrefois. Alors Jorge tremble devant ce condamné, se soumet à son vœu.

« Juré, dit Jorge sans savoir, cœur battant à se rompre du défi relevé.

– Je ne peux pas rester plus longtemps avec toi, j'ai perdu mon groupe. Mais tu dois venir dans une heure sous la loggia, pendant le déjeuner. Dans une heure j'y serai, et nous nous dirons *tout*, Jorge. Dans une heure.

– Dans une heure, dit Jorge.

– Maintenant que je t'ai retrouvé », dit Terence avec un sourire caressant, féroce de bonté.

Ce sourire d'ange damné, c'est tout ce qui reste de la rencontre villa d'Este. Car, une heure plus tard, Terence n'est pas au rendez-vous sous la loggia. Ni sous les arbres, ensuite, ni le long des fontaines, des escaliers que Jorge dévale, désespéré, criant son nom au soleil, ni près de Diane, à l'autre bout du parc. La campagne romaine s'ouvre vers un lointain voilé de brumes bleues, doré de lumière, paysage désert de poignante beauté où se perd son appel. Terence ne viendra plus. Tout le temps du retour, s'éloignant de Tivoli, à travers les vitres du car, il cherche du regard sur la route, et le dernier soir à Rome, piazza Navona, la silhouette claudicante d'un garçon plein de grâce qu'il reconnaîtrait maintenant entre mille. Mais le charme est rompu, Rome n'est plus la ville du bonheur révélé, l'éblouissement de l'âge éclos et de la découverte. Un sombre nuage en a terni l'éclat rose et roux, l'ocre douceur des murs. Le labyrinthe obscur des murs se peuple d'un fantôme multiplié, boitillant, au front couronné d'une frange de soie, un front de pureté insupportable, qui heurte quelque chose au milieu de la nuit, qui heurte au milieu de son front l'oubli. Et l'idée que la mort ne ressemble à personne, ou bien qu'elle a le visage de n'importe qui rencontré en pleine lumière au centre d'un jardin.

N'importe qui, dit Luisa, mais on la reconnaît entre mille au centre du jardin. Et, poursuit Jorge, c'est de ce moment qu'il a commencé à empoisonner ma vie.

« Avez-vous perdu votre langue, ce matin ? demande Luisa brusquement.

– Pardonnez-moi, dit Jorge, comme s'il s'éveillait.

– Allons, je ne vous en veux pas, le silence m'arrange aussi quelquefois. Nous allons arriver.

– Je vous remercie, Luisa, de votre aide, mais je

n'irai pas plus loin. Je rentre ce soir à Paris, sans avoir fini ce que j'avais à faire ici.

– Êtes-vous si sûr de ce que vous aviez à y faire ?

– Une enquête, pour mon journal.

– Retrouver votre ami d'enfance ?

– Ah ! dit Jorge avec agacement, je regrette de m'être pris à ce jeu. Je ne suis plus un enfant.

– C'est ce qu'on prétend avec beaucoup de présomption, en gardant quand même son petit couteau dans la poche et le nœud au mouchoir.

– Pourquoi perdez-vous tout ce temps avec moi ?

– J'y trouve mon compte, vous vous en doutez bien. La vie passe mal. Vous me divertissez avec votre histoire. Et puis Nuno est un vieil ennemi. Je ne suis pas mécontente de venir voir ce que le temps fait de lui.

– Ennemi ?

– Façon de parler. Dans une vie antérieure, nous nous sommes aimés, effroyablement. Ce genre de maladie grave. J'étais très jeune, lui un peu moins. Nous étions riches. Ça n'empêche pas. Hier soir il était très ému, au téléphone. Pensez donc : trente ans sans nous voir. J'en avais décidé ainsi. Il est gâteux, peut-être. »

Elle sourit et dans sa face maigre passe une crispation.

« Je m'égare, dit-elle. Alors, il nous attend. Je lui ai seulement dit qu'un ami avait un service à lui demander. Vous aurez tout loisir de présenter votre histoire comme bon vous semble. Je crains quand même la scène des retrouvailles, les effusions m'ennuient. »

Le chauffeur gare la voiture devant une grille fermée, il descend, entame à l'interphone des pourparlers. On n'entrevoit, derrière un fouillis de jasmins et de hauts cactus, qu'un pan de mur rose. Deux molosses noirs sont dressés contre la grille.

« Nuno était une des plus grosses fortunes du Portugal, commente Luisa. Mais c'est à l'imparfait. »

La grille se referme automatiquement derrière eux et les chiens accompagnent la voiture qui remonte l'allée jusqu'à la demeure, un palais du XVIIIe siècle, enfoui dans la verdure. Le parc s'élève en terrasses soutenues de murets et percées de fontaines, dressant un immense écran de feuillage agité par le vent haut. L'eau sourd de partout, en vasques, en bassins, et son ruissellement couvre tout autre bruit. L'air lui-même est lourd d'une buée tiède, parfumé des senteurs florales proches, surprenant à la descente. L'homme qui attendait sous la loggia à balustres, retenant les chiens, s'avance. Il s'incline devant Luisa, sans un mot indique le chemin. Il les conduit à travers une enfilade somptueuse de pièces humides et désertes, aux plafonds de cathédrale, où résonnent leurs pas sur les carreaux de granit qu'aucun tapis n'habille. Mobilier peu nombreux, précieux, sièges bas manuélins, consoles, secrétaires baroques, tables immenses, vides, et les collections de biscuits de Sèvres, sur fond d'azulejos triomphants jusqu'à mi-murs, dans une débauche de bleus que glace la lumière incidente des hautes fenêtres nues. Pas un objet déplacé, un foulard, un bouquet de fleurs dont regorge le jardin, dans les vases rares. Pas une trace de vie domestique, on dirait un musée, une tombe. Luisa avance, superbe, vêtue d'une robe en velours écarlate sous sa large veste violette que rappelle le béret, piqué d'une aigrette jaune poussin. Elle a charbonné ses yeux noirs, rehaussé ses joues de rouge, mais la bouche reste pâle, sans fard, et cette grande femme à la maigreur spectaculaire traverse les salles comme si elle montait au front. Jorge, amusé et ému de sa bravoure, se console du voyage inutile à Sintra. Il se sent solidaire, séduit jusqu'au trouble érotique par cette femme extravagante.

« Fin de règne », commente-t-elle, comme pour elle-même, en traversant les salles. L'homme pousse enfin une porte, s'efface. Ici brûle un grand feu, ici, après l'humidité du palais, il règne une chaleur de serre. C'est d'ailleurs une sorte de véranda d'hiver, toute une façade de vitraux bleus donne sur la vallée, au loin, brouillée par le verre ancien, devant laquelle s'élancent des plantes tropicales excessivement fleuries. On dirait aussi une tanière de fauve, à cause de l'incroyable entassement de tapis, de meubles et de sièges, de malles coloniales recouvertes de livres; une lunette astronomique et un ordinateur occupent le fond, choquants de modernité; des cartes, des dessins tapissent les murs, un bri-à-brac de reclus, baignant dans une forte odeur confinée de tabac.

« Monsieur descend dans un instant. » L'homme se retire. Ils attendent. Debout. Luisa arpente, veste tombée aux épaules, s'éventant de ses gants.

« Au moins il n'a pas changé de marque de cigares. Quelle infection!

– Voulez-vous que j'ouvre une fenêtre?

– N'ouvrez rien : vous allez déclencher les alarmes. »

Jorge fait une grimace significative.

« Nuno protège ses collections, je suppose. Je suppose aussi qu'il nous écoute, vous savez. »

Jorge fait une autre grimace, de plus en plus amusé.

« Je ne valais pas assez cher, au fond », conclut-elle avec la même grimace.

Alors Nuno Faria-Brandao est entré. Il est aussi maigre et grand que Luisa, il est beaucoup plus vieux, vêtu de blanc, avec une très belle chaîne d'or à la montre de son gilet. Il redresse sa haute silhouette décharnée, tire son cou serré dans le col de chemise, monacal. Ignorant totalement Jorge, qui reste à l'écart, il dit quelque chose à Luisa, d'une voix mal assurée.

« En français, Nuno, s'il te plaît. Je suis accompagnée d'un ami français. » Sans se tourner davantage vers Jorge, il s'exécute. Il répète, la voix plus ferme et haute :

« Luisa, tu me tues.

– Il serait temps », dit-elle, immobile.

Il s'approche d'elle, maladroitement, l'examine avec hauteur.

« Tu me sembles vieillie, non ?

– Tant pis pour toi.

– Tu pourrais encore me faire du mal, n'est-ce pas ?

– Beaucoup, j'espère.

– Merci d'être venue, Luisa. Enfin.

– Pas de larmes, dit-elle en tendant sa main maigre vers le vieux visage. Je n'aime pas les vieux qui pleurent. »

Il baise longuement cette paume.
« Nuno, ouvre vite une fenêtre, je vais mourir de ton tabac.
– Monsieur, demande le vieil homme, brusquement tourné vers Jorge et le découvrant, qui êtes-vous ?
– Un ami, tranche Luisa. Il a ta carte de visite dans la poche depuis trois jours. Jorge Bertier. »
L'homme ne bouge pas. Jorge s'avance.
La poignée de main tremble un peu mais le vieillard se redresse, cherche le regard de Jorge qui comprend alors que cet homme est aveugle, ou presque.
« Appuyez sur le bouton rouge, à gauche, et ouvrez un vasistas, s'il vous plaît. Luisa a besoin d'air. »
Tandis que Jorge accomplit l'opération qui libère les verrous, Luisa ôte sa veste, s'installe dans un des vastes fauteuils de cuir et croise ses longues jambes gainées de noir. Nuno Faria propose alors du café, des vins.
« Malvasia, Nuno, tranche Luisa. Des vignes de mon père.
– Tu seras très vite ivre, et très malheureuse, dit l'homme, comme s'il récitait une phrase ancienne connue d'eux.
– Justement », riposte Luisa.
Il commande du malvasia, à l'aide d'un talkie-walkie miniature sorti de sa poche. Tous ses gestes semblent ceux de l'autorité, du pouvoir, cependant menacés de faillite, d'hésitation, on dirait qu'il suffirait d'un décalage, un geste trop court, un objet déplacé pour provoquer la débâcle, malgré le réseau d'alarmes et d'interphones.

« Comment vont tes fils, Luisa ?
– Bien. Et le tien ?
– Bien.
– Bon, dit Luisa, si les enfants vont bien, parlons de nous, alors. »

Le feu crépite dans la cheminée tapissée de faïences bleues. Nuno Faria-Brandao tend ses mains décharnées, tachées de semis bruns, ses longues mains aux ongles blancs, morts, vers la chaleur des flammes. Son visage glabre s'effondre quand il se penche ainsi, des joues, des lèvres. Une sorte de défaite molle des traits que seule la position haute corrige. Il se redresse, et dans ce mouvement marque la conscience aiguë qu'il a de lui-même et du regard de Jorge.

« Ainsi, monsieur, je peux vous rendre un service ?

– Peut-être. Il se trouve que, par erreur, quelqu'un m'a donné votre carte de visite, au lieu de la sienne. Comme j'ignore où le joindre, il ne me reste que vous pour espérer le retrouver.

– Nous avons conjecturé que, s'il était en possession de ta carte, tu le connaissais peut-être, complète Luisa. Jorge a perdu cet ami de vue depuis longtemps. Ils se sont rencontrés dans Lisbonne, l'autre soir.

– Alors, demande Nuno, quel est le nom de cette personne ? »

Jorge hésite, d'instinct recule. Il ne sait quelle forme a pris l'avertissement intime, imperceptible, l'intuition soudaine du piège qui sur lui se referme depuis trois jours. Et qui, tout naturellement, aboutit à devoir prononcer ici le nom de Terence. Prononcer ce nom est impossible. Interdit. Jorge, seulement à cet instant, mesure le danger. A personne jamais il n'a donné le nom, ni Madeleine ni Henri n'ont entendu parler de Terence. Ni Milena, jamais. Personne. La seule qui savait, Thérèse, l'a emporté avec elle, et tu aussi. Depuis l'enfouissement du petit garçon dans le noir de la cave, Jorge n'a plus prononcé son nom qu'en pensée, comme si le silence achevait le geste de l'ensevelissement. L'enfant qu'il a dérobé au monde pour n'être plus qu'à lui, tenu au secret d'une langue tue. Et s'il revient au jour, alors les soldats vont descendre et le tuer. Le premier qui tombe sur le noir...

« Il se nomme Jean Boulanger », dit Jorge avec aplomb, défiant le regard vague de l'aveugle. Mais c'est de sa voix que pouvait venir la menace, son ton reste parfait, pas une vibration, un indice pour trahir sa peur nouvelle. N'importe quel nom surgi à la bouche. Il cherchera plus tard, longuement, qui est ce Boulanger. Pour l'instant, il se sent d'une détermination froide, en alerte, prêt à décider dans l'instant ce qui est à sauver. Maintenant il voit le visage aigu de Luisa, ennemi, celui du vieillard, creusé, aux paupières flétries sur ce bleu laiteux de l'œil vague. Je ne connais personne de ce nom, a dit Nuno Faria-Brandao lentement, croisant ses longues mains.

« Alors, s'écrie Jorge, je suis vraiment désolé de vous avoir dérangé pour si peu. Désolé, Luisa. Mais cette circonstance est trop absurde. Je ne sais quel hasard, cette carte...

– Voyons ? » demande l'homme. Il examine la carte délabrée en la portant très près de son visage.

« En effet.

– Nous sommes allés à l'adresse indiquée, Castelo de Picac, dit Luisa.

– Alors ?

– Mauvais état, Nuno. Dernière extrémité. »

Faria hoche la tête, sourit d'un air désabusé. « Tu es contente, non ?

– Je suis en colère.

– Ces cartes, dit Nuno Faria, sont anciennes. Comme vous avez pu le constater là-bas, c'est de la vieille histoire. Mon fils n'avait pas le sens des affaires. Enfin, de ces affaires-là. »

Il chasse le sujet d'un geste las de la main.

« Cependant, il m'arrive encore, de temps en temps, de me servir de ces cartes, dont il me reste une série. Je ne l'épuiserai pas. Il se trouve que, récemment, quelqu'un est venu ici. Qui en a emporté une. »

Le regard flotte, très pâle. Jorge, à nouveau, sent l'étau.

« Il ne portait pas le nom de votre ami. »

Alors une femme de service entre, avec un plateau et la carafe de vin de Madère, les verres de cristal propres à la dégustation, assez refermés pour permettre l'expansion du parfum.

« Voilà, dit Nuno. Les vignes de ton père. Chambré, à vingt-cinq degrés. » Ils boivent le vin cuivré par les flammes, en silence, et ce silence, l'entracte du vin sont une intercession des dieux. Ils donnent de manière inespérée un avantage à Jorge, cette réserve de calcul infiniment rapide où se réajustent l'instinct, l'intelligence des signes et leur maîtrise. Il le sait à présent, cet homme en apparence désarmé de vieillesse, dans sa décrépitude, présente la figure majeure du danger. Sous son masque débonnaire de grand seigneur déchu, il est l'ennemi ancien du damier noir et blanc.

« A moins, poursuit-il à l'instant, à moins que votre ami n'ait une raison de s'être présenté ici sous un nom différent. Votre ami – permettez-moi cette question – a-t-il une... singularité ?

– Mais... non, que je sache. A quoi pensez-vous ?

– Il boite, n'est-ce pas ?

– Boiter ? Boiter, mais non ! Quelle idée.

– C'est à peu près tout ce que je perçois des gens, à présent, une silhouette, une ombre. Ainsi, vous, monsieur Bertier, vous êtes une ombre de sa taille et de sa corpulence. Mon visiteur boitait. Pas vraiment. Un genre de claudication. Cela se remarque. Vous êtes sûr ?

– Évidemment.

– Il vaut mieux, je pense, que ce ne soit pas votre ami. C'était un homme dangereux. Nous l'avons reçu par erreur, malgré nos précautions. Il a trompé mon secrétaire pour obtenir que je le reçoive. Au nom d'une banque, qui a démenti. En réalité, il voulait acheter ma collection pour un commanditaire. Toute ma collection, Luisa, tu te rends compte ! Ce n'est pas le premier. Ils ont beaucoup d'argent, ils se disent collectionneurs. Ce sont des tueurs. Ils veulent blanchir leur argent. Notre temps est bien fini, tu as raison, Luisa, dernière extrémité.

– Le tien était plus propre sans doute, laisse-t-elle tomber, en regardant le vin dans son verre. Nuno, ton histoire ne nous convient pas. »

C'est ce que Jorge a appris, si loin que remonte sa mémoire, au présent du présent la marge de manœuvre est infime, elle semble décider pour vous, vous laisse si peu de place, mais juste assez pour dérégler le jeu. Mentir, se taire. Et pour sauver Terence, une dernière fois, tricher. Dénier qu'il soit au monde, l'enfouir une fois pour toutes au plus noir de la cave. Et le perdre. Plutôt le perdre que dire son nom ici. Le temps n'avance pas. Il ne se passera rien, il ne s'est rien passé. Il faut réitérer le geste initial, inique et fou, de sauver en l'enfouissant cette part de lui-même, inaccessible, qui a pour nom Terence.

C'est un petit garçon, sa veste trop étroite tire aux boutonnières sur le torse malingre, ses lunettes glissent sur son nez minuscule, et son regard voilé par le reflet des verres questionne, exige. Un corps menu qui pèse et tremble pour toujours dans le noir de la cave, dont Jorge s'est chargé, une fois pour toutes, à qui il a juré, villa d'Este, oui, qu'il referait ce qu'il a fait au présent du présent, comme à cette vision hachée de pluie, dévorée de nuit sur une place de Lisbonne, quel qu'il soit, tueur, peut-être. Comme à cet homme qui l'empoigne soudain sur le trottoir, à New York, il y a dix ans, et face contre face lui dit, bouche sur sa bouche, qu'il est, par sa volonté, par sa faute, Terence Becker, vivant, Terence Becker à en mourir, et qu'ayant commencé, un jour, à le vouloir pour lui, il lui faut le vouloir encore, et sauve-moi encore, si tu peux. Et cela, Jorge ne l'entend pas, il n'entend qu'avec retard, longtemps après, perdu dans Chinatown, perdu. Il ne l'entend pas et seulement regarde si près de son visage celui de Terence, derrière la vitre, soudain réel derrière l'écran d'une vitre maculée et la rame démarre, et lui, dans le métro suivant, sur chaque quai il cherche désespérément, jusqu'au terminus, comme un dément, la trace d'un homme qui boiterait.

Jorge tait ici, une dernière fois, le nom de Terence, mais il découvre soudain que ce silence ne le lie à personne, et qu'il est libre. Libre de le garder enfoui, de le sauver sans que ce soit un crime. Et plus jamais il n'acceptera qu'il dresse en reproche sa noire silhouette implacable au milieu de sa vie, sa rectitude de juge, qu'il s'arroge le droit de demander des comptes. Jorge apprend qu'il peut aimer sans que l'amour prenne la forme de l'orgueil et de la faute, il apprend enfin à guérir de Terence Becker.

« Voilà toute ma collection, dit Nuno, à l'autre bout de la pièce. Il y a longtemps que je ne guette plus les étoiles à la lunette. Et ce qui est tout près, je le regarde avec les mains, les doigts. Les doigts ne trompent pas. J'entre dans l'obscurité et j'y vois davantage. C'est le dernier. Mon fils avait besoin d'argent. C'est le dernier de mes tableaux, et le plus beau de tous, mes doigts le savent. Regarde, Luisa. »

Jorge les rejoint près de la fenêtre. Le vieil homme promène sur le tableau la pulpe de ses longs doigts aux ongles blancs. C'est une nature morte de Jan Dadidsz de Heem, un petit format précieux, composition austère où la grappe de raisins blonds bleuis de mâchures s'écroule, suspendue au-dessus de ce néant noir qui désigne au bas des natures mortes la présence du tombeau, et la mort dans la chair trop sure des nèfles grenat, de la pomme coupée à vif perlant son dernier miel, la mort dans l'éphémère papillon bleu, la mouche de pourriture, posés sur le linge, et le minuscule escargot rayé dévoreur de moisi, et le verre flamand où s'anamorphose une fenêtre lointaine, inanité d'un monde ouvert sur ses illusions de paysages. Et sous les doigts du vieil homme, la vérité des choses tues, leur guerre souterraine.

« C'est tout ce qui me reste, Luisa. Tu ne le diras pas. Tu ne le sais pas, bien que tu sois venue pour ça.

– Je ne suis pas venue, murmure Luisa.

– Et vous, monsieur, dit Nuno, yeux clos, je crois que vous savez vous taire. Au fond, ce n'est qu'une nature morte. »

UNE NATURE MORTE

Paris, avril 1986.

Dans le laboratoire, les négatifs sont étalés. Ils sont presque transparents, intacts, des films vierges d'images, comme s'ils n'avaient pas rencontré la lumière. Milena les classe, en marque certains au crayon gras. Sans les examiner davantage, elle sait ce qu'ils réservent au développement. Des images où domine le noir profond, modulé en nuances si subtiles à l'œil que le contour des choses, des corps sera fondu dans la matière dense d'obscurité, émergeant à peine de la pâte d'un ourlet de reflets, d'éclats vibrants. Dans la chambre noire de son appareil ne sont parvenus que des messages épuisés, leur onde mourante. Les négatifs en ont recueilli la trace flottante et fantomatique, des turbulences grisâtres, nébuleuse de grains argentiques, et quelquefois la zébrure nerveuse d'un noir griffant la transparence du support. Qui sera au tirage un éclair blanc traversant le noir. Étrange chimie du négatif photographique, dont la gélatine sensible noirçit à proportion inverse de la quantité de lumière réfléchie. Milena s'émerveille encore de ce miracle simple de l'image négative, elle attend.

Elle laisse réfléchir la lumière, sa trace latente, et une fois développés les négatifs elle attend encore. Elle n'est pas pressée de tirer les épreuves sur papier. Dans sa chambre de réflexion, les images qu'elle a prises prennent le temps de se faire à elles-mêmes, de mûrir dans le monde négatif, aussi parfait en réplique inversée que ce que donne, à l'endroit, le monde naturel. Il lui faut aller voir derrière, à l'envers symétrique, que la nuit soit le jour, que la neige soit noire. Marcher dans la nuit blanche de l'enfance où les flocons noirs rayent la pellicule de l'air. Milena marche, elle trébuche, sans que ce soit vraiment quelque part. Cet endroit de frontière, avant les souvenirs, ensevelit son ombre dans un est de l'Europe où s'inverse le temps. Sur un écran de neige en suspension givrée, un paysage s'effrite, hésite au bord de la mémoire, au moment de déni où les valeurs s'échangent, papillotent sans fin, sans délivrer l'image. A force de pénombre, à force de blancheur, le négatif et son image rêvent l'indécision primitive.

Au tirage, Milena travaille les noirs pendant des heures, avec une obstination très calme, elle choisit l'objectif qui restituera du négatif le meilleur grain, elle multiplie patiemment les essais, compare sans soustraire ni condamner, apprend un peu plus de chaque épreuve ce qu'elle réserve. Elle ne cherche pas à obtenir le travail propre, homogène, avec du grain brillant partout. Par places choisies, elle adoucit au treillis, diffuse la lumière d'exposition, juste pour casser par endroits ce grain trop dur. Elle double le temps d'exposition sans perdre le piqué. Il lui arrive d'exposer dix minutes pour garder la trace fugace d'un mouvement, son temps, sa trajectoire inscrite dans l'image. Elle laisse venir sans violence la profondeur des noirs comme un beau nappé d'encre. Elle sent à ses doigts, à sa peau la lumière comme une matière sensible, une matière plastique, malléable au bout de ses doigts, la lumière physique qu'elle modèle et travaille, captive, dont elle étire les voiles pour en exalter l'agonie sur les corps et les choses.

Je veux atteindre cet endroit le plus noir, je veux mettre la lumière à mal, lui faire mal. En plein jour, elle sculpte les formes avec son ombre, cisèle le grain de sable avec sa précision, son insolente exactitude. Moi, je veux que recule la lumière au fond de la caverne et, tournant le dos au jour, voir là ce qui reste d'elle. Je veux prendre l'empreinte de la lumière mise à mort, pour voir quelque chose de son corps, de sa progéniture, qu'elle rende gorge de ses impostures. Les femmes du squat étendues confondent leurs modelés instables, tremblement d'un nuage de clarté dans le noir, stable. Une épaule luisante comme un galet, renflement de marbre d'un ventre, d'un genou sous l'onde épuisée des éclairs de phares en rafale, quand l'éclair est déjà passé, un millième de seconde avant la prise, comme on photographie la lumière émise par des étoiles mortes depuis des millions d'années-lumière, au moment de l'extinction. Les corps dans le squat font le travail des femmes vendues avant de naître. Personne n'est venu vers elles leur dire quelque chose pour les réveiller. Elles sont dans l'obscurité étendues, ni la lumière naturelle, ni celle d'un flash malveillant n'insulte leur front, leur ventre. Dans cette obscurité, Milena les rejoint, sur le lit de gravats. Avec sa peau photographie leur peau, leur surface où meurent les éclairs du périphérique. Pas un regard, je ne juge pas. Je paie, je prélève en photographie la trace minimale de la preuve. Ma peau buvard, ma peau sensible partage avec elles l'expérience du noir. Je veux faire de plus en plus mal. Tuer la laideur, l'éteindre de mes yeux. Quand je déclenche, je ferme les yeux ; sous mes paupières, j'apprends. Ce n'est jamais trop sombre. J'y vois de plus en plus clair. Je retourne dans le ventre de ma mère, voir le noir qu'il y fait, dans son nord d'ignorance, le crime qui s'y commet au temps des hangars ouverts à l'entrée des villages, où s'engouffre la guerre avec ses chiens. Être bien au froid dans le noir du ventre de ma mère et y pousser enfin mon premier cri.

« Tu vois, dit-elle timidement à Jorge, penché avec elle sur les premières épreuves séchées, ce n'est pas encore ça, mais presque. Maintenant, je sais ce que je cherche. »

Il ne dit rien, mais elle a appris à interpréter ses silences, sa respiration, cette manière à lui de se taire et d'être là, tout entier dans son étude, même pas attentif, presque distrait, comme si, au-delà des photographies, de leur matière, il déchiffrait des signes épars, en rassemblait l'émiettement secret. De lui, elle n'attend ni jugement, ni critique de son travail. Ils sont ensemble au-delà de l'analyse esthétique, technique, au-delà de ses mots. Ce que Jorge regarde dans ses photographies, c'est elle. Il la devance, il l'attend chaque fois plus loin qu'elle croit s'être rendue, il entend au-delà de ce qu'elle croyait dire. Elle tremble de ce que, ce soir, Jorge peut voir qu'elle ne sait pas encore, sur le bord de l'apprendre, si près qu'elle en ferme les yeux, pas encore, supplie-t-elle, chavire d'épuisement contre son épaule. Toutes ces heures de travail, depuis le matin, sans une pause, dans le laboratoire le temps ne compte pas. Elle voudrait qu'il ferme aussi les yeux, maintenant.

« Oh, dit-il, plongeant son nez dans sa nuque, ses cheveux, ton parfum préféré, révélateur. »

Jorge vient de rentrer de Lisbonne. C'est la fin du jour, son taxi s'est retardé dans les embouteillages du samedi. Il a ce visage tiré des voyages, des nuits blanches, une barbe ancienne. Ce visage étranger, elle aime le réapprendre, l'apprivoiser, elle aime cette fatigue qui désarme les traits. Comme d'habitude, il ne raconte pas tout de suite, elle ne pose pas de question. Dans la cuisine, ils boivent un verre de vin. Elle croque une pomme verte. Jorge sourit. Alors elle lui rappelle, ce qu'il avait oublié, elle le sait, qu'ils doivent partir tout à l'heure pour Blois, que c'est l'anniversaire de Madeleine, la grande réunion familiale. Alors il jure, proteste. Il décrète qu'il n'ira pas, qu'il a envie de n'importe quoi sauf supporter la ribambelle assommante des uns et des autres, des cousins, des oncles, et qu'il a du travail pour tout le week-end, son papier à rendre mercredi, et qu'il est crevé, un point c'est tout.

« Est-ce qu'on peut faire autrement ? demande Milena.

– Je n'irai pas.

– J'irai seule, dit-elle doucement. Là-bas, j'ai quelque chose à voir.

– Comme tu veux, dit Jorge. Bien du plaisir. »

Tandis que la nuit tombe, il prend une douche. Elle entend le bruit d'averse à l'étage. Assise sur la valise non défaite de Jorge, elle contemple le désastre de la grande pièce inachevée, son désordre chronique enseveli par l'ombre du soir. Elle voudrait mettre de l'ordre, dire les choses dans l'ordre, inventer la place, les gestes, et pleure encore de ce désir inutile, sur elle-même, sur le désir de rien qui soit en ordre et du jeune homme que fut son père, resté au bord du paysage. Jorge la trouve dans la demi-obscurité, il a cherché une chemise, justement celle qu'elle porte, et une paire de chaussettes. Pieds nus, en peignoir de bain, il la rejoint. Il la prend dans ses bras, assis par terre près d'elle.

« Milena, ma Leni, c'est pas grave. Nina. Tout ça.

– C'est rien, dit-elle.

– On part à Blois, tout de suite. J'adore Madeleine. J'adore ma famille.

– Non, dit-elle. C'est pas ça.

– Après on ira voir la mer, ou bien au cinéma. Au New Morning, il y a Chick Corea.

– Tu fais du bruit, dit Milena doucement. On ne s'entend pas. J'ai porté un cadeau à Madeleine, jeudi, le jour de son anniversaire. Elle croit que c'est toi qui l'as choisi. Ne la détrompe pas.

– C'est quoi ? Que j'aie l'air au courant de mes cadeaux.

– Une boule de verre avec un nuage dedans.

– Tu es parfaite.

– Salaud, dit-elle, blottie. Tu ne m'écoutes pas.

– J'écoute. J'arrive juste.

– Je la trouvais jolie. Je me trouvais gentille. Maintenant ce nuage me fait peur, on dirait la mort, la fin du monde.

– Non, dit Jorge. C'est le verre de vin. Ou bien le malvasia. Ça rend très vite ivre, et très malheureux. Milena, c'est seulement une boule de verre, on voit ce qu'on veut dedans. Tiens, j'ai rapporté ceci pour toi », dit-il, fouillant dans sa valise.

Un petit pavé de basalte, cube inégal dont une surface est polie par l'usure des pas, et un autre, blanchâtre.

« On voit ce qu'on veut : moi, je te dis que c'est Lisbonne. En noir et blanc, un grand damier de mosaïques. J'ai manqué m'y perdre. J'ai cru rencontrer quelqu'un que j'ai perdu de vue. Milena, quelqu'un que je dois oublier maintenant.

– Je sens que tu résumes.

– C'est toi, à présent, qui ne m'écoutes pas.

– De qui parles-tu ? Qui est perdu ?

– Personne. Viens ici, dit-il, et rends-moi ma chemise.

– Personne n'est perdu. Seulement nos souvenirs. »

Sous la chemise, il trouve un sein, le garde dans le creux de sa main, agace sa paume de la pointe dressée. Lentement il renverse Milena, elle résiste, elle ploie.

« Jorge, dit-elle, vois comme nos yeux sont grands ouverts. Que se passe-t-il ? Est-ce moi ? Est-ce ma voix ? Et ton visage ? Attends. C'est nouveau. Comme une trouée de soleil pendant une éclaircie. Je désire tellement que tu me touches, et avoir mal de toi. Tu viens juste d'arriver et tu ne me connais pas. Est-ce que nous sommes réveillés ? »

Oui, pense Jorge, réveillés, un instant attentifs et curieux de nous-mêmes. Cela se produit si rarement. Il faudrait plus souvent se rayer des vivants, avec leur épuisante énergie, et ne plus bouger du tout. Laisser aux histoires le temps de se faire en nous, que les mots s'emparent de nous, lentement. S'immobiliser jusqu'à ce que se dépose toute cette vase en suspension, ce brouillard agité de particules aveuglantes, de cristaux vitreux qui nous noient le regard. Au lieu d'abuser de soi, dans ce maladif besoin d'agitation, de déplacement perpétuel, dans la lenteur, l'immobilité, attendre d'y voir plus clair, accepter le danger d'y voir clair soudain. Comme une trouée de soleil entre deux nuages, le temps d'illuminer les beaux lointains, leur faire une couronne de lumière avant l'obscurité.

AVANT L'OBSCURITÉ

Blois, dimanche 27 avril 1986.

« Mélanie, décrète grand-mère, aujourd'hui, vous ferez des photographies. C'est mon anniversaire. »

Milena accède à la demande, elle fera des photographies de la famille.

Il n'est pas tout à fait sept heures, ce matin, quand Milena se lève. Jorge dort. Personne n'est encore debout dans la maison Marechal. Être seule réveillée dans une maison endormie procure ce plaisir de solitude. On y fait peu de bruit, glissant en liberté, et les choses, sans le regard des gens, pèsent leur poids d'existence propre. Tout à l'heure, ce sera l'invasion familiale, la multitude de la fête dominicale. Marguerite est arrivée la première, hier soir, avec son mari. Leur grosse voiture neuve était déjà dans l'allée sous les sapins lorsque Jorge et Milena s'y sont garés. Marguerite a quarante-cinq ans, elle est professeur de langues anciennes dans un lycée de Nantes, pour s'occuper. Son mari vend des bateaux de plaisance dans tout l'Ouest, il a une bonne situation, elle pourrait ne pas travailler. Mais elle s'ennuie, elle a besoin de se rendre utile, dit-elle, surtout depuis que ses enfants ont quitté leur grande maison. Elle est gourmande, on en plaisante dans la famille, elle a beaucoup grossi depuis la dernière fois, mais c'est son charme de fille gaie que les rondeurs menacent. Elle parle haut, s'empare des gens, les touche et les embrasse. Jorge sourit du vacarme de sa cousine et s'éloigne. Elle parle de ses enfants qui viennent par le train, ils doivent appeler de la gare de Blois, leur père ira les y chercher. Ils font leurs études à Paris. Jorge aime bien ces neveux-là, ce sont les seuls dont il se soucie, qu'il rencontre de temps en temps pour un déjeuner au Quartier latin, surtout l'aîné, un peu difficile, qu'il préfère. Il lui a procuré des stages dans la presse, il s'est occupé de son année d'études à Los Angeles. Les oncles, les tantes et les autres cousins, qui habitent Blois ou les environs, sont aussi invités, ils viendront vers midi pour le déjeuner. Jorge fréquente peu sa famille, plus ou moins dispersée, mais l'anniversaire de Madeleine, depuis quelques années, est entré dans les usages. Plus elle prend de l'âge, moins quiconque ose esquiver cette célébration rituelle, même si chacun s'y rend un peu contraint. Surtout les arrière-petits-enfants, pour qui la maison Marechal, avec ses grandes pièces désuètes, ses tourelles et ses briques vieillies sous le chèvrefeuille, n'est plus qu'un lieu étranger, habité par une vieille dame du siècle dernier, qu'ils ne voient guère. Tout ce monde réuni peuplera tout à l'heure la demeure et le jardin, mais, pour l'instant, Milena est seule dans le silence de la cuisine.

Le jour perce à peine, bleuit aux carreaux sur fond de brume légère colmatant la forme vague des bosquets, des arbustes, la tonnelle. En face, la bâtisse de l'écurie, les vitres de la serre émergent de la buée matinale. On voit aussi, sous le chèvrefeuille échevelé, la fenêtre aux volets fermés de la chambre Romain, à l'étage. Frileuse, Milena monte le thermostat de la chaudière, se prépare un café. Jorge dort. Cette nuit, pour la première fois, ils ont couché ensemble dans le petit lit de la chambre Romain. Pour la première fois, Milena garde ouverts les yeux dans le noir de la chambre tandis que Jorge dit pour elle les places de son corps éveillé, nomme avec une peur d'enfant ce qu'il veut d'elle, ce qu'il ose désirer, qu'elle apprend. Il approche. Rendue à ce seuil, elle se souvient d'une image de porte noire ouverte sur les cris, l'indicible souffrance. Celle dont ni le père ni la mère ne révèlent ce qu'on trouve au-delà. Parce que chacun a sa chambre noire. Apprend à y entrer, jusqu'au plus profond de son obscurité, dans une totale solitude à en admettre l'obscurité. A y survivre. Cette nuit, Milena garde les yeux grands ouverts, accueille Jorge en ce lieu d'elle-même qui lui ressemble, où il se nomme. Elle en découvre au matin l'épuisement des guérisons incertaines, la nudité plus grande de sa peau, une sorte de ferveur inquiète. Ce jour d'avril, songe Milena, que se passe-t-il ?

Alors, Laurette arrive dans la cuisine, surprise d'y trouver Milena, levée avant elle et debout contre la vitre, regardant le jardin en buvant son café. Elle hume l'odeur du café, l'air réprobateur, vaguement contrariée d'être concurrencée sur son territoire.

« Bonjour, lance-t-elle. Vous l'avez fait très serré, non ? Ça vous dérange, si j'allume ? »

Sans attendre de réponse, elle fait la lumière, toutes les lampes, comme elle semble en avoir la manie.

« Vous devez avoir des yeux de chat, pour tant aimer le noir.

– Les yeux s'habituent, s'excuse Milena.

– Vous voulez du pain grillé ? J'en prépare pour tout le monde.

– Déjà ?

– Je le réchaufferai au four à micro-ondes, tout à l'heure. Quand ils descendront, j'aurai autre chose à faire que servir le petit déjeuner.

– C'est vrai qu'aujourd'hui ça va être terrible.

– Pas tellement. Je suis organisée. Chaque chose en son temps. Et puis on a commandé le traiteur. Je ne m'occupe que du service. Remarquez, dix-huit personnes, il ne faut pas perdre la tête.

– Dix-huit ?

– Ça vous dérange si j'allume la télévision ? » Sans attendre, elle allume. « C'est pour la météo », explique-t-elle.

Des dames en maillots roses et verts font des exercices de gymnastique matinale sur une moquette jaune. Quelquefois, on voit en gros plan le visage de la monitrice tiré par l'effort, mais souriant malgré tout avec courage, avec sévérité, comptant les mouvements en musique.

« Eh bien bravo, commente Laurette, méprisante. Merci bien du réveil. »

Milena sourit.

« Ça vous convient d'être ici ?

– Pas mal. Je suis rentrée toute jeune. Depuis quinze ans, j'ai pris mes habitudes. Mais c'est bientôt fini.

– Ah ?

– Eh bien, vous comprenez, il faut dire les choses comme elles sont. Madame sera peut-être centenaire, mais ça ne nous mène pas très loin, n'est-ce pas ? Gilbert et moi, on s'est fait construire dans le lotissement, à côté. C'est encore comme la campagne, pour les enfants, ce sera très bien. Gilbert a une bonne place au service d'entretien de la mairie, à Blois. On n'a pas eu de problème pour le crédit.

– C'est très bien », dit Milena, avec le plus de conviction possible.

Laurette a raison. Dans quelques années, peut-être avant, Madeleine sera morte, la maison fermée. Qui voudrait venir vivre ici, maintenant ? Et puis il y aura les problèmes d'héritage, la succession, enfants, petits-enfants... La maison sera mise en vente, pour le partage, sans doute achetée et démolie par un promoteur, parce que la ville gagne. Il faut de nouveaux terrains pour étendre le lotissement voisin, la fabrique en ruine a déjà été achetée pour la même raison. Milena n'a aucune nostalgie de cette maison, de son histoire. Elle n'est pas d'ici, ni racines, ni souvenirs. Elle est de nulle part. Peut-être deux ou trois choses à sauver. Aujourd'hui. L'amour de Jorge. Elle ne savait pas que ce serait aujourd'hui. Et, comme une dette, une preuve d'amour pour quelqu'un dont elle a rencontré le regard, l'autre matin, au soleil, dans une photographie.

« Et puis, dit le présentateur, une dernière

dépêche nous signale cette nouvelle. Il semble qu'un grave accident se soit produit hier dans une centrale nucléaire, en Ukraine. »

« Mais, dit Laurette, j'espère que d'ici là ils auront construit une école dans le coin, et un supermarché, parce que c'est un peu isolé. Je voudrais deux enfants. Chez moi, on était six.

– Vous avez entendu ? demande Milena, distraitement.

– Quoi ?

– La télévision.

– J'ai pas fait attention, dit Laurette. J'attends la météo.

– Il va faire beau, murmure Milena. Ce sera une belle journée d'avril. Un beau temps pour les photos de famille. »

C'est une journée limpide, un dimanche d'avril. La porte de la cuisine est ouverte sur le jardin que le printemps éblouit de soleil pâle. Les arbres, les arbustes se voilent d'une buée jaune, verdissante, un fourmillement acide de jeunes feuilles écloses, paysage séculaire d'un remembrement toujours recommencé et célébré, aux voisinages façonnés par les générations, d'une saison à l'autre, corrigé de main humaine, univers miniature soumis à l'ordre des jardiniers qui distribuent les places, tirent au cordeau les lignes, agencent la parure, la guenille des tonnelles, croulant sous le poids des rameaux. Configuration vivante réajustée et mouvante dont les lignes tremblent, de mémoire d'homme. Le lilas au feuillage déjà bleui et les forsythias en feu crèvent le voile flou des verts pâles en fond de miel, amande ou jade, virant à l'ombre du grand cèdre. Quelle lumière noire vient, invisible, corrompre l'air, en altérer la texture soyeuse, est-ce qu'on photographie cette lumière-là, aveuglante, ce grand éclair lointain qui n'en finit pas d'irradier la mémoire des lieux?

C'est le roncier sauvage derrière l'étang. Le même et un autre. Les ronciers ne changent pas. Ils ne meurent pas. Coupés au ras du sol, et même éradiqués, ils repartent de radicelles profondes, d'une souche oubliée, se hissent, s'élancent, agrippent d'une griffe, d'un rameau sarmenteux tout ce qui s'offre autour en support, un arbuste chétif, bientôt étreint, asphyxié de tentacules, aidant au premier arceau. Peu à peu exténué, il meurt, entre-temps le roncier a forci. Sa tige atteint un tronc plus robuste, déploie ses ramifications en buisson, s'accouple au creux d'une branche, y fait son coude robuste et s'enfle de triomphe. Les ronciers se ressemblent, ils obéissent à la loi de l'espèce, barbare, implacable, qui fait repousser le même, de mémoire, avec pour seul principe son désordre dardé, pour seule physionomie sa masse confuse et guerrière. Parmi les morts-bois de forêt, le plus impropre à l'usage, rebelle, hostile à l'homme comme aux bêtes, avec son poison d'épines.

« Comme il est beau, dit Milena. Regarde, il a des fleurs. »

Des fleurs pâles, à peine veinées de vert, de traînées vineuses, couleurs du bois, de la fibre dont la sève teinte les pétales sommaires, et la petite touffe d'étamines se dresse drue, rousse. La drupe va gonfler, d'un vert de jeune bois, et noircir, fruits avares, tentants à l'œil, ingrats à la langue, aux dents.

« C'est le même, dit Milena.

– Le même ? »

Jorge est étendu dans l'herbe, à côté de l'étang, Milena est allongée contre lui. Le soleil déjà haut a sa première vigueur du printemps. Ils ont laissé la maison à son début de remue-ménage. Marguerite gère la situation, elle s'occupe du couvert dressé sur la grande table qu'on a tirée près des portes-fenêtres du salon, pour profiter du beau temps. Elle choisit les nappes, la vaisselle. Son mari est parti à la gare de Blois. Jorge et Milena se sont esquivés. Ils se sont étendus dans l'herbe, au soleil.

« Le roncier que photographiait Romain Marechal, en 1914.

– Tu as trouvé les photographies ? demande Jorge, rêvassant, les bras croisés derrière la tête.

– Je les ai regardées. Celles qui sont dans ta chambre. Grand-mère dit qu'il y en a d'autres dans le grenier.

– Je t'aime », dit Jorge.

Il sourit. Il ouvre sa main dans l'herbe, paume vers le ciel.

« C'est drôle, il n'y a pas un nuage. On voit si clair que cela fait presque mal aux yeux. Qu'est-ce qu'il a ce roncier ?

– C'est le même, photographié un jour comme aujourd'hui. C'est l'heure. Avant midi, parce qu'ensuite l'ombre gagne, il est trop tard. C'est une manière de faire face, sans horizon, une manière de renoncer à tout secours, en pleine lumière, tu verras.

– Qu'est-ce que tu racontes ?

– Ce jeune homme, Romain, je le connais. C'est d'abord un enfant qui ne parle pas. Il apprend à marcher sur les allées du jardin, mais le gravier qui roule sous ses petits pieds impétueux ne le déstabilise pas. La main de sa mère le soutient. Ce n'est pas une mère, c'est une main très chaude et douce, aimante, qui le sauve. Elle a commencé de le sauver des éboulis minuscules, de l'éclaboussure du lait, elle l'a sauvé du jour en fermant sa paupière, des bruits en ourlant son oreille. Une main grande, endormante, majestueuse comme un nuage d'été au-dessus de sa tête, à la verticale du ciel bienveillant. C'est un enfant qui apprend à lire et à écrire avec la main très douce pour éclairer les signes, écarter les obstacles, la main d'amour couvre son front. Il parle peu, mais il est très intelligent. Il voit la netteté des choses, il apprend la rectitude des lois dans les livres et la netteté inouïe des choses naturelles. Il comprend qu'elle lui veut du mal. Il comprend que le roncier ne dit rien de plus que lui-même, que sa précision est la figure du chaos, et qu'il est insensé d'y rêver l'ordre, la paix. Et ni l'ombre du rosier gagnant l'allée, sa jonchée flétrie de pétales, ni le pan de mur, la façade éclaboussés d'été en plein midi, sans ombre, ni la flaque noire, ni la poudre de neige sur le jardin ne sont vrais. Ce sont les grimaces, les simagrées du soleil, un mensonge de lumière. Il sait qu'il ne peut pas grandir, que grandir c'est aller plus avant vers la défaite. Le soleil brûle la vie, fermente et consume les jours d'un mal que la main d'amour ne peut guérir. Il le sait avant elle. Il prend de l'avance sur elle, il la dépasse dans sa folie, il la regarde d'avance, sa mère, brûlée d'amour, en cendres. Il fait des photographies pour tuer le temps. Pour que le temps ne passe plus. Il ne s'est rien passé, il ne se passera jamais rien. Au présent du présent, Romain photographie. Il invente un nuage d'amour qui aurait pour figure le paysage immortel de sa mère, d'une précision absolue. Un nuage parfait, immobile. Un nuage définitif, comme il n'en existe nulle part au monde, un nuage comme une fleur d'explosion atomique. Avec la lumière et contre la lumière, il fabrique un nuage dont chaque grain, chaque particule de poussière d'argent est fixée, chacune en son état d'origine et pour toujours, et c'est un nuage de mort. C'est la netteté de son nuage qui m'aveugle. Jorge, nous sommes dans le nuage de Romain. On ne voit rien encore. En apparence, ce sont les choses d'ordinaire, elles sont les mêmes et nous les reconnaissons si bien que nous n'en avons pas peur. C'est terrible comme elles ressemblent, et nous sommes au centre du nuage mortel, sans le savoir, invisible de tant de transparence. On n'entend rien, pas un signe. Mais dans l'air il y a un dépaysement, ce matin, une immense déflagration immobile, d'une netteté absolue, qui n'oublie rien. Mutilés d'amour, ignorants, nous ne voyons pas ce qui crève les yeux. Le cœur irradié du paysage est comme de la cendre, aucune chambre noire n'en gardera l'image. »

« Il y a, dit Milena, cette fois, la dernière photographie de Romain. Elle est dans un tiroir de la maison, sous du papier de soie. C'est la dernière, je le crois. Parce qu'elle a l'air semblable aux autres, on ne comprend pas tout de suite que c'est la dernière. Une vue du jardin, avec le grand cèdre et la façade, la terrasse inondée de soleil, les caisses d'orangers. La brouette est sur l'allée, l'arrosoir renversé. Les portes-fenêtres de la maison sont grandes ouvertes. Il fait chaud. C'est l'été. Août 1914. Je crois que c'est le jour où commence la guerre. Sur les autres photographies, ces portes dessinent trois grands rectangles noirs. D'un beau noir profond et stable. Toujours le même. Sur la dernière photographie, ce noir est impur. Brouillé d'une ombre, c'est-à-dire d'une clarté, une forme. Il y a un visage dans l'ombre. Une femme. Dans le noir d'une porte grande ouverte, monte le visage de la mère, pâle et net. Je crois que c'est une image mortelle, dont Romain va mourir. Une image de la guerre. »

« Je veux, dit Milena, refaire cette photographie. Je la ferai. Elle sera parfaite. Je vais retrouver l'appareil, les verres. Je vais apprendre comment on préparait l'émulsion de gélatino-bromure. Il y a ses livres, ses cahiers. Je poserai le pied où je sais, je prendrai les repères. Il y aura la brouette, les caisses d'orangers. Je ferai la photographie en été, un jour de grand soleil, implacable, le même. Le jour du plus beau mensonge. Avec les trois rectangles de noir d'encre, d'où rien ne viendra plus. Ensuite le paysage peut disparaître, la maison, et nous pouvons partir. Laisser les portes ouvertes sur le noir. »

« Aujourd'hui, dit Milena, je manque de force, j'ai peur. Je voudrais un enfant de toi. Que nous ayons ensemble une image d'enfant. Je sais que nous n'en aurons pas. Mon ventre me fait mal de rester noir. Il me semble que j'ai laissé mourir une sœur dans le ventre de ma mère, qui se nomme Milena, que mourant elle m'a sauvée, m'a condamnée à vivre. J'ai la nostalgie d'une sœur que ma mère a gardée pour elle, que mon père ne connaît pas. Qu'il fait froid sous ce soleil d'avril. Réchauffe-moi, prends-moi dans ta main, fais-moi un nuage d'amour, très flou, très doux. Aime-moi dans ta main. »

« Aujourd'hui, dit Milena, je vais prendre une photographie de la famille. Sur la terrasse, après le déjeuner, je les installerai tous comme on le faisait autrefois. Avec grand-mère au centre, entourée de ses deux fils et de leurs femmes, assis. Leurs enfants derrière, Marguerite, son mari et les autres cousins, et encore derrière, sur un banc, les petits-enfants par rang d'âge. Je ferai asseoir les tout petits garçons et les petites filles devant grand-mère, à ses pieds. Il y aura aussi Laurette, sur le seuil de la cuisine, parce que dans les photographies anciennes les bonnes sont au fond, au bord du cadre. Ils se tiendront tout près les uns des autres, solidaires du coude, de l'épaule, ils scelleront le mur de la famille, je veux qu'ils en semblent le ciment, qu'ils s'épousent de la taille et qu'ils posent leur main au bras d'un autre. Mais je veux aussi les fissures, les failles, un rang inachevé, le nombre impair. La place de Thérèse ouverte, sur la gauche, et celle de son amour à la veste de laine, ils se sont absentés, sur le bord du cadre, trop loin vers l'est. La place d'Henri, un peu, vers où penche la tête de Madeleine, et celle d'Émeline dans son ombre. Je veux la place de Constance, encadrée dans le rectangle noir de la porte centrale, regardant vers le fond du jardin une place éblouie, et celle de Romain, devant, au bord de la terrasse, exposant ses verres au soleil. Je veux l'absence de Gustave, et sur les marches, plus bas, assises, serrées l'une contre l'autre, les petites filles du bordel. A la fenêtre de l'étage, celle de la chambre Romain, c'est Jorge. Un petit garçon solitaire, sa jambe est cassée, il ne sait qui il a perdu de vue. Et, au premier plan, la terre du jardin, on y voit la trace d'une canne qui cherche à tâtons la place des enfants morts. Je veux dans les regards le souvenir des guerres et des voyages, des images d'enfants perdus, la neige de l'hiver, une tombe en Mauritanie, le dernier baiser d'une mère et l'odeur de sa poudre, je veux le mensonge, la peur, l'illumination d'une rencontre sur le bord d'une allée, et que personne ne sache rien du souvenir que chacun garde dans les yeux. Cela regarde le photographe. Je veux faire une photographie de la famille en noir et blanc. Négative, positive, où je ne serai pas. Tu me regarderas. Tu regarderas le point d'où je te vois, comme cela je serai tout entière dans la photographie, dans ton regard qui me rejoint par-dessus le damier en noir et blanc. Moi, je suis de l'autre côté. J'arrive juste. Je viens de loin, d'une île avant les souvenirs, d'une image d'hiver inversée. Il est grand temps de prendre la photographie, il faut se dépêcher. Avant que le nuage éblouissant d'absence, dans un grand éclair sidérant, efface le paysage de son silence. »

BABEL

Extrait du catalogue

842. LAURENT GAUDÉ
Eldorado

843. ALAA EL ASWANY
L'Immeuble Yacoubian

844. BAHIYYIH NAKHJAVANI
Les Cinq Rêves du scribe

845. FAROUK MARDAM-BEY
Etre arabe

846. NATHANIEL HAWTHORNE
Contes et récits

847. WILLIAM SHAKESPEARE
Sonnets

848. AKI SHIMAZAKI
Tsubame

849. SELMA LAGERLÖF
Le Livre de Noël

850. CHI LI
Pour qui te prends-tu ?

851. ANNA ENQUIST
La Blessure

852. AKIRA YOSHIMURA
La Guerre des jours lointains

853. GAMAL GHITANY
La Mystérieuse Affaire de l'impasse Zaafarâni

854. PAUL BELAICHE-DANINOS
Les Soixante-Seize Jours de Marie-Antoinette
à la Conciergerie, t. II

855. RÉGINE CRESPIN
A la scène, à la ville

856. PHILIPPE BEAUSSANT
Mangez baroque et restez mince

857. ALICE FERNEY
Les Autres

858. FRANÇOIS DUPEYRON
Le Grand Soir

859. JEAN-LUC OUTERS
Le Bureau de l'heure

860. YOKO OGAWA
La Formule préférée du professeur

861. IMRE KERTÉSZ
Un autre

862. OSCAR WILDE
Quatre comédies

863. HUBERT NYSSEN
Quand tu seras à Proust la guerre sera finie

864. NIMROD
Les Jambes d'Alice

865. JAVIER CERCAS
A la vitesse de la lumière

866. TIM PARKS
Double vie

867. FRANZ KAFKA
Récits posthumes et fragments

868. LEENA LANDER
La Maison des papillons noirs

869. CÉSAR AIRA
La Guerre des gymnases

870. PAUL AUSTER
Disparitions

871. RUSSELL BANKS
Hamilton Stark

872. BRIGITTE SMADJA
Le jaune est sa couleur

873. V. KHOURY-GHATA
La Maison aux orties

874. CLAUDIE GALLAY
Dans l'or du temps

875. FRÉDÉRIC MISTRAL
Mes origines

876. YAAKOV SHABTAÏ
Et en fin de compte

877. ORLY CASTEL-BLOOM
Dolly City

878. KLAUS MANN
Le Tournant

879. DON DELILLO
Les Noms

880. YU HUA
Vivre !

881. NAGUIB MAHFOUZ
Son Excellence

882. PAUL NIZON
La Fourrure de la Truite

883. JAMES LEO HERLIHY
Macadam Cowboy

884. SAMIR KASSIR
Considérations sur le malheur arabe

885. JÖRG BLECH
Les Inventeurs de maladies

886. OLIVIER PY
Théâtre complet I

COÉDITION ACTES SUD – LEMÉAC